Mon premier meurtre

LEENA

LEHTOLAINEN

Mon premier meurtre

Traduit du finnois
par Anne Colin du Terrail

J'AI LU

Ouvrage traduit avec l'aide de *Fili*, Helsinki.

Titre original
ENSIMM INEN MURHANI

Published by arrangement with Tammi Publishers, Helsinki, Finland

Vers où t'emporte l'eau,
Frêle esquif sur les flots,
Toi que les remous malmènent et ballottent ?
De quoi l'homme est-il fait ?
De virevoltants feux follets
Et sous ses pas le sable se dérobe.
Certains naissent dans la joie, certains dans le malheur,
Mais la même horloge pour chacun égrène les heures
Et quand elle s'arrête sonne l'instant de la mort.
Vers où t'emporte l'eau,
Frêle esquif sur les flots ?
Parmi les hommes nul n'en a la prescience.
Tout sur terre, ciel et mer,
Tout, oui, tout est éphémère.
Pourquoi l'âme serait-elle si différente ?
Pourtant il est si doux de rêver voir encore
Naître au prochain printemps une nouvelle aurore
Et sentir souffler dans les collines les vents.
Ou tout serait-il faux ?
Vers où t'emporte l'eau ?

Eino Leino. (Musique : Toivo Kuula.)

Prélude

Jyri avait été réveillé par une terrible envie de pisser. Il avait dans la bouche l'arrière-goût que laissent en général le whisky, la bière, l'ail et trop de cigarettes, et il se demandait s'il trouverait du Fanta orange dans la maison. C'était sa boisson de prédilection en cas de gueule de bois – s'il maîtrisait suffisamment la situation pour ne pas avoir à se mettre à la bière.

La matinée était divinement belle. Tuulia et Mirja, assises sur la terrasse, s'occupaient du petit-déjeuner. Leur papotage sur les mérites de différents fromages fit sourire Jyri – en réalité, elles ne pouvaient pas se souffrir. Mais comme l'une était la meilleure soprano et l'autre la meilleure contralto de la chorale de l'AEPO, autrement dit de l'Association des étudiants des provinces orientales de Finlande, elles étaient bien obligées de faire contre mauvaise fortune bon cœur. Mirja était l'archétype même de la contralto, brune, ronde, ténébreuse. L'idéal pour la bohémienne du *Trouvère* de Verdi, comment s'appelait-elle, déjà…

L'éclat du soleil éblouit Jyri, lui vrillant le cerveau. Il avala deux comprimés d'ibuprofène, pour plus de sûreté – il avait l'impression d'être déjà totalement réfractaire au remède.

Il n'y avait pas de Fanta, mais il trouva du jus d'orange. La splendeur du paysage avait quelque chose d'accablant : la mer scintillait, des mouettes criaient près du ponton, l'après-midi s'annonçait caniculaire. Chanter par cette chaleur ne serait pas facile.

« Alors Jyri, mal aux cheveux ? » lança Tuulia d'une voix moqueuse. Elle avait l'air pâle, elle aussi, sans doute aucun d'eux n'avait-il assez dormi. Mais pourquoi s'en faire. Ils ne reprenaient le travail que le lendemain.

« Tout le monde dort encore ?

— Piia est partie se baigner. Les autres n'ont pas donné signe de vie. Il serait temps qu'ils se remuent, si on veut arriver à quelque chose. » Mirja avait parlé d'un ton aigre, elle n'aimait pas les feignants. Le meilleur double quatuor de l'AEPO n'était pas, à son avis, réuni à la villa des parents de Jukka pour faire la bringue, mais avant tout pour répéter en vue d'un important gala. Et donc debout là-dedans, un café dans le gosier, et en avant pour les vocalises !

Jyri se secoua. Piquer une tête ne serait peut-être pas une mauvaise idée. La température de l'eau devait atteindre les vingt degrés, c'était parfait. Il prit d'un pas nonchalant le chemin du ponton d'accostage. Piia se trouvait sur la plage près du sauna, décemment vêtue d'un bikini. Jyri n'avait pas le courage de se traîner aussi loin. Et tant pis pour le slip de bain, à poil et à la baille !

Jukka était déjà dans l'eau, flottant dans la mer peu profonde près des rochers. Il devait avoir un mal de tête carabiné, à en juger par le trou béant de son crâne. Pour le reste non plus, il n'avait pas l'air très frais... Jyri sentit son estomac se retourner, et il vomit avec soulagement dans les roseaux tout proches.

Il lui fallut quelques minutes pour se redresser et réussir à remonter jusqu'à la terrasse, où il y avait maintenant plus de monde. Sa voix claire et enviée de premier ténor ne parvenait pas à franchir ses lèvres.

« À quoi tu joues, le cul à l'air ? l'apostropha Tuulia.

— Jukka... près du ponton, merde... je crois qu'il est mort ! Noyé !

— Qu'est-ce que tu racontes, bordel ? »

Antti se rua vers la plage, Mirja sur les talons. Un instant plus tard, elle revint et courut au téléphone. Les numéros d'urgence étaient soigneusement notés à côté de l'appareil. De la terrasse, on entendit sa profonde voix de contralto essoufflée appeler la police, et ensuite seulement une ambulance.

1

Vers où t'emporte l'eau, frêle esquif sur les flots

J'étais sous la douche, occupée à rincer le sel de ma peau, quand le téléphone sonna. J'entendis ma propre voix sur le répondeur, puis celle d'un collègue demandant de rappeler d'urgence. Mon repos dominical avait duré plus longtemps que je n'aurais osé l'espérer, mais je n'avais pas réussi à me détendre, même à la plage. Dieu sait pourquoi, je m'étais sentie obligée de passer ma première belle journée de liberté de l'été à me dorer au soleil, alors que je détestais en principe le farniente et la bronzette. Tout l'hiver, j'avais assidûment fréquenté la salle de musculation, et cela faisait des années que mon corps n'avait pas été aussi présentable en maillot de bain – malgré quelques bourrelets dont je ne risquais pas de me débarrasser au rythme où je descendais les bières.

Je coupai le répondeur et composai le numéro du commissariat central. Le standard me passa Rane.

« Salut beauté ! Je suis là dans un quart d'heure. J'ai déjà emballé le matos. On a un cadavre à Vuosaari, Police Secours nous a prévenus il y a une demi-heure. Tu n'as besoin de rien de particulier ? À tout de suite ! »

Et c'est reparti, me dis-je en cherchant dans ma penderie quelque chose de mettable. J'avais laissé ma jupe d'uniforme au bureau, à Pasila, et mon meilleur jean devrait faire l'affaire. J'avais les cheveux mouillés, mais le séchoir ne ferait qu'ébouriffer ma tignasse rousse. Je m'efforçai d'étaler un semblant de maquillage sur mon visage rougi et fis la grimace à mon reflet. Il me renvoyait tout autre chose que l'image d'une respectable inspectrice de police : des yeux vert-jaune qui semblaient avoir été empruntés à un chat, des boucles rebelles blond filasse dont j'accentuais les reflets roux à l'aide de teinture (chut, seuls Melody et moi...). Mon trait le moins digne était mon nez en trompette piqueté de taches de son par le soleil. Ma bouche avait été qualifiée par certains de sensuelle, ce qui signifiait, en clair, que ma lèvre inférieure était un peu trop épaisse.

Était-ce vraiment ce petit bout de femme aux airs de gosse qui devait aller faire régner l'ordre et la loi au fin fond de Vuosaari ?

La sirène de Rane s'entendait de loin. Il adorait la faire hurler, comme la moitié de la police finlandaise. Les morts ne risquaient pas de se sauver, mais la population n'avait pas besoin de le savoir.

« Les types de l'identité judiciaire sont partis devant, annonça Rane d'un ton professionnel quand je grimpai à côté de lui dans la Saab. On a donc un corps à Vuosaari, noyé, mais il y a apparemment quelque chose de pas net. Un type d'une trentaine d'années, un certain Peltonen, je crois. Il y avait une dizaine de personnes qui passaient le week-end dans une villa, des membres d'une chorale, et ce matin on a retrouvé ce Peltonen dans la mer.

— Quelqu'un l'a poussé à l'eau ?

— On n'en sait rien. On n'a pas grand-chose comme renseignements.

— Qu'est-ce que c'est que cette histoire de chorale ?

— Une bande de chanteurs, je suppose. » Rane tourna si sec vers la radiale Est que je fus projetée contre la portière de la Saab et me cognai douloureusement le coude. J'attachai avec un soupir résigné la détestable ceinture de sécurité réglée à hauteur d'homme qui me râpait le cou.

« Où est Kinnunen ? Et tous les autres ? Ce n'était pas ton jour de congé, à toi aussi ?

— Les gars sont sur cette bagarre au couteau d'hier. J'ai passé la dernière demi-heure à essayer de joindre Kinnunen, mais tu sais ce que c'est, le dimanche... il soigne sa gueule de bois à une terrasse de bistrot. »

Rane haussa les épaules, sans illusion. Aucun de nous ne voulait poursuivre la conversation sur le sujet. Le responsable de notre brigade, le commissaire Kalevi Kinnunen, était alcoolique. Point. J'étais la suivante dans la hiérarchie et je devrais m'occuper de l'affaire jusqu'à ce qu'il se remette de sa dernière cuite ou de ses séquelles. Point.

« Écoute, Rane. Je connais, enfin je connaissais peut-être le mort... C'est un peu gênant, comme situation...

— Mes vacances commencent demain et j'ai bien l'intention de les prendre. Cette histoire est pour ta pomme, que tu le veuilles ou non. On ne choisit pas, dans ce boulot. »

Son ton laissait entendre que j'aurais mieux fait de continuer mes études pour devenir avocate, par exemple, j'aurais au moins pu choisir les affaires sur lesquelles je travaillais. Rane m'avait toujours considérée avec méfiance, comme beaucoup d'autres de mes collègues du commissariat central d'Helsinki. J'étais une femme, j'étais jeune et, contrairement à eux, je n'étais pas un vrai fonctionnaire de police titulaire embauché à vie, juste une remplaçante à qui il ne restait plus que deux mois à tirer.

Après le baccalauréat, je m'étais présentée avec succès au concours de l'école de police, à la surprise de mon entourage. Au lycée, en effet, j'avais plutôt été une rebelle, une punk en blouson de cuir, qui avait en plus décroché la mention très bien. Mais bon, l'autre punk de la classe, qui séchait tous les cours, était plus tard devenue institutrice. J'avais la tête pleine d'idéaux de justice sociale. Je m'étais imaginé pouvoir, dans la police, aussi bien aider les criminels et les victimes que changer le monde. Je voulais me spécialiser dans la police des mœurs et la protection des mineurs.

Mais j'avais été déçue dès l'école de police, où je me débrouillais pourtant étonnamment bien au côté des garçons. À ce stade, j'étais déjà habituée à être un mec parmi d'autres, au lycée je jouais de la basse dans un groupe de rock à dominante masculine et je m'entraînais au foot avec le reste de la bande.

J'avais toujours été la première de la classe, et il m'avait fallu l'être aussi à l'école de police. Mais le métier m'avait définitivement dégoûtée. Deux années passées à rédiger des procès-verbaux, à fouiller des prostituées et à démêler les problèmes sociaux de petits voleurs à l'étalage m'avaient suffi. Je n'utilisais qu'une partie de moi-même, la plus assommante et la plus prompte à faire du zèle. Personne n'avait que faire de ma sympathie, et mon cerveau – que j'avais toujours aimé faire fonctionner – tournait à vide.

Mon enthousiasme pour les études s'était réveillé au bout de ces deux ans. J'avais suivi coup sur coup deux sessions de formation des cadres. On manquait de femmes et peut-être avais-je obtenu de l'avancement plus vite que la moyenne. Mes collègues masculins, jaloux, ne s'étaient pas privés de commenter la chose. Ce qui semblait les horripiler le plus était que mon métier ne me satisfaisait pas. Finalement, j'avais passé le concours d'entrée de la faculté de droit et, quand j'avais été admise, j'avais enfin cru avoir trouvé ma voie. L'administration de la justice m'intéressait toujours et, à vingt-trois ans, je pensais savoir ce que j'attendais de la vie.

Pendant mes études, j'avais fait des remplacements, l'été, ou effectué d'autres missions ponctuelles au service de la police, et aujourd'hui, cinq ans plus tard, j'y travaillais de nouveau. Je commençais à me lasser de la fac, et passer six mois au commissariat central d'Helsinki, à la brigade criminelle de la division de police judiciaire, m'avait paru être une bonne idée, d'autant que je m'étais spécialisée dans le droit pénal. J'avais pensé pouvoir, au cours de cette période, prendre un peu de distance par rapport à mes études et découvrir de nouveaux horizons. Mais pour l'instant, cet espoir aussi avait été déçu. Mon travail d'enquêteur ne me laissait pas le loisir de réfléchir à autre chose, et c'est tout juste si je trouvais le temps d'aller parfois boire une bière dans un bar ou de pratiquer, un peu plus souvent, la musculation et le jogging.

Pour couronner le tout, mon supérieur direct ne faisait guère plus de dix pour cent de son boulot. Le reste du temps, il buvait ou soignait sa gueule de bois. Je ne comprenais pas qu'on ne l'ait pas envoyé depuis déjà des années en cure de désintoxication. Les besognes qu'il négligeait retombaient sur les autres, et surtout en été, comme maintenant, la situation était ingérable. Les fonds prévus pour embaucher des remplaçants étaient épuisés depuis avril, et le personnel exténué jonglait avec les congés.

Je n'avais pas non plus le cuir aussi dur que je l'avais cru dans ma jeunesse, mais le reconnaître aurait été une grave erreur. Mes collègues masculins surveillaient tout particulièrement mes nerfs, observant avec gourmandise mes réactions lorsque j'examinais le corps couvert de vomissures et de viscères rongés d'un clochard ayant bu de l'eau vitriolée. Ils avaient certainement eux aussi la nausée, mais j'avais moins que tout autre le droit de montrer mon écœurement – parce que j'étais une femme. Et d'ailleurs je tenais le choc et lançais ensuite les blagues les plus cyniques, à la cantine du commissariat, même si ma fricassée de volaille avait du mal à passer.

Quoi qu'il en soit, je ne pouvais rien à mon aspect : j'avais désespérément l'air d'une femme. J'étais obligée de porter mes cheveux longs, car si je les avais coupés mes boucles raides se seraient dressées en tous sens. Par rapport aux hommes, j'étais courtaude. J'avais d'ailleurs failli être recalée à l'entrée de l'école de police à cause de ma taille, mais un ami docteur m'avait grandie sur mon certificat médical des cinq centimètres qui me manquaient. Ma silhouette présentait une étrange combinaison de courbes féminines et de muscles virils. J'étais vigoureuse, pour une femme de ma taille, et je connaissais suffisamment mes forces pour ne pas avoir peur, même en cas de danger. Pour l'heure, malgré tout, j'aurais apprécié le réconfort d'un faux chignon et d'un uniforme de police.

Jusqu'à présent, toutes les affaires sur lesquelles j'avais travaillé, qu'il s'agisse de crimes de sang ou autres, avaient été en quelque sorte impersonnelles. Cette fois, les mots « chorale » et « Peltonen » résonnaient d'un air sinistre. Si mes mauvais pressentiments se révélaient fondés, je me trouverais face à des gens que je connaissais, ne serait-ce que de vue, et qui avaient eu affaire à moi dans un tout autre rôle que celui de policier.

Au cours de mon premier hiver à l'université, j'avais partagé avec d'autres étudiantes un appartement lugubre à Itäkeskus. Mes colocataires ne cessaient de se chamailler, car l'une d'elles, Jaana, passait la moitié de son temps à chanter. On entendait même parfois s'égosiller dans sa chambre un quatuor entier, dont la basse était son petit ami : Jukka Peltonen, Jukka le séducteur, qui avait les yeux de Paul Newman et le visage hâlé par la navigation à la voile, Jukka dont Jaana se demandait pendant des soirées entières si elle devait s'installer chez lui – question à laquelle elle m'avait de temps en temps invitée à réfléchir avec elle en buvant une bouteille de rouge.

Après les assommants culturistes de la police, Jukka avait été un véritable régal pour les yeux. Les beuglantes de Jaana ne me gênaient pas outre mesure, car elle chantait plutôt juste, et je pouvais toujours écouter à fond sur mon baladeur mon groupe de rock préféré – Popeda – quand j'en avais assez du classique.

Puis ma grand-tante était morte et ses héritiers avaient décidé de conserver son studio de Töölö dans l'espoir d'une hausse des prix. J'avais été chargée de garder l'appartement, dont je ne payais que les charges. Sa valeur avait augmenté et j'avais eu peur de perdre mon logement mais, par cupidité, la famille avait préféré attendre une nouvelle flambée du prix du mètre carré. Elle s'en était mordu les doigts quand la crise avait frappé et que le marché s'était effondré. Voilà comment j'habitais toujours à deux pas du restaurant Elite. Depuis, j'étais tombée une ou deux fois à l'université sur Jaana, qui m'avait appris sa rupture avec Jukka. Plus tard, au cours d'une tournée de la chorale en Allemagne, elle était tombée amoureuse du fils de la famille qui l'hébergeait et était restée là-bas comme *Hausfrau*, femme au foyer. Nous échangions des cartes de vœux à Noël, comme souvent entre anciennes copines.

Je me souvenais aussi vaguement d'autres camarades de Jaana. Leurs noms et leurs visages me revenaient peu à peu. En plus de Jukka, il y avait eu un deuxième beau gosse... J'avais même parfois vidé quelques bières avec les membres de l'AEPO. Je craignais donc fort de trouver certaines de mes vieilles connaissances à Vuosaari, car beaucoup s'incrustaient dans les chorales d'étudiants pour prolonger leur jeunesse. Sans doute les choristes formaient-ils une race à part, une bande de masochistes aimant chanter des rengaines stupides avec des camarades à la voix encore plus affreuse que la leur, sous la conduite d'un tortionnaire aux gesticulations incompréhensibles.

La route menant à la villa serpentait à travers un verdoyant paysage estival. Rane avait éteint la sirène mais conduisait quand même largement au-dessus de la vitesse autorisée. C'était un autre charme des voitures de police. J'avais l'itinéraire sous les yeux et je réussis à lui indiquer le bon embranchement. Se perdre était une sacrée honte pour des policiers – ça m'était arrivé une ou deux fois, et la faute en avait toujours été rejetée sur mes épaules. La mer scintillait d'un éclat argenté derrière les champs, un lièvre traversa paresseusement la route, une abeille s'efforçait d'entrer par la vitre ouverte de la voiture.

« C'est un coin où il y a quelques vieilles résidences d'aristos restaurées par des gens qui ont les moyens », expliqua Rane.

Nous étions enfin arrivés dans une presqu'île reliée au continent par une langue de terre d'une dizaine de mètres de large et avions franchi un portail surmonté d'une haute arcade. Une plaque en laiton indiquait le nom de l'endroit : Villa Maisetta. Un étroit chemin envahi d'herbes menait jusque devant un chalet de conte de fées comme j'avais toujours rêvé d'en habiter. Un étage, des fenêtres encadrées de blanc, des lambrequins en bois ouvragé. Sur la pelouse se trouvaient une voiture de patrouille et la vieille Volvo délabrée de l'identité judiciaire.

« Ils ont fait vite. Où est-il, notre chantier ? » Je me fabriquais une attitude cynique, voire agressive. Pas de larmes au chevet du corps de séduisants ex-fiancés d'ex-colocataires.

L'un des agents de police vint à notre rencontre, flanqué d'une jeune fille brune à l'air renfrogné. Quand je nous présentai, ils me regardèrent tous deux d'un air dubitatif. J'avais beau m'être préparée à un accueil suspicieux, je me sentis vexée. La brune me disait quelque chose et, au nom de Mirja, je me remémorai les commentaires peu flatteurs de Jaana sur la pire râleuse de la chorale. Cette chipoteuse ne buvait même pas d'alcool, ce qui, il y a cinq ans en tout cas, constituait dans ce milieu un crime impardonnable.

Mirja nous conduisit à la plage où les techniciens étaient occupés à photographier le corps échoué contre les rochers. Le médecin était déjà là lui aussi. Je me rendis compte qu'ils patientaient depuis longtemps, car ils avaient pratiquement terminé leur travail. Je me sentis stupide à l'idée qu'ils attendaient pour sortir le noyé de l'eau que j'aie eu le temps de l'examiner. J'aurais voulu ne rien savoir de ce cadavre, ne pas reconnaître en lui Jukka, ne pas voir ce qu'on lui avait fait.

« Qu'est-ce que tu en penses, Mahkonen ? » demandai-je au légiste trop lourd d'au moins cinquante kilos qui fumait son cigarillo. Il me détestait presque autant que je le détestais, mais je savais qu'il connaissait son métier alors qu'il n'en pensait pas autant de moi.

« Où est Kinnunen ? demanda-t-il d'un ton soupçonneux.

— Il est où il est, répondis-je exaspérée. On ne peut pas rester là à l'attendre. On va commencer l'enquête. Alors, de quoi ce type est-il mort ?

— À en croire sa figure, il s'est noyé. Mais sa plaie à la tête est assez intéressante pour que j'aie des doutes. Il faut que je voie ça à l'autopsie. » Mahkonen ne s'adressait pas à moi mais à la pointe des chaussures de Rane.

« Est-ce qu'il serait possible qu'il ait d'abord été assommé puis jeté à l'eau ? demanda ce dernier.

— Très possible. Cette blessure n'est certainement pas anodine, et elle a une forme curieuse. J'aimerais bien savoir avec quoi on l'a frappé.

— Qu'est-ce que tu dirais d'un caillou ? » Rane regardait les rochers de la rive, entre lesquels il y avait des pierres de toutes tailles, pour la plupart faciles à prendre en main.

« Oui... eh bien vous avez du boulot, les gars, si vous voulez passer toute cette caillasse au peigne fin », grogna le médecin.

J'autorisai les ambulanciers à sortir le corps de la mer. Ils le retournèrent avec précaution. Sous les cheveux blonds collés par le sang et le sel, son visage me parut grotesquement familier. La bouffissure des chairs ne parvenait pas à dissimuler l'expression de terreur des yeux restés ouverts qui brillaient tels des signaux d'alarme bleus au milieu de la face violacée. Des algues décoraient le coupe-vent blanc du mort, son jean était plaqué sur ses pieds nus et bronzés.

L'image de Jukka le séducteur, tel qu'il était quelques années plus tôt, me traversa douloureusement l'esprit. Il devait avoir un ou deux ans de plus que moi, sans doute à peine la trentaine. J'avais certes déjà vu des morts plus jeunes, mais au corps rongé par l'alcool ou la drogue. Je ravalai mes larmes, tentai de m'éclaircir la gorge et me mis à bousculer les techniciens : d'où pouvait venir la plaie à la tête de Jukka, avait-il pu glisser sur le ponton ? Et ainsi de suite. Je savais que mes aboiements, loin de donner le change, ne faisaient que mettre à nu ma nervosité. Mais même si notre ministre de la Défense s'était déjà risquée à pleurer en public, cela me restait interdit.

« Allons voir ce que savent les autres, dans la villa », dis-je à Rane en me tournant vers le chalet à lambrequins. Ce n'est qu'à ce moment que je remarquai le groupe assis sur la terrasse face à la mer. Mes vociférations avaient sûrement dû porter jusque-là, mais personne ne regardait dans notre direction, comme s'ils avaient voulu nier l'existence même de la police.

Vue de plus près, la maison avait l'air factice : peut-être n'était-ce que la copie d'une villa romantique qui s'était jadis dressée au même endroit. La peinture n'avait pas été refaite depuis une vingtaine d'années, à en juger par sa couleur fanée, mais la construction elle-même ne devait pas être beaucoup plus vieille que moi.

Le soleil tapait sur la terrasse, et je maudis encore une fois mon jean trop chaud. Le septuor qui se tenait assis là me semblait en partie familier.

« Maria ! s'exclama avec étonnement une voix cristalline. Tu es dans la police, maintenant ? Tu te souviens de moi ? Tuulia. »

Je me la rappelais parfaitement. Elle était souvent venue dans notre appartement commun, et nous avions parfois pris un café ensemble à la fac. J'avais sympathisé avec elle, nous avions le même sens de l'humour. Je la trouvai embellie, son port plus assuré et épanoui mettait en valeur sa haute taille.

« Oui. » Je ne parvenais pas à sourire. « Voilà... je suis l'inspecteur principal Maria Kallio de la brigade criminelle, bonjour. Et voici l'inspecteur Lahtinen. Vous pourriez peut-être commencer par vous présenter et par m'exposer les événements de la nuit dernière. » La phrase semblait ridicule, même à mes propres oreilles, et je n'osais regarder personne en particulier.

Mirja avait apparemment une âme de chef. Elle prit la parole d'une voix unie, comme si elle avait lu un mémoire. Peut-être avait-elle préparé sa réponse depuis longtemps.

« Je m'appelle Mirja Rasinkangas. Nous sommes tous membres de la chorale de l'AEPO, l'Association des étudiants des provinces orientales. L'entreprise où travaillait Jukka Peltonen devait organiser une fête, et ils voulaient de la musique. Ils étaient prêts à verser un gros cachet et Jukka avait donc réuni un double quatuor de chanteurs. »

Le groupe se composait de l'ensemble qu'il dirigeait habituellement et de quatre autres choristes qui se trouvaient passer l'été en ville. Les parents de Jukka étaient pour l'instant à bord de leur voilier, et leur villa était donc disponible pour répéter.

Le double quatuor s'était rassemblé la veille dans l'après-midi, avait chanté quelques heures puis s'était consacré aux activités estivales traditionnelles des Finlandais : sauna et libations. Il était plus de minuit quand chacun était peu à peu parti se coucher, mais personne ne semblait avoir fait très attention aux mouvements de Jukka. Il avait été vu en vie pour la dernière fois vers deux heures.

« J'ai été étonnée de ne pas le voir ce matin, expliqua Mirja. Mais ensuite Jyri est venu crier qu'il s'était noyé, et il était là... dans l'eau. » Sa voix tremblait légèrement.

« Quand vous êtes allés voir, est-ce que vous avez touché au corps ?

— J'ai cherché son pouls. On ne l'a pas déplacé, dit du fond de la terrasse une voix de basse plutôt sèche. C'est moi, Antti Sarkela, si tu te souviens. Son cœur ne battait plus, et de toute façon on voyait bien qu'il était noyé, ce n'était pas la peine de tenter quoi que ce soit. »

Je me rappelais également Antti. J'avais presque été amoureuse de lui pendant une quinzaine de jours, après qu'il était venu s'asseoir une fois à côté de moi dans le tramway et avait commencé à me parler du recueil de Henry Parland que j'étais en train de lire. Combien d'hommes savaient-ils seulement qui il était ? Puis j'avais décidé d'oublier Antti pour me consacrer au culte de Henry mais, depuis cette conversation, il m'irritait et m'intriguait à la fois. J'aimais son physique. Un maigre visage d'Indien, un grand nez d'aigle, une taille de près de deux mètres. L'expression de ses yeux était difficile à décrypter, mêlée à la fois de chagrin et de peur. Il me revint qu'Antti était un proche ami de Jukka.

« OK. C'est maintenant moi qui m'occupe de l'affaire, ce qui veut dire que les interrogatoires auront lieu à Pasila. Pour les besoins de l'enquête, je préférerais que vous quittiez tout de suite la villa. Je voudrais commencer à vous entendre dès ce soir et j'ai de la place dans ma voiture si quelqu'un veut en profiter. Il n'a pas l'air d'y avoir d'arrêt de bus dans le coin. Pour l'instant, il serait bon que je sache au moins dans les grandes lignes qui est qui, profession, adresse et le reste. Tu notes, Rane ? Qui es-tu ? » demandai-je à un garçon fluet à l'air très jeune, qui semblait au bord de la nausée.

« Jyri Lasinen, annonça-t-il d'une claire voix de ténor teintée d'accent carélien. J'ai vingt-trois ans et je fais des études de mathématiques et d'informatique à l'université. » On aurait cru qu'il répondait à un entretien d'embauche.

« Mirja Rasinkangas, répéta la robuste fille brune. Vingt-six ans, étudiante en histoire.

— Piia Wahlroos. » La voix n'était guère qu'un murmure. Celle qui venait de parler avait de grands yeux noirs, des cheveux châtains, une bague de fiançailles et une alliance ornées de pierres précieuses, un corps mince, une tenue d'été élégante… J'enregistrais les détails sans parvenir à les ordonner dans mon esprit. « J'ai vingt-six ans, j'étudie les langues scandinaves.

— Sirkku Halonen, vingt-trois ans. Étudiante en chimie. Je suis la sœur de Piia, mais elle est mariée, c'est pour ça qu'on ne porte pas le même nom. » Autant Piia était d'une délicate beauté, autant Sirkku n'en était qu'une banale et pâle copie. Assis à côté d'elle, un jeune homme courtaud aux cheveux raides lui tenait la main, cherchant à la réconforter. Son petit ami, apparemment.

« Timo Huttunen, ingénieur forestier. Vingt-cinq ans.

— Tuulia Rajala, vingt-neuf ans. Dilettante.

— Antti Sarkela. Assistant en mathématiques à l'université. Vingt-neuf ans. Mais je vois mal ce que notre âge vient faire là-dedans. » Rane grogna, il avait automatiquement continué à noter sur sa lancée. Il jeta un regard noir à Sarkela, comme si c'était de sa faute.

« Bien... ramassez vos affaires, qu'on puisse s'en aller au plus vite. » Je descendis sur la plage dire encore quelques mots aux techniciens. Je croisai en chemin les ambulanciers chargés de leur civière. Jukka aurait pour prochaine adresse l'institut médico-légal.

Quand je revins à la villa, Mirja était en train de vider le réfrigérateur.

« Au fait... Où avez-vous dormi, tous ?

— La chambre de Jukka est en haut, dans le couloir. Jyri et Antti avaient pris la chambre de son frère, en face. Timo et Sirkku dormaient au fond dans le lit des parents de Jukka, et Piia, Tuulia et moi en bas, par terre dans le salon.

— Il n'y a donc que Jukka qui ait dormi seul ?

— Sans doute, oui. Mais personne n'a beaucoup dû dormir, j'ai eu l'impression qu'il y avait du mouvement toute la nuit. Les gens n'arrêtaient pas d'aller aux toilettes, Jyri est même descendu pour ça, alors qu'il y a des W.-C. là-haut aussi. J'ai très mal dormi, en tout cas au début. Tuulia faisait un bruit épouvantable en ronflant, et on a eu beau la secouer, rien n'y a fait.

— Désolée de t'avoir privée de sommeil, dit Tuulia en entrant dans la cuisine. Pour Piia, je crois qu'elle avait de toute façon du mal à s'endormir, elle avait peut-être mauvaise conscience… » Elle jeta un coup d'œil dans le réfrigérateur. « Ce serait dommage de laisser perdre ces crustacés. Venez dîner à la maison, après notre passage à la question. Une eucharistie en souvenir de Jukka… Ça tombe bien, la sauce tomate est couleur sang. Dommage qu'il n'y ait que du vin blanc.

— Arrête », cracha Mirja sans remarquer le tremblement de la voix de Tuulia. Je les abandonnai et gagnai le vestibule du premier, où Jyri était en train de plier son sac de couchage. La pièce, d'où la vue s'ouvrait sur la mer, se prolongeait par un étroit couloir au bout duquel on apercevait une grande chambre à coucher, apparemment celle des parents de Jukka. La porte était entrebâillée, on voyait des jambes de femme sur le lit. Une main d'homme les caressait. Sans doute Sirkku et Timo.

La chambre vide était celle de Jukka : un univers d'adolescent, qui n'avait sans doute guère changé depuis dix ans. Des tissus outremer, des affiches représentant des voiliers sur les murs, deux bouteilles vides de Cutty Sark voisinant dans la bibliothèque avec des livres sur la navigation, une guitare. Un pull traînait sur une chaise, des chaussures étaient fourrées sous le lit. Jukka se promenait pieds nus la nuit de sa mort – sans doute pour ne réveiller personne. Les draps étaient défaits, ce qui semblait indiquer qu'il avait d'abord dormi et qu'il prévoyait, où qu'il soit allé, de revenir se coucher.

Antti Sarkela était allongé sur le lit étroit de la dernière chambre, les mains derrière la nuque. En me voyant, il se leva d'un bond, comme une jeune recrue surprise par son adjudant.

« Tu trouves des indices ? » Le ton était franchement hostile.

« Peut-être. C'est ici que tu as dormi ?

— Oui.

— Tu connais... enfin tu connaissais plutôt bien Jukka. Est-ce que tu pourrais venir voir dans sa chambre s'il manque quelque chose ? »

Antti donnait l'impression d'être trop grand pour l'espace exigu de la pièce.

« Je ne vois pas trop ce qui pourrait manquer. » Il jeta un coup d'œil dans la penderie. « Il y a les mêmes fringues que d'habitude. Jukka gardait ses affaires de campagne ici, il n'avait apporté qu'un petit sac, hier. D'ailleurs il est là... Regarde, des partitions, des chaussettes propres... Tout m'a l'air normal, en tout cas dans cette chambre. »

Son regard s'arrêta sur un recueil de chants pour chœur mixte tout corné qui traînait sur la table. Il était ouvert à la page d'un canon, *Vers où t'emporte l'eau*. Sans être très amateur de poésie classique, j'avais toujours aimé ce poème d'Eino Leino mis en musique par Toivo Kuula. Jukka avait porté de nombreuses annotations en marge de la partition. Antti détourna les yeux, et je remarquai qu'il se mordait la lèvre.

« C'est ce que vous avez répété hier ? demandai-je pour rompre le silence.

— Entre autres. On nous avait commandé des chansons finlandaises. »

Le portefeuille de Jukka était posé à côté du recueil, je le ramassai. J'avais le sentiment bizarre de laisser échapper quelque chose que cette chambre aurait pu m'apprendre.

Nous pûmes enfin quitter la villa. Les techniciens de l'identité judiciaire poursuivaient leurs recherches pour tenter de trouver l'arme du crime, l'accès à la plage était maintenant interdit. Les agents de Police Secours restèrent sur place pour accueillir les parents de Jukka qui devaient rentrer dans la soirée.

Je regardai le groupe désemparé que je devais interroger. On ne pouvait évidemment pas exclure, en théorie, qu'un rôdeur ait assisté à la mort de Jukka, ou même en soit responsable. Il y avait eu dans la région, tout au long de l'été, de nombreux cambriolages. Peut-être Jukka avait-il surpris un voleur arrivant par la mer ?

Pour le moment, toutefois, les sept membres restants du double quatuor étaient en position clef. L'un ou l'autre des choristes en savait à coup sûr plus qu'il ne m'en avait dit. Peut-être même l'un d'eux avait-il tué Jukka. Dans ce cas, je ne me trouverais pas face à un criminel endurci, mais à un individu ordinaire pour qui le poids de la culpabilité se ferait bientôt trop lourd, songeai-je avec optimisme.

Antti et Tuulia lançaient des appels étranges en direction de la plage et semblaient expliquer quelque chose aux agents de police.

« Qu'est-ce qui se passe ? demandai-je en m'approchant pour leur donner le signal du départ.

— Einstein. Mon chat, répondit Antti. Ça fait deux heures qu'on ne l'a pas vu et je ne voudrais pas m'en aller sans lui.

— Tu crois qu'il s'est perdu ? demanda Tuulia d'un air inquiet.

— Non, il est né ici ! Il est juste parti se promener.

— Je préférerais quand même que tu viennes avec nous, tu pourras revenir chercher ton chat plus tard », dis-je d'un ton plus sec que je ne l'aurais voulu. J'ordonnai aux collègues qui restaient sur place d'ouvrir l'œil et d'attraper l'animal s'il se montrait. Ils me regardèrent comme si j'avais perdu la tête. « Il ne manquait plus que ça, courir après des matous », grommela rageusement l'un d'eux.

La voiture de Jukka resterait pour l'instant à la villa, où elle subirait un premier examen. Quelqu'un la conduirait plus tard au laboratoire. La clef était restée sur le contact. La BMW de Piia Wahlroos pouvait embarquer cinq personnes. Il était inutile de faire surveiller les choristes pour les empêcher de faire concorder leurs alibis, ils avaient eu tout le temps de se concerter avant qu'un seul policier soit sur place. J'aurais pu parier que Mirja Rasinkangas et Antti Sarkela seraient les seuls à accepter de monter en voiture avec nous. J'avais raison. Je sentis les grandes jambes d'Antti contre mon dossier et avançai mon siège. Leur contact me crispait.

« Que fais-tu au juste dans la police, Maria ? demanda-t-il tandis que nous quittions le chemin forestier pour la route principale. La dernière fois que je t'ai vue, tu étais à la fac de droit.

— J'ai fait l'école de police. J'effectue juste un remplacement.

— Et tu as résolu beaucoup de... meurtres ?

— Suffisamment.

— Ne sous-estime pas l'intelligence de la petite, mec, elle coincera le coupable », lança aigrement Rane. J'avais envie de rire. Le syndrome de Napoléon avait encore frappé. Rane ne dépassait que de peu la taille minimum requise dans la police et se comportait automatiquement avec agressivité envers les hommes nettement plus grands que lui. Je ne pris même pas la peine de relever son qualificatif de « petite », pour une fois qu'il prenait mon parti. Par solidarité professionnelle, envers et contre tout.

« C'était toi, la colocataire de Jaana, réagit soudain Mirja. Je me rappelle, maintenant... » Ses souvenirs ne semblaient pas particulièrement positifs. Peut-être était-ce à cause de cette soirée où nous avions bu pas mal de bière et où je m'étais égarée à m'interroger tout haut sur l'utilité intrinsèque du chant choral.

Il faudrait que je téléphone à Jaana en Allemagne. Elle était sortie avec Jukka, peut-être possédait-elle des informations importantes. Elle connaissait apparemment la plupart des choristes mêlés au meurtre – il ne s'était après tout écoulé que deux ans depuis ce fameux voyage en Allemagne.

Le reste du trajet se fit en silence. Je voulais ordonner dans mon esprit les informations dont je disposais avant de commencer les interrogatoires. D'après les premières constatations du légiste, Jukka avait reçu à la tête un coup porté de face, en biais de haut en bas, avec un objet contondant de forme indéterminée. Ou bien le tueur était nettement plus grand que sa victime – auquel cas Antti était le seul candidat possible parmi les personnes présentes – ou bien Jukka s'était tenu assis ou à genoux.

Avait-il eu rendez-vous sur le ponton avec quelqu'un qu'il voulait voir en toute tranquillité ? Ou était-il juste sorti faire un tour et s'était fait surprendre ?

Il n'y avait pas d'autre solution, pour trouver la réponse, que d'effectuer un travail ingrat, interroger et écouter les gens. Jusqu'ici, les crimes de sang sur lesquels j'avais enquêté avaient été simples : un couteau enfoncé dans la poitrine d'un autre ivrogne ou un coup de hache sur la tête d'une épouse. Rien que des homicides involontaires. Celui-ci était-il mon premier meurtre ?

2

Toi que les remous malmènent et ballottent

Kinnunen ne s'était toujours pas montré au commissariat. Le permanencier avait cependant réussi à joindre chez lui sa nouvelle amie, qui avait déclaré l'avoir laissé à la terrasse du café Kappeli devant sa quatrième chope de bière. Je conclus avec Rane que nous ferions mieux de nous mettre au travail sans lui, si nous ne voulions pas faire attendre dans nos locaux les témoins toute la soirée. Personne d'autre n'était disponible pour m'aider à mener les interrogatoires. Nous n'avions même plus le courage de maudire Kinnunen. C'était la ixième fois que nous étions obligés de pallier ses absences.

Je décidai de m'attaquer aux choristes par ordre alphabétique, faute de mieux. Je me chargerais de poser les questions tandis que Rane me servirait de secrétaire. Je n'avais guère d'autre aide à espérer de lui dans cette affaire, il prenait déjà du champ, ne pensant qu'au plaisir qu'il aurait, le lendemain matin, à faire la grasse matinée et à chasser de son esprit tous les meurtres de la terre. Il entendrait cependant ce que les témoins avaient à dire et me donnerait son opinion avant de partir en vacances. Au cours de ces quelques mois, j'avais pu constater que malgré ses préjugés et ses accès de mesquinerie, il avait un regard plutôt pénétrant. Sans doute cela l'exaspérait-il d'être placé sous les ordres d'une femme de près de dix ans de moins que lui, pour qui la police n'était en outre qu'une étape parmi d'autres et non un métier, comme pour lui.

La première de la liste était Sirkku Halonen. Elle semblait très nerveuse, et je tentai de l'amener à se détendre par des questions de routine – je ne suis pas d'un tempérament particulièrement maternel ni très douée pour dorloter les blessés, je m'en sors mieux face à des durs à cuire que face à de jeunes victimes de sévices mortes de peur. Timo Huttunen tenta de s'imposer de force pour soutenir sa petite amie, mais je le renvoyai dans le couloir.

Sirkku connaissait Jukka depuis près de trois ans. Avant de s'inscrire à la chorale, elle avait eu l'occasion de le rencontrer à des fêtes organisées par Piia et son mari. Elle sortait depuis environ un an avec Timo Huttunen. Jukka était selon elle « très sympa », et elle ne voyait absolument pas qui aurait pu vouloir le tuer.

« Ces deux jours s'annonçaient si bien... J'ai un job d'été comme vendeuse au rayon parfumerie d'un grand magasin et c'est terriblement dur. J'étais si contente. » Sirkku semblait plus regretter son week-end gâché que la mort de Jukka.

J'avais l'impression que je ne tirerais rien d'elle. À l'en croire, il ne s'était rien passé de particulier samedi. Ils avaient répété un moment, l'ensemble sonnait plutôt bien. Puis Antti et Jukka s'étaient chargés de chauffer le sauna, Jyri avait joué du piano – dire qu'il y a des gens qui ont un piano dans leur maison de campagne – et Timo et Sirkku étaient restés assis sur la terrasse à boire du vin de fraise. Mirja et Tuulia avaient préparé le dîner.

« Une excellente ratatouille, ou quelque chose de ce genre. Tuulia est vraiment bonne cuisinière – même s'il y avait un peu trop d'ail à mon goût. Ensuite, avec Timo, on est partis faire une promenade en barque... Les autres sont allés au sauna. On voulait être tranquilles et on a attendu pour y aller que les autres aient fini. On a dû en sortir vers onze heures. »

En revenant du sauna, les amoureux avaient trouvé les autres assis au coin du feu dans le salon, à boire et à écouter de la musique. L'ambiance était calme et détendue.

« À quelle heure êtes-vous allés vous coucher ? Tu es montée avant ou après Jukka ?

— Je crois qu'on était les premiers... Je n'ai pas regardé l'heure. Avec Timo, on a dormi dans la grande chambre du premier. Je suis allée une fois aux toilettes pendant la nuit, en haut, je ne suis sortie à aucun moment. Ni Timo, il ne s'est pas réveillé une seule fois. »

Je me demandais comment Sirkku pouvait le savoir, si elle avait elle-même été endormie. Peut-être étaient-ils si étroitement collés l'un à l'autre qu'ils se réveillaient au moindre mouvement.

« Jukka a eu un comportement normal pendant toute la journée, d'après toi ?

— Oui. Il était de bonne humeur. Il ne s'est même pas énervé contre Piia à la répétition, alors qu'elle n'arrêtait pas de se tromper. Elle est deuxième soprano, et dans *Vers où t'emporte l'eau*, tu sais, cet air de Kuula, c'est elle qui est supposée attaquer en premier. Elle n'y arrivait pas, mais Jukka a... enfin avait, toute la patience du monde avec elle. »

Sirkku semblait insinuer que sa sœur avait été recrutée pour d'autres motifs que ses talents de chanteuse.

« Il a dû y avoir quelque chose entre eux, parce que Peter, le mari de Piia, est parti en Amérique pour participer pendant près de six mois à une course à la voile. C'est affreusement long, non ? Mais elle va pouvoir aller le rejoindre le mois prochain. J'ai l'impression que Jukka s'est tout de suite mis à lui tourner autour. Je ne devrais peut-être pas te le dire... Mais Piia t'en parlera sûrement elle-même, il n'y a rien de mal à ça. Aller ensemble au cinéma et d'autres choses de ce genre, je veux dire. Heureusement que Peter est sur le *Marlboro of Finland*, c'est leur voilier, parce qu'il aurait sûrement eu des raisons de tuer Jukka. Enfin ce n'est pas ce que je voulais dire, mais il est plutôt jaloux...

— Jukka m'a l'air d'avoir été très entouré. Et entre toi et lui, est-ce qu'il y a jamais eu... quelque chose ? » Si je me souvenais bien, Jaana, lors de notre dernière rencontre, avait grommelé quelque chose à propos de la « baisse de niveau » de Jukka et de « toutes ces gamines qu'il met maintenant dans son lit ».

« Oui, un amour de vacances, si on peut dire, là-bas en Allemagne, rien de sérieux. » Ma question directe ne l'avait pas démontée. Elle avait visiblement repris de l'assurance en parlant, et une pointe de fierté hautaine perçait maintenant dans sa voix. « Jukka et Jaana avaient déjà rompu, il a dû être furieux de la voir flirter avec Franz. Nous nous sommes bien amusés, avec Jukka, c'était bien avant que je fasse seulement attention à Timo. Mais ça n'a duré que le temps du voyage, je sortais à l'époque avec un type du nom de Jari...

— Timo était jaloux de Jukka ?

— Pour cette histoire en Allemagne ? Je ne pense pas, pourquoi l'aurait-il été ? Il n'y a plus rien eu entre nous depuis, et je ne tromperais pas Timo. »

Tu trompais pourtant bien ton petit ami d'alors, me dis-je, amusée. « Et cette nuit, quand tu as été aux toilettes, est-ce que tu as vu ou entendu quelqu'un d'autre bouger ?

— Les W.-C. du haut étaient juste à côté, je n'ai pas eu le temps de voir grand-chose, surtout que je n'étais qu'à moitié réveillée et un peu ivre. Je me suis tout de suite rendormie. Mais j'ai entendu Tuulia ronfler au rez-de-chaussée. Je ne comprends pas comment les deux autres pouvaient dormir avec ce boucan. Ç'aurait été plus agréable pour Piia de partager la chambre de Jukka, il avait tellement insisté. » Sirkku prit un air coupable. « Je suis montée un moment, après le sauna, ils avaient l'air de se faire une scène, Jukka espérait que Piia vienne dormir avec lui, mais elle a refusé. Je n'ai rien entendu de plus.

— Qu'est-ce qui t'a réveillée, au milieu de la nuit ?

— Une envie de faire pipi, bien sûr ! » Son expression se fit pensive. « Je ne sais pas, en fait... J'ai peut-être entendu un claquement, mais je ne suis pas sûre. Il faut toujours que je me lève la nuit quand je bois tard dans la soirée. » Sirkku jeta un coup d'œil à Rane et rougit.

Je n'appréciais pas particulièrement les minauderies de petite fille – peut-être parce que je ne maîtrisais pas cet art. Je libérai Sirkku en la prévenant qu'elle risquait d'être reconvoquée en début de semaine et je lui demandai de m'envoyer Timo Huttunen.

« Je me demande pourquoi elle propage le bruit du flirt de sa sœur avec Jukka, est-ce qu'elle pense que ça cache autre chose ? marmonnai-je autant pour moi-même qu'à l'intention de Rane. Quoi qu'il en soit, il va falloir vérifier si le *Marlboro of Finland* n'est pas en ce moment à quai quelque part – tu te rappelles tout le raffut qu'on a encore fait au printemps à cause de la publicité pour les cigarettes ? – et si Peter Wahlroos n'a pas par hasard fait un saut en Finlande en plein milieu de la course. Je doute que ce soit vraiment possible, en pratique. Peut-être que ce type a dans les veines le sang chaud des Vikings : si Pénélope ne se tient pas à carreau, il met ses rivaux au pas. »

Je cessai d'enchevêtrer les mythes à l'entrée de Huttunen. L'idée d'un mari vengeur chaussé de mocassins boueux se faufilant à pas de loup à travers les broussailles ne me convainquait guère plus que l'hypothèse d'un meurtre de rôdeur avancée avec candeur par Sirkku. C'était ce qu'ils espéraient tous, d'ailleurs.

Timo Huttunen avait surtout l'air exaspéré. Physiquement, il ressemblait à son homonyme romanesque des *Sept Frères* : des yeux bleu pâle, des cheveux en brosse couleur paille, un corps solidement bâti. On l'imaginait mal, au premier abord, s'intéressant à quoi que ce soit qui touche de près ou de loin à l'art, et en tout cas pas à la musique classique. On voyait plutôt ce genre de types accoudés devant leur troisième chope au sortir d'une salle de musculation. Son entrée en matière me surprit aussi :

« J'espère que vous n'avez pas harcelé Sirkku. Cette histoire l'a profondément bouleversée. » Le cliché du buveur de bière vint se fracasser sur son ton distingué, presque maniéré.

Timo travaillait pendant l'été dans un magasin de matériel agricole. Il chantait à la chorale de l'AEPO depuis trois ans. Son récit de la soirée de la veille correspondait plus ou moins à celui de Sirkku : ils avaient dîné, pris un verre sur la terrasse, fait l'amour dans le sauna (il rougit d'un air faraud et l'image de l'amateur de bière regagna des points), roucoulé au coin du feu. Timo avait dormi comme une souche, il ne s'était pas réveillé quand Sirkku était allée aux toilettes et était donc incapable de dire combien de temps elle était restée absente. Il avait sa théorie sur le motif du meurtre.

« Je n'avais rien contre Jukka, personnellement, mais ses manières m'exaspéraient. Je n'aimais pas sa façon de flirter avec Piia, qui est mariée. Ça ne plaisait pas non plus à Antti. Il le lui a dit, d'ailleurs.

— Comment ça ?

— Eh bien Peter, le mari de Piia, est un vieux copain de Jukka et d'Antti, c'est même par leur intermédiaire que Piia et lui se sont rencontrés, je crois. Quand je suis allé leur porter quelques bouteilles de bière au sauna, je n'ai pas pu m'empêcher d'entendre Antti dire à Jukka "ne fiche pas la vie de ton pote en l'air, c'est déjà bien assez difficile pour lui", ou quelque chose comme ça. Et Jukka a répondu que sa femme, en tout cas, n'avait rien contre. C'est là que j'ai fait demi-tour et que je suis retourné à la villa, parce que je ne voulais pas en entendre plus.

— Mais rien ne permet d'affirmer qu'ils parlaient de Piia et de Peter ?

— Non... Mais de qui d'autre ? » Les yeux bleu pâle de Timo me fixaient d'un air interrogateur. « Jukka était fatigant, avec ses histoires de femmes. Il fallait toujours qu'il les drague toutes. En fait, je n'ai vraiment appris à le connaître qu'après sa rupture avec Jaana – tu as été sa colocataire, c'est ça ? – et c'est vrai que depuis, il ne s'embête vraiment pas. Musicalement, c'est, enfin je veux dire c'était, une assez grosse pointure, un bon chanteur. Il en était parfaitement conscient, c'est d'ailleurs lui qui dirigeait notre formation. »

Il y avait une franche amertume dans la voix de Timo. Jukka lui avait-il fait des réflexions sur ses capacités de ténor ?

« Il avait fait de bonnes études, et je crois qu'il venait juste d'obtenir une promotion dans l'entreprise où il travaillait. Il devait aussi toucher un salaire assez confortable, en tout cas à en juger par ses vêtements et le reste… Il avait bien sûr beaucoup d'autres choses en tête que les filles, mais on avait quand même l'impression que c'était sa principale préoccupation, d'une certaine façon. »

Timo paraissait soulagé que Jukka ne soit plus là pour séduire les femmes des copains. Le chagrin de Jyri Lasinen, par contre, avait l'air sincère. Ses yeux rougis le rendaient en tout cas franchement émouvant. Jukka avait été un de ses meilleurs copains. Je me demandais ce que j'éprouverais si, au lendemain d'une soirée trop arrosée, je découvrais le corps d'un de mes amis. Jyri ne chantait que depuis un an à l'AEPO, mais il avait derrière lui de nombreuses années de pratique dans des chœurs de chambre de l'Est de la Finlande et au festival d'opéra de Savonlinna.

« Je ne connaissais pas la villa de Jukka, c'est vraiment super chouette comme endroit. On y est allés avec la voiture de Piia, c'est moi qui conduisais, je voulais voir l'effet que ça faisait de tenir le volant d'une BMW. Timo et Sirkku sont montés avec nous. Les autres roulaient devant, mais après j'ai voulu dépasser Jukka et on s'est un peu pris pour des pilotes de rallye. Le dernier bout de route est assez sportif, si on veut s'amuser. » La voix étrangement haut perchée de Jyri rayonnait d'un enthousiasme enfantin. À en croire les effluves qui me parvenaient, il avait soigné sa gueule de bois à l'aide d'un petit remontant sur le chemin du retour.

« Jukka était bon conducteur, il m'a fait un petit peu peur, par moments, en doublant comme un fou... et les filles hurlaient. Ensuite, à la villa, on a chanté. Ça sonnait sacrément bien, et je commence à connaître ma partie. Dommage que Timo n'arrive pas à monter beaucoup plus haut que le *fa* – mais il n'est que deuxième ténor. Quand on en a eu assez de répéter, je suis resté encore un peu au piano parce qu'il y avait la partition de l'air de Lenski, tu sais ? » Jyri fredonna quelques mesures. Je n'avais jamais entendu parler du type en question, mais je dissimulai ma lamentable ignorance sous un vague sourire. Rane avait l'air agacé.

« Puis Tuulia est venue me demander de ne pas chanter des choses aussi tristes et on a un peu feuilleté un recueil des *Plus belles chansons du monde* qui se trouvait là. Ensuite on a dû dîner, puis on est allés au sauna. Avec Jukka, on a fait la course à la nage et je l'ai battu. Après, je crois que j'étais déjà pas mal éméché, Jukka avait du bon whisky, du Jack Daniel's, tu connais ? »

Cette fois, j'avais moi aussi eu le plaisir de faire la connaissance du monsieur en question, parfois même un peu trop intimement. Je reconnus même l'odeur dans l'haleine de Jyri.

« Ensuite on a un peu dansé, avec Tuulia, mais le disque de Bach qu'on avait mis ne s'y prêtait pas trop. Après j'ai dû m'endormir, et je ne me sentais pas très bien ce matin. »

La machine à écrire de Rane crépitait furieusement. Je me demandai s'il essayait de retranscrire l'accent de Jyri. Celui-ci semblait constamment agité de mouvements désordonnés. Malgré ses yeux vitreux et sa barbe de deux jours, il était à vrai dire plutôt élégant. Ses cheveux aux légers reflets roux – la teinte était-elle naturelle ? – étaient coupés à la dernière mode et sa tenue semblait soigneusement étudiée, ses chaussettes étaient assorties aux motifs violets de sa chemise et à la monture de ses lunettes. Jyri était petit et mince et semblait encore plus jeune qu'il ne l'était en réalité, presque adolescent.

C'était lui qui avait trouvé le corps. Mirja l'avait vu déambuler au rez-de-chaussée dans la nuit. Je lui posai la question, et il rougit d'un air coupable.

« Ah oui... j'avais oublié, je devais être plus soûl que je ne pensais. Il n'était pas encore très tard. En fait, je crois que j'ai d'abord fait semblant de sombrer, mais je ne dormais pas vraiment et je suis allé voir ce que faisait Tuulia. Elle ronflait par terre sur le dos et Mirja était assise dans son sac de couchage à me fixer, mais Piia... Elle n'était nulle part.

— Tu ne l'as pas non plus vue à l'étage ?

— Je suppose qu'elle devait y être, avec Jukka... Parce que pendant que je faisais semblant d'être ivre mort, ils ont eu une conversation dans le vestibule du haut, Jukka a demandé à Piia de venir dormir dans sa chambre mais elle a dit non, et elle a ajouté que s'embrasser et baiser étaient deux choses différentes. Je suppose que tu sais qu'il y avait quelque chose entre eux... »

Ils semblaient tous pressés de m'informer des relations de Piia et de Jukka, mais Jyri en parlait plutôt avec admiration.

« Et après ?

— Rien. Piia est sans doute redescendue, puis Antti est monté se coucher et j'ai attendu un moment avant de retourner voir Tuulia, mais elle dormait bien gentiment sur le dos et elle ronflait. C'est là que j'ai vraiment sombré, après un dernier whisky pour noyer mon chagrin.

— À quelle heure as-tu définitivement été te coucher ?

— Il devait être quelque chose comme trois heures...

— Et Jukka était dans sa chambre, à ce moment-là ?

— Je ne sais pas, la porte était fermée. Et je ne sais pas si Piia y était aussi ou pas.

— Quand tu as trouvé Jukka dans l'eau, tu as remarqué quelque chose de particulier ?

— De particulier ? Eh bien il était mort, c'est déjà assez particulier, non ? Je n'ai rien remarqué de spécial, mais j'ai plutôt évité de regarder, à vrai dire... Et avec la gueule de bois que j'avais, je me suis mis à vomir.

— Tu n'es plus retourné sur la plage ?

— Non. Mirja et Antti y sont allés, puis Mirja est revenue la première, et ensuite Antti, qui a dit qu'il valait mieux ne pas aller voir ni toucher à quoi que ce soit. »

Après le flot de paroles de Jyri, le flegme austère de Mirja Rasinkangas me parut plus irritant encore qu'auparavant. Elle laissait clairement entendre qu'elle ne croyait guère en mes compétences. Je me souvenais déjà mieux de ses visites dans notre appartement commun et de sa manière de me regarder de haut parce que je ne comprenais rien à la musique.

Jouer de la basse dans un groupe punk ne comptait pas. Plus tard, après une répétition, je m'étais mise à critiquer par pure provocation les complaintes pleurant la Carélie perdue, typiques du répertoire de l'AEPO, que j'avais entendues brailler pendant trois heures de l'autre côté du mur de ma chambre. En fait, je n'étais pas aussi hostile à la musique classique que je l'avais laissé entendre alors, et seule Mirja, d'ailleurs, m'avait prise au sérieux.

Mes réticences à son égard m'irritaient encore plus – un bon policier doit mener ses interrogatoires avec impartialité.

« Nous sommes arrivés vers six heures, commença-t-elle. Ces idiots de Jyri et Jukka ont conduit comme des fous sur les petites routes, on a failli finir dans le fossé et je ne me sentais pas très bien, mais il fallait quand même qu'on chante – c'est pour ça qu'on était au chalet, pour répéter, même si certains avaient tendance à l'oublier par moments. On a d'ailleurs travaillé assez efficacement pendant deux heures, avant que ça commence à dégénérer quand Jyri s'est mis à réclamer de la bière et ainsi de suite.

— Qu'avez-vous répété d'autre que ce canon de Kuula ?

— C'est lui qui nous a pris le plus de temps, parce qu'encore une fois la deuxième soprano n'était pas à la hauteur, et Jyri met toujours un temps fou à apprendre ses parties. Ensuite des *Piæ Cantiones* et des chansons traditionnelles faciles.

— Qui est deuxième soprano ?

— Piia, bien sûr », jeta Mirja comme s'il s'agissait d'une évidence. Je me rappelais que Jaana aussi avait tenu ce rôle. Elle se présentait comme une soprano de deuxième classe qui n'arrivait pas à monter assez haut pour être une vraie soprano ni à descendre assez bas pour être une contralto.

« Et ensuite, quand vous avez eu fini de répéter ?

— J'ai préparé le repas avec Tuulia – c'est toujours comme ça, certains font tout le travail et les autres se tournent les pouces – et j'ai fait la vaisselle avant d'aller au sauna. Tout était normal, à part Jyri, peut-être, qui essayait de faire les yeux doux à Tuulia, ce qui peut paraître curieux, mais sinon c'était en gros comme les autres soirées entre choristes, sauna, bavardage et picole. Je ne bois jamais plus de deux verres, et je n'étais pas d'humeur très sociable, alors je suis allée pêcher un moment au lancer sur le ponton d'accostage, j'ai même pris un brochet de trois livres... les autres ont été sacrément épatés. » Mirja était visiblement fière de son habileté. J'avais du mal à l'imaginer avec une canne à pêche, mais déjà moins en train de tuer un poisson. « Après avoir vidé le brochet, je me suis sentie fatiguée et je suis allée me coucher la première, il devait être quelque chose comme minuit...

— Mais tu t'es réveillée au cours de la nuit, puisque tu as vu Jyri se promener au rez-de-chaussée ?

— Tuulia faisait un bruit terrible en ronflant et ça nous a tirées du sommeil. Piia est allée aux toilettes et, juste à ce moment-là, Jyri est passé. J'ai moi aussi été aux W.-C. et j'ai essayé de forcer Tuulia à dormir autrement que sur le ventre, pour qu'elle arrête de ronfler, mais je n'ai pas réussi. Finalement, je me suis quand même rendormie.

— Où était Piia à ce moment-là ? Elle était revenue ? » J'avais l'impression que Mirja s'attendait à chaque instant à ce que je lui pose une question réellement stupide. Je me sentais comme devant une institutrice sévère qui n'ignore pas que l'élève à l'air studieux qu'elle interroge est en réalité un cancre qui fume dans les toilettes.

« En fait je n'en sais rien. J'ai dû croire qu'elle était allée quelque part avec Jyri. Tu ferais sans doute mieux de lui demander directement... Ce matin, je me suis réveillée la première, un peu après huit heures, j'ai tranquillement profité du beau temps, j'ai fait du café. Vers dix heures, j'ai mis de la musique pour essayer de réveiller enfin les autres, qu'on puisse répéter. J'étais assez étonnée de ne pas voir Jukka, c'était lui le maître de maison, après tout. Mais les hommes attendent toujours des femmes qu'elles fassent le café. »

Pour une fois, j'étais d'accord avec elle.

« Quand Jyri est arrivé en criant qu'il avait trouvé Jukka dans l'eau, tu as couru voir avec Antti. Pourquoi ?

— Comment ça pourquoi ? Quand quelqu'un arrive en criant qu'il y a un noyé, on va voir, non ? Je suppose que les autres sont juste restés pétrifiés. Dès qu'un groupe est un peu nombreux, il n'y en a que quelques-uns pour agir.

— D'après Antti, vous avez tâté le pouls de Jukka et conclu qu'il était mort, et tu as même appelé la police avant l'ambulance. Étais-tu sûre qu'il soit décédé ?

— Je ne me suis pas vraiment approchée de lui, et Antti s'est comporté comme s'il... comme s'il voulait me protéger du spectacle. Je n'ai pas bien vu Jukka, j'ai cru ce que disait Antti, et le numéro de la police était le premier dans le carnet des Peltonen.

— Tu es retournée sur la plage après avoir appelé la police ?

— Non. Antti est remonté lui aussi et nous sommes juste restés à attendre. »

Antti Sarkela était donc demeuré seul avec le corps et avait eu, si nécessaire, la possibilité de faire disparaître d'éventuels indices. Peut-être n'était-ce après tout qu'un crime finlandais typique, une querelle d'ivrognes. Pour une bouteille d'eau-de-vie ? Une femme ?

« Vois-tu qui aurait pu vouloir tuer Jukka Peltonen et pourquoi ?

— Demande-moi plutôt qui n'aurait pas eu de raison de le tuer.

— Et qui donc ?

— Moi. Il n'y avait absolument rien entre lui et moi. Et Antti non plus n'avait sans doute aucun motif de le tuer, c'était un de ses meilleurs copains. Les autres, par contre… Sirkku a eu une aventure avec lui, en Allemagne, et du coup elle a rompu avec son précédent petit ami. Peut-être s'était-elle imaginé que Jukka était sérieux, elle est assez puérile pour ça… Timo a toujours été jaloux de Jukka. »

Mirja poursuivit avec enthousiasme sur le sujet.

« Si ça se trouve, Piia a été plus loin qu'elle ne l'aurait voulu avec lui, et il a pu la menacer de tout raconter à Peter et de briser leur couple. Avec Tuulia aussi, il avait des rapports très bizarres, un jour ils étaient amis, un autre, amants. Personne ne sait vraiment ce qu'elle pense de lui, au fond. Quant à Jyri, il admirait beaucoup trop Jukka, il dépendait de lui d'une drôle de manière. En plus, il est très amoureux de Tuulia, en ce moment, et Jukka se moquait de lui. Elle passait son temps à allumer ce pauvre Jyri, mais je ne vois pas comment elle aurait pu le prendre au sérieux. À mon avis, c'est certainement elle la suspecte idéale, n'importe qui d'autre aurait craqué depuis longtemps », assena Mirja pour finir.

À part toi, peut-être, me dis-je, et je lui demandai d'un ton peu amène de faire entrer Tuulia en sortant. J'aurais aimé que mon cerveau trie les données avec autant de logique que celui de Mirja, mais il semblait plutôt patiner.

Il m'était encore plus difficile d'interroger Tuulia que Mirja. Je l'avais toujours trouvée sympathique. Nous nous étions parfois croisées à la cafétéria de l'université et avions échangé quelques plaisanteries. Elle était aussi indécise que moi sur ce qu'elle voulait faire dans la vie. Elle avait suivi sans grand succès des cours de journalisme et de sociologie, fait entre-temps des études théâtrales, puis jeté son dévolu sur l'histoire des civilisations, à l'université de Turku. Elle avait aussi fait toutes sortes de petits boulots, et ne semblait avoir aucune envie d'obtenir un diplôme ou de se stabiliser.

« Est-ce que Piia pourrait passer ensuite, on voudrait tous aller chez moi finir les restes du week-end et rendre une sorte de dernier hommage à Jukka, sauf Antti qui ne veut pas venir, alors si tu pouvais le garder pour la fin ? Tu nous prends par ordre alphabétique, non ? » Tuulia faisait visiblement un effort pour parler d'un ton guilleret.

« OK. Les autres sont encore là à attendre ?

— Oui, personne n'a très envie d'aller où que ce soit tout seul – et encore moins à deux. Comment savoir qui est dangereux ? Enfin, ça fait vraiment bizarre, je connaissais Jukka depuis près de vingt ans, et maintenant... On a été dans la même classe pendant tout le lycée, Antti, lui et moi.

— Qu'est-ce que tu fais actuellement ?

— Je suis inscrite en histoire des civilisations à Turku, je suis quelques cours à l'université d'été, je garde des enfants dans un centre aéré deux jours par semaine et le reste du temps je fais la fête – toujours rien à voir avec une vie rangée, donc, à près de trente ans pourtant, dit-elle avec un sourire.

— Que s'est-il passé hier ? » Je ne pouvais pas m'autoriser à lui rendre son sourire, malgré l'envie que j'en avais.

Son récit ressemblait aux précédents. Un week-end entre amis, un peu de chant, une belle soirée d'été. Mirja était partie se coucher la première, puis Jyri – Tuulia avait été soulagée de le voir s'endormir, elle n'était pas d'humeur à flirter – puis Timo et Sirkku et pour finir tous les autres, sans doute d'un bloc.

« J'ai dit bonne nuit à Jukka un peu après une heure, et c'est tout. Ce matin je suis allée crier "debout là-dedans, le café est prêt !" devant sa chambre, mais il n'y a pas eu de réponse. J'ai ouvert la porte, il n'était pas là et j'ai dû penser qu'il était allé se baigner, si j'ai seulement pensé quelque chose.

— Pourquoi n'es-tu pas descendue sur la plage voir ce qui lui était arrivé ?

— Je n'ai aucune fascination pour les cadavres. Et je ne sais pas pourquoi, mais j'ai cru que Jyri exagérait. Ce gamin était encore complètement soûl au réveil. Mirja s'est bien sûr précipitée, par pure curiosité, elle est toujours à fourrer son nez partout. Et Antti... J'aurais préféré qu'il n'ait pas à voir ça, il aimait vraiment beaucoup Jukka. » Tuulia enfouit un instant son visage dans ses mains, ses cheveux blonds coupés au carré lui tombèrent sur le front. Il m'était impossible de lui accorder le loisir d'une crise de larmes et je continuai d'aligner mes questions.

« Tu connaissais toi aussi Jukka depuis pas mal de temps. Saurais-tu qui pouvait le détester au point de le tuer ?

— Comment le saurais-je ? J'essaie désespérément d'y réfléchir, bien sûr, et il doit bien y avoir une explication logique. La seule que je pourrais imaginer en train de faire ça de sang-froid c'est Mirja, mais je ne vois vraiment pas pourquoi.

— Et si elle avait été secrètement amoureuse de Jukka, ou quelque chose comme ça ? » Je trouvais amusant de les voir s'accuser l'une l'autre.

« Mais non, voyons ! C'est sur Antti qu'elle rêve de mettre le grappin, au moins depuis qu'il a rompu avec Sarianna, il y a deux ans. Elle ne m'a rien dit, bien sûr, mais tout le monde est au courant. Si je me souviens bien, elle s'était plus ou moins jetée dans les bras de Jukka, à je ne sais quelle fête, juste pour attirer l'attention d'Antti, mais ça n'a évidemment pas marché. Et hier, elle a exhibé son poisson, une façon intéressante d'essayer de faire de l'effet à un homme, non ? Mais c'est dur, pour Mirja. Si tu veux mon avis, Antti aurait besoin d'une femme un peu plus délurée que cet iceberg.

— Et toi, quel genre de rapports avais-tu avec Jukka ?

— Excellents. Je le connaissais vraiment bien, on pouvait passer du bon temps ensemble. Nous avions une espèce de traité d'amitié et de coopération, dans à peu près tous les domaines. On baisait quand on avait envie de baiser, on se servait mutuellement de cavalier pour des cocktails ou autres, on se prêtait de l'argent et ainsi de suite. Ça a duré comme ça jusqu'à aujourd'hui et ça fonctionnait à merveille. Que notre amitié se termine comme ça… » Tuulia faillit à nouveau éclater en sanglots, mais décida apparemment qu'un interrogatoire de police n'était pas le cadre le mieux choisi et enclencha de nouveau en désespoir de cause la manette de l'entrain forcé.

« J'espère de tout mon cœur que tu vas trouver un mobile à cette chieuse de Mirja, ça m'ennuierait vraiment qu'un des autres soit coupable. » Elle tenta sans grand succès d'esquisser un sourire.

« Pourquoi Jukka et toi étiez-vous toujours à l'AEPO ? Ce n'est pas supposé être une chorale d'étudiants ?

— Je suis toujours à la fac, rétorqua-t-elle. Ce genre de truc de jeunes me convient, il y a toujours quelqu'un pour aller boire une bière après les répètes. J'ai essayé Cantiamo, à l'automne dernier, mais ils sont tous plus âgés et chargés de famille. De vrais bonnets de nuit. C'est sûr, l'AEPO est sans doute pour moi un moyen de prolonger ma jeunesse, de traîner avec des gens de vingt ans... Jukka, de son côté, voulait jouer les stars. À l'AEPO, on lui laissait tous les solos, mais dans une chorale plus professionnelle il ne se serait pas aussi nettement détaché du lot. Antti, lui, a failli partir plusieurs fois, mais on a heureusement toujours réussi à le persuader de rester. » Tuulia se leva. « Tu as autre chose, où je peux demander à Piia de venir ? Il faudra qu'on aille boire une bière ensemble, un jour, quand cette affaire sera terminée. »

Rane fixa son sillage d'un air réprobateur. Pour lui, la place des femmes était à la maison à faire des enfants, et celles du genre de Tuulia lui donnaient carrément de l'urticaire. Il me fit remarquer d'un ton sec qu'il ne fallait pas fraterniser avec certains témoins plutôt qu'avec d'autres. C'était en tout cas ce qu'on lui avait appris vingt ans plus tôt à l'école de police.

Je fus obligée de ravaler une répartie désobligeante, car Piia Wahlroos entra sans frapper. Elle semblait plus nerveuse que triste. Elle tripotait ses cheveux brillants et faisait tourner sur ses doigts fins ses bagues qui avaient l'air trop grandes – signe inconscient que l'on veut s'en débarrasser, avais-je lu dans je ne sais quel magazine féminin. D'après le même jeu-test, j'étais d'un abord chaleureux et maternel.

Piia et Peter Wahlroos étaient mariés depuis un peu plus d'un an et demi. Lui participait actuellement à une grande course-croisière de six mois, et elle ne le verrait que dans trois semaines, aux États-Unis. Malgré les médisances de ses camarades, sa voix trahissait à mon avis un sentiment de solitude.

« J'ai laissé Jyri conduire ma voiture jusqu'à la Villa Maisetta, parce que je me sentais nerveuse, je ne sais pas trop pourquoi... je n'ai pas de nouvelles de Peter depuis quelques jours, il y a eu des tempêtes terribles, et les journaux non plus n'ont pas fait le point depuis longtemps sur cette étape. »

Piia semblait plus préoccupée par son mari que par le meurtre.

« Quelles étaient tes relations avec Jukka Peltonen ? » J'avais l'impression qu'il valait mieux aller droit au but, tourner autour du pot ne serait d'aucune utilité pour personne. Piia rougit d'abord, mais elle réagit ensuite d'un ton presque furieux.

« Je vois que les ragots vont vite ! Je me sens très seule sans Peter, et nous ne sommes pas assez riches pour que j'aille l'attendre à chaque escale. Jukka est un vieux copain de mon mari, et son frère cadet, Jarmo, est aussi à bord du *Marlboro*. Nous avons bien sûr tout le temps été en contact, avec Jukka, ne serait-ce qu'à cause des transmissions depuis le voilier, et on est naturellement sortis ensemble au restaurant et au cinéma, mais rien d'autre... Même si les autres ont du mal à le croire... Jusqu'à Sirkku, qui est allée raconter à maman que j'avais couché avec Jukka, mais c'est faux !

— Il a pourtant essayé ? Désolée, mais ces questions font aussi partie de l'enquête, je ne sais pas encore ce qui peut être important », ajoutai-je en hâte, et je m'en voulus aussitôt de chercher à m'excuser de faire mon travail.

« Oui, il a encore essayé hier. Mais je ne voulais pas.

— Est-ce que Jukka, à ton avis, cherchait à donner aux autres l'impression qu'il y avait entre vous plus que ce n'était le cas ?

— Je ne sais pas... C'était quelqu'un de plus compliqué qu'il n'en avait l'air. Il m'est presque arrivé de le croire quand il disait qu'il était amoureux de moi. Mais avec sa réputation... je n'arrivais pas à le prendre au sérieux. C'est vrai qu'hier il était un peu bizarre, il m'a dit qu'il était angoissé à l'idée de se retrouver seul et qu'il voulait que je reste avec lui, juste pour lui tenir compagnie, mais je ne l'ai bien sûr pas cru – il avait déjà voulu une fois ce genre de compagnie et j'avais finalement dû le jeter hors de chez moi. Mais maintenant... Peut-être serait-il encore en vie si j'avais accepté. »

Je regardai, fascinée, les larmes de star du cinéma qui roulaient sur les joues de Piia. Elles ne salissaient rien et semblaient faire partie de son visage, sans que son nez coule ou que sa bouche se torde.

« Te rappelles-tu très exactement ce que Jukka t'a dit, et à quel moment ?

— On allait se coucher, on était les derniers, avec Antti et Tuulia. Jukka m'a demandé de monter et bon... on s'est embrassés et tout, j'avais bu un peu plus que d'habitude, mais Jukka était vraiment trop entreprenant et je l'ai envoyé balader. Il a pris un ton étonnamment suppliant et il m'a dit d'une toute petite voix qu'il ne voulait pas dormir seul cette nuit, qu'il était nerveux. J'ai répliqué qu'il y avait Jyri et Antti de l'autre côté du couloir.

— Et ensuite ?

— Il a eu un rire bizarre et il a dit : "Jyri et Antti, tu parles d'un réconfort !" Il m'exaspérait et je suis redescendue.

— As-tu une idée de la cause de sa nervosité ? T'a-t-il donné une explication ?

— Non. J'ai cru que c'était un nouveau truc pour m'attirer dans son lit. »

Je la laissai partir et sortis un instant dans le couloir où tous les autres attendaient encore, Timo et Sirkku blottis l'un contre l'autre, Jyri à demi allongé, la tête sur les genoux de Tuulia. Je leur demandai de ne pas quitter la ville avant le milieu de la semaine, au moins, au cas où j'aurais d'autres questions à leur poser. Après divers commentaires du style « chic, on a échappé pour cette fois à la taule », tous quittèrent les lieux sauf Antti Sarkela. Il avait peut-être déjà pris la mesure de la situation, car son visage osseux était pâle et creusé de rides, le faisant paraître bien plus vieux que son âge. Je faillis croire un instant qu'il avait l'intention d'avouer le meurtre, tellement il avait l'air troublé. Il répondit pourtant calmement à mes questions de routine, mais j'avais comme l'impression de jouer d'une basse dont la chanterelle aurait été accordée une tierce trop haut.

Antti connaissait Jukka depuis toujours ou presque, ils jouaient ensemble avant même d'aller à l'école. Toujours dans la même classe, jusqu'en première année de mathématiques à la fac, mais après son service militaire Jukka avait décidé de bifurquer vers l'université de Technologie. Antti, lui, avait fait son service civil à Rovaniemi et, une fois libéré, avait emménagé avec Jukka. Puis, ils avaient noué des relations durables avec des filles, Antti avait pris un logement avec Sarianna, tandis que Jaana passait la moitié de son temps chez Jukka, mais sans vouloir s'installer à demeure, comme je m'en souvenais bien. Actuellement, il partageait avec d'autres colocataires un appartement à Korso.

Antti avait rapidement examiné le corps. Il avait effectué son service civil en tant qu'ambulancier, il avait appris à reconnaître un mort d'un vivant.

« Ça faisait longtemps qu'on n'avait pas autant rigolé, en route vers la villa, et Jukka avait l'air d'excellente humeur, il chahutait comme quand on était gosses. À la radio, les informations parlaient d'arrestations dans une affaire de drogue, et il a pris une mine de mafioso et a voulu faire la course avec Jyri, qui était supposé être une ignoble balance, et Tuulia s'est aussi mise de la partie. Je me suis senti rajeunir de vingt ans. Jukka était comme ça, quand on faisait de la voile il aimait jouer aux pirates et ce genre de choses. Ensuite on a répété, le résultat était tout à fait satisfaisant, à mon avis. C'était un vrai plaisir de chanter la même partie que Jukka, il était toujours très précis. Le plus musicien de la bande. »

Antti sembla hésiter un instant.

« Après, quand on s'est occupés de chauffer le sauna, je me suis aperçu qu'il y avait quelque chose qui n'allait pas. J'ai pensé que c'était à cause de Piia. Je ne sais pas ce que Jukka lui voulait, en fin de compte. Peter est notre vieux copain à tous, c'est le meilleur ami du petit frère de Jukka. Je n'admettais pas ses manigances avec Piia, et je le lui ai dit. Mais je ne crois pas, en y repensant, que ce soit la seule chose qui le rendait nerveux.

— Comment cette nervosité se manifestait-elle ?

— Difficile à dire. Quand on connaît quelqu'un depuis longtemps, on perçoit ses états d'âme. Jukka se mettait en fait souvent à déconner comme un gamin quand il était préoccupé. Il s'est montré hyperactif pendant la répétition, il n'arrêtait pas d'engueuler Jyri parce qu'il ne savait pas sa partie et d'ordonner à Mirja de chanter moitié moins fort.

— Mais d'après toi, il avait peur ou il était juste nerveux ?

— Nerveux. Et dans la soirée, après avoir un peu bu, tout avait l'air d'être redevenu normal. On a parlé de musique, du gala qu'on préparait et d'autres projets de la chorale. Mirja était à la pêche, et il y a eu un petit moment d'affolement quand un brochet a mordu à sa ligne et qu'elle a crié qu'on lui apporte de quoi l'assommer. Une belle bête, tu veux voir ? » Antti donna un coup de pied dans son sac. « Personne d'autre n'en voulait, alors je l'ai pris pour mon chat. S'il veut bien refaire surface.

— Ta chambre n'était pas loin de celle de Jukka. As-tu entendu quoi que ce soit pendant la nuit ?

— Je me suis réveillé quand Jyri est allé aux toilettes, on n'était pas couchés depuis longtemps. Je me suis dit qu'il allait vomir, il avait de nouveau beaucoup trop bu. Et plus tard j'ai encore une fois été tiré du sommeil, il faisait déjà jour. Il y avait eu un bruit, j'ai essayé de réfléchir à ce que ça pouvait être, un genre de claquement, en tout cas. La fenêtre était ouverte, les oiseaux faisaient un raffut invraisemblable. C'était peut-être une porte, je ne sais pas.

— Qui a tué Jukka ?

— Je n'en sais rien, fit-il avec hargne. Mais je suis content que Peter soit à l'autre bout de la planète, parce qu'il serait capable de tuer par jalousie, il est terriblement possessif.

— Nous allons bien sûr vérifier où il était. Tu peux aller chercher ton chat, maintenant. »

Antti parti, je me laissai retomber sur ma chaise, la tête entre les mains. Rane s'affairait à feuilleter ses notes. J'avais espéré découvrir grâce à ces interrogatoires s'il s'agissait d'un accident, d'un homicide involontaire ou d'un meurtre. Le suicide semblait l'hypothèse la moins plausible, mais il fallait malgré tout l'envisager.

Je devais aussi parler aux parents de Jukka et vérifier les déplacements de son frère, obtenir l'autorisation de perquisitionner chez lui, questionner ses collègues de bureau et me renseigner sur ses autres fréquentations. Aucun des choristes n'avait mentionné de petite amie attitrée, mais il pouvait malgré tout y en avoir une, voire plusieurs, tel que je le connaissais.

La situation financière de Jukka devait aussi être examinée. Il avait une voiture bien luxueuse pour quelqu'un qui pouvait encore avoir des prêts d'étudiant à rembourser. Quel était le montant de son salaire ? Peut-être la clef de l'énigme se trouvait-elle du côté professionnel.

Je devais éviter de faire une fixation sur les choristes. La plupart d'entre eux, y compris Jukka, avaient sans doute une vie en dehors de l'AEPO. Et il était vain d'imaginer obtenir des preuves ou, mieux encore, des aveux francs et massifs dès le premier interrogatoire. Mais ils étaient tous d'un calme stupéfiant, comme s'ils voyaient mourir des copains tous les jours. Peut-être l'un d'eux jouait-il particulièrement bien la comédie. Ou étaient-ils tous innocents, en fin de compte ? Mais pourquoi quelqu'un d'extérieur choisirait-il de commettre un meurtre dans une villa grouillant de monde ? Il ne devait guère y avoir de cambrioleurs dans le coin, en pleine saison estivale.

« À supposer que ce soit l'un d'eux qui ait assassiné Peltonen, pour lequel pencherais-tu ? » demandai-je à Rane. Il haussa les épaules.

« Je suis plus qu'heureux, figure-toi, que ce ne soit pas mes oignons. Ils sont bizarres, comme s'ils n'osaient plus se séparer. Je parierais quand même pour la boulotte... Mirja Rasinkangas. Un vrai bloc de glace. Exactement comme ma belle-mère. Elle a les nerfs assez solides pour trucider n'importe qui.

— Et le mobile ?

— Tu trouveras sûrement. L'autre, celle qui est un peu speed, Tuulia Rajala, a bien dit qu'elle s'était jetée dans les bras de Peltonen, non ? Il y a peut-être eu des conséquences fâcheuses dont personne n'a rien su, et elle mûrissait sa vengeance depuis Dieu sait combien de temps.

— Dommage qu'on ne puisse pas exploiter plus à fond ta brillante imagination... C'est l'horreur, je connaissais Jukka, je ne veux pas m'occuper de cette affaire ! Je suis incapable d'être objective.

— Ne t'en fais pas. Sers-toi justement du fait que tu connaissais ce Peltonen et d'autres membres du groupe. Ils ont l'air de te traiter en copine plutôt qu'en policier. Peut-être qu'ils ne te prennent pas tout à fait au sérieux, mais pour une fois c'est un atout. »

Rane avait été témoin, tout au long de l'été, d'autres situations où j'avais été accueillie par des regards sceptiques. À ma grande surprise, voilà qu'il cherchait à m'apporter son soutien.

« Si j'étais toi, je bavarderais avec cette Rasinkangas, elle en sait à coup sûr plus qu'elle n'en dit. Elle est peut-être un peu en marge de la bande, et elle a le don de fourrer son nez partout. Je m'intéresserais aussi de plus près à ce Lasinen. Imagine qu'il ait été tellement bourré qu'il ne se rappelle même pas avoir assommé Peltonen.

— OK, tonton Rane. Et bonnes vacances. »

Après ses encouragements, je pouvais lui souhaiter un bel été en toute sincérité.

3

De quoi l'homme est-il fait ? De capricieux feux follets.

Ce lundi matin, je m'étais regardée avec satisfaction dans le miroir. Ma jupe stricte d'uniforme bleu marine et mon chemisier repassé avec application me donnaient l'air sérieux. Mes cheveux étaient tirés en un chignon serré et les teintes sombres de mon maquillage me vieillissaient. Grâce à ma tenue, à ma coiffure et à mes produits de beauté, je parvenais heureusement à modifier à mon gré mon image. En jupe je me sentais mûre et réfléchie, en jean et en baskets je me mettais sans même y penser à courir et à pousser des jurons. Je remis un soupçon de rouge à lèvres, j'avais l'impression de me recouvrir le visage d'un masque qui me dissimulait. C'était le but. Dès dix heures, je devrais faire face au père de Jukka, l'ingénieur Heikki Peltonen, et il me fallait, avant ça, prendre connaissance des résultats des analyses de laboratoire et du rapport d'autopsie.

Heikki Peltonen m'avait téléphoné tard la veille au soir. J'avais trouvé de mauvais augure que le permanencier lui ait donné mon numéro plutôt que celui de Kinnunen. À Vuosaari, les policiers de garde et Antti, qui y était retourné, avaient expliqué aux parents de Jukka ce qui était arrivé. Sa mère, Maisa, était depuis en état de choc, mais Heikki Peltonen avait voulu me rencontrer le plus vite possible, en tant que policier chargé de l'enquête sur le décès – il évitait soigneusement d'utiliser le terme de meurtre – de son fils. Il semblait furieux que l'on ait interdit l'accès au ponton d'accostage et que l'on recherche l'éventuelle arme du crime dans les bois derrière la plage. Sa froide irritation n'était sans doute qu'une réaction à la douleur. Face au deuil, les gens se comportaient souvent de manière très irrationnelle, et Heikki Peltonen appartenait à une génération d'hommes éduquée à tout supporter sans larmes.

Le chef de la division, mon supérieur le plus direct après Kinnunen, m'avait téléphoné presque tout de suite après le père de Jukka. Nous devions nous voir à la première heure. Il avait laconiquement constaté que Kinnunen serait apparemment absent quelques jours « à cause de problèmes intestinaux » et que je serais pendant ce temps responsable de l'enquête.

Je me dis qu'il pourrait être utile d'envoyer des plongeurs jeter un coup d'œil au fond de l'eau. Peut-être y trouverait-on l'objet avec lequel Jukka avait été frappé à la tête, même si l'eau de mer en avait effacé toute empreinte.

Pour l'instant, les causes de sa mort restaient indéterminées. Je me demandais pourquoi je parlais toujours de meurtre, dans mon esprit, alors que l'on n'en avait encore aucune preuve. Peut-être ne s'agissait-il que d'un homicide involontaire, le geste semblait à première vue avoir pu être commis sous le coup de la colère, et c'est pourquoi il y aurait probablement des traces sur l'arme du crime.

Après le chef, le légiste, Mahkonen, avait téléphoné et confirmé que la cause première de la mort était la noyade. Le coup sur la tête avait vraisemblablement provoqué une perte de connaissance de durée indéterminée, mais n'aurait pas suffi en soi à tuer qui que ce soit. Jukka était tombé ou avait été poussé à la mer et, pour son malheur, de l'eau avait pénétré dans ses poumons. Mahkonen ne savait pas encore avec certitude si les autres contusions étaient dues à une lutte ou aux rochers de la plage. Une ecchymose au moins, sur la joue, datait d'un certain temps avant la mort. Jukka avait aussi un fort taux d'alcool dans le sang, et l'on ne pouvait donc pas exclure la possibilité qu'il ait glissé et se soit cogné la tête avant de tomber dans l'eau. Mais sur quoi aurait-il trébuché, et qui plus est pieds nus, sur le ponton vide ?

« Le coup a été porté vers trois ou quatre heures du matin, peut-être, si on suppose que ce garçon s'est immédiatement retrouvé à la mer. Il n'y a aucun corps étranger dans la plaie, et on peut donc considérer que l'objet avec lequel il a été frappé était solide et compact.

— Qu'est-ce que tu entends par là ?

— Eh bien que ce n'était pas une pierre friable, par exemple. D'un autre côté, l'objet était plutôt plat, mais pas forcément très lisse, d'après les bords de la blessure.

— Quelle force a-t-il fallu pour asséner le coup ?

— Tout dépend de l'arme. Avec quelque chose d'assez grand et lourd, même un enfant peut faire ce genre de dégât. Si tous tes suspects sont des adultes, je n'exclurais personne de la liste. »

Il n'y avait rien de très inattendu dans le rapport de Mahkonen, ni de très éclairant. Il était plus de neuf heures quand j'étais enfin rentrée chez moi. J'avais eu du mal à m'endormir, j'aurais eu envie de boire un verre, mais je n'avais rien d'autre en réserve qu'une écœurante liqueur de kiwi trop sucrée, souvenir d'un voyage en Suède datant de près de six mois. J'avais envisagé un moment de sortir prendre une bière, mais j'avais peur de me laisser encore une fois entraîner, après la première chope en viendrait une deuxième, puis une troisième... Je n'étais d'ailleurs pas d'humeur sociable et j'aurais eu du mal à supporter les dragueurs qui ne manquaient jamais, au bar du coin, de tenter de s'incruster à ma table.

Heureusement, un de mes vieux copains de classe avait téléphoné, et j'avais passé une demi-heure à échanger des potins sur nos connaissances communes. Ce type était une véritable agence de presse, toujours au courant des ragots les plus croustillants. À côté, les pires meurtres paraissaient d'une triste banalité.

Je regardais dans le vide par la fenêtre du tramway en rassemblant mes pensées. Les tabloïdes du jour n'étaient pas encore en vente, mais je craignais fort que certains journalistes – si ce n'est tous – soient déjà sur l'affaire. On était au cœur de l'été, la Finlande entière était en vacances, tout était bon pour fabriquer un scoop. Je n'avais aucune envie de me retrouver à la une. « Confiée à une femme inspecteur, l'enquête piétine », et le reste à l'avenant.

Le commissariat grouillait déjà d'activité quand j'arrivai. Une note me convoquant chez le chef pour lui faire mon rapport m'attendait sur la table. Je pris mon air le plus professionnel et entrai d'un pas ferme dans le bureau obscurci par la fumée de havane. Je ne supportais pas ce genre d'atmosphère, à moins d'être ivre, et je n'avais pas peur de le montrer. Que ce type fume cinq cigares en même temps si ça lui chante, mais qu'il ne m'intoxique pas. Peut-être se voyait-il comme un héros de série policière américaine, avec son havane et son bureau ministre. Avait-il aussi une bouteille dans un tiroir ?

Je tentai, pleine d'espoir, de me défausser de l'affaire en annonçant que je connaissais la victime. Mais cela ne servit à rien, car personne d'autre n'était disponible.

« À peine arrivé ce matin, j'ai encore eu au téléphone la brigade des stups qui réclamait des renforts pour une enquête. Apparemment, ils sont sur le point de démanteler un important réseau de revendeurs de drogue et ils ont procédé à quelques arrestations un peu trop hâtives. Il paraît qu'ils n'arrivent pas à tirer quoi que ce soit de ces petits dealers. Mais nous n'avons strictement personne à leur céder. Kinnunen est absent pour la semaine... Je viens de recevoir son certificat d'arrêt de travail. Tous nos enquêteurs confirmés sont surchargés... Alors si tu pouvais t'occuper de cette histoire... » Le chef mâchonnait son cigare d'un air contrarié. L'alcoolisme de Kinnunen semblait être un sujet tabou parmi les anciens de la police judiciaire.

« Tu commences à bien connaître la routine. Et le congé maladie de Saarinen va apparemment se prolonger au-delà du mois de septembre, ce qui fait qu'il y aurait encore du travail pour toi, ici. Si tu te sors convenablement de cette affaire, on pourrait même envisager une titularisation... Surtout qu'on manque un peu de femmes dans le métier... » Le chef étirait les mots comme s'il avait voulu les empêcher de sortir de sa bouche.

« On verra plus tard », dis-je sans trop vouloir m'avancer. En réalité, je ne rêvais que de quitter la police au plus vite, mais pour l'instant je ne voulais pas irriter le chef plus que nécessaire.

« C'est bien avec le père de la victime de Vuosaari, l'ingénieur Peltonen, que tu as rendez-vous ? Ménage-le, ce n'est pas n'importe qui, il siège même au conseil d'administration de Neste. Et avec son autre fils qui participe à cette fameuse course à la voile, la presse risque de faire ses choux gras de l'affaire. » Le chef avait le visage trois tons plus cendré que d'habitude. En général, les gens virent au rouge en s'énervant, lui devenait progressivement de plus en plus gris, jusqu'à ce que son visage soit la négation même de toute couleur.

Je me demandais comment il pouvait déjà être au courant du curriculum des Peltonen. J'étais mal partie. La tâche aurait été plus facile si le chef n'avait pas été aussi terrifié par les grosses légumes. J'avais eu l'occasion de suivre le déroulement d'une enquête que ses craintes pour son propre fauteuil avaient considérablement ralentie : la victime, qui accusait de viol une étoile montante de la politique, avait fini par retirer sa plainte. Ce n'était pas moi qui avais été chargée de l'affaire, même si les agressions sexuelles étaient heureusement le plus souvent confiées à des femmes. Mais je connaissais assez bien l'un des enquêteurs, l'inspecteur principal Männikkö, et, à l'entendre, on aurait cru un soap opera. La victime était une femme mûre qui, d'après les tabloïdes, avait de nombreux amants. L'histoire avait en fin de compte été maquillée pour faire apparaître le jeune espoir de la politique comme la cible d'un complot. Il avait joué les martyrs et prétendu que la plaignante avait tout manigancé dans le but de noircir sa réputation, et la presse à scandale avait choisi de le croire. Depuis, la panique du chef face aux titulaires de hautes fonctions avait décuplé.

« Karppanen est lui aussi parti en vacances. Nous manquons sérieusement de personnel, mais tu peux te faire aider par Koivu, au besoin, et vous pouvez vous partager Miettinen, avec Savukoski. C'est vrai qu'il est encore sur ce vol à main armée avec mort d'homme, mais on va essayer de régler ça au plus vite. Et Virrankoski sera bientôt de retour de congé. »

Le téléphone du chef sonna, et je me faufilai hors de son bureau avec une mimique d'urgence. Je préférais ne pas penser à la prolongation de mon intérim. Ce serait bien sûr une solution de facilité à mon problème de carrière, qui repousserait de six mois de plus toute autre décision.

Mon téléphone sonnait depuis un moment quand j'arrivai dans mon bureau.

« Ici Hiltunen, de Vuosaari, bonjour. » Je me rappelai l'efficace garçon blond de la veille, dont la voix rayonnait maintenant d'enthousiasme. « Voilà, je crois que j'ai trouvé l'arme du crime...

— Quoi ! » Mon cri me fit moi-même sursauter. « Qu'est-ce que tu as trouvé ?

— Une hache, avec du sang... Elle était dans les broussailles sous le sauna. Je l'apporte à Pasila ?

— Je vais t'envoyer un photographe. Vous êtes deux, là-bas ? OK, laisse ton collègue en faction et viens ici avec la hache, une fois que les photos auront été prises. Touchez le moins possible à l'endroit où elle était, je passerai cet après-midi, dès que je trouverai le temps. »

Une hache... l'image était aussi atroce que banale. Hiltunen semblait fier de lui. Il devait avoir à peine vingt ans, un vrai gosse. Pourvu qu'il n'ait pas brouillé toutes les empreintes. Si le sang était celui de Jukka, on pourrait commencer à parler de meurtre. Mais comment la hache s'était-elle trouvée sur la plage, ce genre d'objet se range en général dans le bûcher, non ?

Avant l'arrivée de Heikki Peltonen, je tentai en hâte de téléphoner à Jaana à Kassel, mais les lignes pour l'Allemagne étaient encombrées. J'avais par chance trouvé son numéro au dos d'une vieille carte de vœux. Je ne l'avais conservée que parce que le Père Noël qu'elle représentait était plutôt bien fait et n'était vêtu que d'une barbe et d'un bonnet de lutin. À une époque, j'avais décoré mes murs d'une collection assez complète de photos de beaux mecs, mais je m'étais finalement lassée de leur répétitivité. La plupart des portraits d'homme à visée érotique se révélaient plutôt insipides au fil du temps.

Heikki Peltonen était ponctuel. À l'entendre au téléphone, je me l'étais imaginé comme un retraité, un monsieur bedonnant et grisonnant qui pratiquait la voile en plaisancier du dimanche. En réalité, il paraissait jeune pour être le père de Jukka, quarante ans, peut-être, alors qu'il devait bien avoir la cinquantaine. Son corps souple et son visage hâlé reflétaient ses week-ends passés en mer. C'était visiblement de lui que Jukka avait hérité son look de Viking. Le tissu du costume anthracite de Heikki Peltonen ressemblait à s'y méprendre à de la soie. Dans d'autres circonstances, sa poignée de main et son regard appuyé m'auraient fait rougir, même si je n'étais pas du genre à tomber amoureuse d'hommes plus âgés que moi. Je n'eus pas à me préoccuper de trouver une entrée en matière, il s'en chargea lui-même.

« Mademoiselle Kallio, ou dois-je dire madame, je souhaite sincèrement que la mort de mon fils soit éclaircie au plus vite. Cet accident est suffisamment tragique sans qu'on y ajoute des interrogatoires policiers. Ce serait vraiment trop exiger de ma femme, dans l'état de choc où elle est, qu'elle réponde à quelque question que ce soit. Même les amis de Jukka ont paraît-il été traînés ici pour être entendus.

— Je suis désolée, mais nous devons envisager toutes les hypothèses. Il n'est pas exclu que l'un d'eux ait été présent au moment de sa mort.

— Vous prétendez que mon fils a été assassiné ?

— Je ne prétends rien. Mais cette possibilité doit être prise en considération.

— Les amis de Jukka sont des jeunes gens civilisés, quel motif pourraient-ils avoir de tuer qui que ce soit ? S'il s'agit d'un meurtre, ce que je me refuse à croire, il a forcément été commis par quelqu'un d'extérieur. Il y a eu plusieurs villas cambriolées ce printemps, et toutes sortes de clochards ont campé dans le voisinage. »

Il me semblait peu probable que même un amateur ait tenté de s'introduire dans une villa en plein week-end estival, mais je le laissai parler.

« Jukka a peut-être juste trébuché... Ils avaient dû un peu trop boire, et le ponton est quelquefois glissant.

— Oui... Mais où se serait-il cogné la tête ? Le ponton est si haut que les vagues ne peuvent pas l'atteindre et, si Jukka s'y était cogné la tête, on verrait des traces. De plus, le bord des planches est arrondi et n'aurait pas pu causer une aussi vilaine blessure. Il n'y a pas non plus à proximité de rochers sur lesquels il aurait pu se cogner. Les plus proches sont ceux contre lesquels il avait échoué. Nous avons vérifié qu'il était impossible de les heurter en tombant du ponton. »

Les types de l'identité judiciaire avaient pris l'expérience à la rigolade mais y avaient quand même procédé, pataugeant joyeusement dans l'eau.

Peltonen voulait à l'évidence des faits. On ne le convaincrait pas avec de simples théories. C'était loin d'être la première fois, face à des hommes influents et d'un certain âge, que je me retrouvais moi-même sur la sellette. J'avais renoncé à prendre la mouche aux indiscrétions sur ma situation maritale et à insister pour qu'on me donne de l'inspecteur et non du mademoiselle. Peu importait. J'étais lasse d'essayer de changer le monde à tout bout de champ. Il m'arrivait même d'utiliser des sacs plastique, et je me laissais aller de temps à autre à acheter mon fromage blanc en barquettes individuelles plutôt qu'en pot d'un litre.

« Ma femme a aussi été très choquée qu'on lui prenne ses empreintes comme à une criminelle. Vous auriez au moins pu garder ça pour plus tard.

— On vous a pris vos empreintes hier ? Je suis désolée, c'est vraiment une erreur. »

Un des techniciens avait fait du zèle. Je leur avais demandé pour plus de sûreté de relever les empreintes digitales des choristes, mais je n'avais rien dit à propos des Peltonen. Je tentai de cacher mon embarras.

« Vous avez un autre fils, n'est-ce pas, Jarmo ? Si j'ai bien compris, il est à l'étranger, aux États-Unis, pour un championnat de voile ?

— Oui. Jarmo est second maître-voilier sur le *Marlboro of Finland*, un maxi qui participe à une nouvelle grande course-croisière. Nous ne savons pas trop si nous devons lui annoncer la nouvelle tout de suite ou attendre l'arrivée. Cette compétition est très importante pour lui… Il y a également à bord un ami de mes fils, Peter Wahlroos, dont l'épouse, Piia, était aussi à la Villa Maisetta, je crois. J'espère que ça ne va pas complètement leur gâcher la course... »

Encore une fois cette fuite dans des détails anodins, songeai-je.

Je ne tirai pas beaucoup d'informations de Peltonen. Il semblait avoir suivi d'assez loin les activités de son fils aîné. Jukka venait de temps en temps dîner chez ses parents à Westend, et il les voyait souvent à la villa, mais il menait depuis des années déjà une vie indépendante.

« Peut-être Jukka avait-il un peu trop de conquêtes féminines, et nous commencions bien sûr à espérer qu'il se range. Mais à part ça ses affaires étaient en ordre. Son appartement avait été payé, il était sorti de l'université de Technologie avec une excellente mention et il semblait se plaire à son poste chez Suomen Metalli Oy, la musique et la voile occupaient une grande partie de son temps libre. En dehors de ces histoires de femmes, il menait une vie tout à fait tranquille et ordinaire. Je n'arrive pas à comprendre pourquoi quelqu'un aurait voulu le tuer. »

Je remarquai que les rides de Heikki Peltonen s'étaient creusées sous son hâle. Il voulait apparemment se convaincre que la mort de son fils était un accident. Ce serait plus facile à supporter. Si l'hypothèse du meurtre était avérée, cela ferait inévitablement surgir des questions et des réponses douloureuses.

« Qui Jukka fréquentait-il, en plus des choristes ?

— Il avait assez peu d'amis. Des collègues de bureau et d'autres amateurs de voile, bien sûr. Je n'étais pas très au fait de la vie qu'il menait. Peut-être Antti Sarkela saurait-il.

— Quand avez-vous vu Jukka pour la dernière fois ? Avait-il l'air dans son état normal ?

— Il nous a téléphoné mardi soir pour s'assurer que la villa était inoccupée. Ça faisait un moment qu'on ne s'était pas vraiment vus, ma femme et moi avons passé trois semaines à caboter sur la côte suédoise et nous ne sommes rentrés que lundi dernier. »

Peltonen réfléchit un instant. Avec son front plissé par la concentration, il ressemblait étonnamment à Jukka, qui avait la même habitude de froncer les sourcils.

« Je ne sais pas si ça peut avoir la moindre importance mais, il y a deux mois environ, Jukka m'a demandé s'il existait des moyens d'exiger une créance en l'absence de reconnaissance de dette officielle. Mais quand j'ai voulu avoir des détails, il s'est contenté de réponses évasives. La somme n'était cependant pas énorme, peut-être une dizaine de milliers de marks. J'ai cru comprendre que quelqu'un lui devait de l'argent et refusait de le rembourser.

— Merci. Ça pourrait être très important. Pour finir – c'est une pure question de routine – où avez-vous fait escale dans la nuit de samedi à dimanche ? Nous devons de toute façon vérifier tous les... » Je m'attendais à un grommellement offusqué, mais Peltonen semblait s'être enfin résigné.

« Je comprends. Nous étions dans un petit port de plaisance un peu à l'ouest de Barösund, et dans la matinée nous sommes allés prendre le petit-déjeuner dans un café des environs. Nos amis Jarl et Brita Sundström étaient avec nous, vous pouvez vérifier notre... heu... alibi auprès d'eux. Je peux vous donner leur numéro de téléphone. »

Je me promis de le faire, par acquit de conscience. Ce n'étaient pas les points à vérifier qui manquaient, même si je n'avais jusqu'ici obtenu aucun résultat. Suivre la procédure, parler, réfléchir aux différentes possibilités. Ce travail de déduction était plutôt stimulant, en fait, mais les éléments à ma disposition étaient bien maigres. Je devrais aussi bavarder avec Maisa Peltonen, une fois qu'elle serait un peu remise.

À ma seconde tentative, je réussis à obtenir l'Allemagne. Une certaine Frau Schön décrocha et il me fallut une seconde pour comprendre qu'il s'agissait de Jaana.

« Ici Maria Kallio, de Finlande, salut. Comment ça va ?

— Maria ! Quel plaisir de t'entendre, ça faisait longtemps. Tu as l'intention de venir ici ? Je suis en congé de maternité, j'ai un petit Michael de trois mois. Tu te rends compte, un enfant, moi ! Mais pour tout te dire, il y a des moments où je ne sais pas par quel bout le prendre.

— Je ne saurais pas non plus. Et je n'ai pas de projets de voyage, malheureusement, je t'appelle à titre professionnel. Je suis de nouveau dans la police, mais c'est une longue histoire. Quoi qu'il en soit, voilà ce qui m'amène : Jukka, ton ancien petit ami Jukka Peltonen, est mort, vraisemblablement assassiné. »

Les exclamations horrifiées et les sanglots de Jaana, à l'autre bout du fil, me firent comprendre que j'aurais pu lui annoncer la nouvelle avec moins de brutalité. Peu à peu, elle se calma assez pour que je puisse lui expliquer les grandes lignes de l'affaire.

« Je ne vois vraiment pas pourquoi on aurait voulu le tuer. Tu te rappelles sûrement aussi bien que moi comment il était, toujours à courir après les filles. C'est d'ailleurs pour ça que je l'ai quitté. C'était vraiment usant, il était exaspérant avec sa façon de me traiter par le mépris quand je l'accusais d'infidélité ou d'immoralité. Il se contentait de me rire au nez et de dire qu'il fallait le prendre comme il était. Comme s'il vivait selon d'autres règles que moi. Parce qu'il me faisait des scènes à n'en plus finir, de son côté, si un copain avait le malheur de me serrer d'un peu trop près en dansant ou autre chose. J'avais parfois l'impression qu'il était d'une totale indifférence aux sentiments des autres. En même temps il pouvait être absolument merveilleux, il avait un charme fou. Mais il prenait des risques, il était capable de me donner rendez-vous quelque part et d'arriver accompagné... Attends une minute, il y a Michael qui crie. Je vais lui donner sa sucette. »

Elle posa le combiné. J'entendis de loin les pleurs d'un bébé et le babil maternel de Jaana. Dire que mon ancienne colocataire pouvait émettre de pareils bruits ! En un instant, les pleurs se turent.

« Je suppose que Jukka a de nouveau fricoté avec la petite amie de quelqu'un d'autre, soupira Jaana une fois revenue au téléphone. Il fallait toujours qu'il se fasse remarquer de toutes les femmes. On avait parfois l'impression qu'il n'était vraiment pas regardant.

— Tu connaissais plus ou moins tous les gens qui étaient à la villa. Est-ce que tu sais si l'un d'eux aurait eu une vieille rancune contre Jukka ?

— Oui, je les connais tous, sauf Jyri. Une rancune... » Jaana marqua une longue pause. « Sirkku Halonen, sûrement. Après ce voyage en Allemagne, elle a rompu avec son petit ami parce qu'elle avait eu une aventure avec Jukka. Pour lui, c'était encore une fois une sorte de démonstration. Je m'étais fâchée avec lui juste avant cette tournée, et ensuite bien sûr j'ai rencontré Franz... Quand on est rentrés en Finlande, Jukka a essayé de me reconquérir, il refusait d'admettre que j'avais laissé mon cœur à Kassel... Quoi qu'il en soit, Sirkku n'a pas bien compris de quoi il retournait, elle harcelait Jukka et l'accusait d'avoir brisé sa relation avec son copain.

— Sirkku sort actuellement avec Timo Huttunen. Tu crois que ça a un rapport ?

— Huttunen ? Cette espèce d'éteignoir prétentieux ? Dis donc, elle a bien baissé, Sirkku. Mais qui sait si ce n'est pas un grand passionné ? Il est peut-être secrètement jaloux de tous ses ex. »

Avant de raccrocher, Jaana me chargea de transmettre ses amitiés à tout le monde et en particulier à Tuulia. Je promis de m'acquitter de la commission et l'invitai à me rappeler si elle se souvenait de quoi que ce soit qui puisse sembler utile. Je demandai au bureau des passeports de vérifier que ni Jaana ni Franz Schön ne se trouvaient dans le pays le week-end dernier. Aucun renseignement immédiat n'était disponible sur Jaana, car elle avait toujours la nationalité finlandaise, mais aucun citoyen allemand du nom de Franz Schön n'était en tout cas arrivé par avion. J'ordonnai aussi qu'on vérifie si l'un ou l'autre avait quitté l'Allemagne, consciente malgré tout que soupçonner les Schön paraissait tiré par les cheveux.

Le *Marlboro of Finland* avait navigué sur l'Atlantique toute la semaine précédente. Aucun membre de l'équipage n'avait eu l'occasion de poser le pied sur la terre ferme, et donc tant Peter Wahlroos que Jarmo Peltonen étaient hors de cause – comme je l'avais supposé.

Je déjeunai sur le pouce à la cantine du commissariat. Heureusement, l'affaire ne s'étalait toujours pas à la une des tabloïdes. Des journalistes avaient paraît-il tenté de me joindre, mais le standard avait reçu l'ordre de diriger les appels vers le chef, qui s'était contenté d'indiquer à la presse que l'enquête avait été confiée à l'inspecteur principal Kallio. Je savais que les journaux s'empareraient volontiers du fait que j'étais une femme, les enquêtrices étaient une rareté dans la police judiciaire, et je ne savais pas trop comment prendre la chose. D'un côté, mon exemple pourrait encourager d'autres filles à choisir des métiers inhabituels, mais en même temps je ne souhaitais aucune célébrité à ce titre, car je n'étais pas certaine de vouloir faire carrière dans la police. Pour l'instant, les gros titres ne parlaient que d'une histoire d'entôlage : « Des clients escroqués par une prostituée estonienne », proclamait *Ilta-Sanomat*, tandis que *Iltalehti* annonçait : « Une call-girl de luxe soutirait de l'argent à des hommes ». Je me fis la réflexion que c'était en général la base même de la profession.

Après m'être plus ou moins forcée à avaler ma portion de poisson pané, je regagnai mon bureau. J'entendis le téléphone sonner à cinquante mètres et, en piquant un sprint dans le couloir, j'arrivai à temps pour décrocher.

« Ici Huikkanen, du labo, bonjour. J'ai ta hache, si ça t'intéresse.

— Vas-y.

— On l'a sans doute rincée à l'eau de mer, d'après le sel, mais il y a aussi du sang. Et même de deux sortes. Pour le premier je ne sais pas encore, on devrait peut-être faire des prélèvements à tes suspects, mais l'autre appartient bien à Peltonen. Il y a aussi un minuscule débris d'occiput, avec des cheveux et le reste. Et de la terre – ton type de Police Secours l'a exhumée d'une forêt ou quoi ?

— On a donc assommé Peltonen avec ?

— Ça en a tout l'air, oui. Avec le dos, et sans bémol, comme dit la chanson.

— Et l'autre hémoglobine, alors ?

— Je ne suis pas totalement sûr, mais on peut supposer, parce qu'il y a aussi comme des écailles, qu'il s'agit d'un poisson. Je ne saurais pas te dire l'espèce. »

Un poisson… Mirja avait pris un brochet. L'avait-elle tué avec la hache ?

« Il y a des empreintes digitales ?

— Tant qu'on veut. Je crois que ton meurtrier n'a pas lavé toute la hache, juste rincé le dos, parce qu'il n'y a pas de sel à l'extrémité du manche. Il y a deux séries d'empreintes : celles d'Antti Sarkela et celles de Mirja Rasinkangas.

— Ouah ! Dans quel genre ?

— Celles de la fille sont assez intéressantes. En fait, il n'y a que sa main droite, et dans une position où il est difficile de frapper – comme si elle avait soulevé la hache tête vers le sol. On peut à la rigueur cogner avec le dos du fer, dans cette position, mais en tordant bizarrement le poignet.

— Autrement dit, elle aurait pris la hache pour la déplacer d'un endroit à un autre. » M'imaginant le geste, je me saisis d'une grosse règle et tournai le poignet comme si je manipulais une hache. « Elle s'est peut-être protégé les mains le reste du temps, mais a oublié à ce moment-là.

— Possible. Pour Sarkela, il y a de nombreuses empreintes et il a tenu la hache un peu dans tous les sens, entre autres dans la position classique pour fendre des bûches. Il a changé de prise plusieurs fois. Il n'y a rien d'autre.

— Bien. Je pensais retourner encore aujourd'hui à Vuosaari, mais j'ai d'abord d'autres choses à régler.

J'aurai les papiers par le circuit administratif habituel, je suppose ? »

Je cherchai dans mon carnet les numéros de téléphone d'Antti et de Mirja. Cette dernière avait été embauchée pour l'été tout près du commissariat central, dans les services de l'état civil. Amusant.

« Inspecteur principal Kallio, bonjour. Je voudrais te voir le plus vite possible, à quatorze heures, ça ira ? » Sans s'étonner de mon appel, Mirja déclara avec une amabilité surprenante qu'elle essaierait de prendre sa pause-café vers deux heures. Antti fut un peu plus difficile à joindre, mais je le trouvai finalement à la bibliothèque de la faculté de mathématiques.

« Je suis libre de décider de mon emploi du temps, surtout l'été, quand je n'ai pas de cours. Je peux être là à trois heures, par exemple. »

Antti non plus ne demanda pas d'explications. Je réservai une voiture, car j'avais l'intention d'aller à Vuosaari examiner le ponton et l'endroit où la hache avait été découverte. J'étais fatiguée et n'espérais guère pouvoir arrêter Mirja ou Antti. Des aveux complets seraient pourtant les bienvenus.

Mirja arriva à l'heure dite. Sa jupe noire et son chemisier blanc évoquaient une tenue de deuil, mais rien dans son comportement ne trahissait de chagrin. Elle aurait aussi bien pu se trouver à la banque pour prélever de l'argent sur son compte abondamment garni qu'à la police judiciaire pour un interrogatoire.

« Vous vous êtes bien amusés, à votre veillée funèbre, hier ? » demandai-je brutalement. J'espérais voir apparaître sur son visage au moins l'ombre d'une émotion.

« Ça nous a tous réconfortés. » Aucun sentiment ne transparaissait sur ses traits.

« Comment ça ?

— Aucun de nous n'avait très envie de rentrer seul – à part Antti, malgré tous nos efforts pour essayer de le convaincre de se joindre à nous. Ça nous a fait du bien de parler et de réfléchir à la manière dont les choses se sont passées.

— Et à quelle conclusion êtes-vous arrivés ?

— C'était sans doute un accident. Enfin j'espère. Jukka ne s'est en tout cas pas suicidé. Il était bien trop narcissique pour ça. À moins que quelqu'un l'ait vraiment tué ? Ça paraît fou, même s'il était plutôt exaspérant. Nous sommes conscients que tant que l'affaire ne sera pas résolue, nous serons tous traités comme des assassins potentiels. Sirkku surtout était totalement hystérique à cette idée.

— Vous vous êtes accusés les uns les autres ?

— Certains soupçonnent Antti, bien sûr, et voient dans sa volonté de rester à l'écart un signe de culpabilité, mais nous ne sommes pas tous de cet avis. Jyri est sûr de l'avoir entendu aller dans la chambre de Jukka pendant la nuit, mais il était tellement soûl qu'il ne risquait pas de se rendre compte de quoi que ce soit, à mon avis... Si Jukka a été assassiné, je penche toujours pour Tuulia. Elle est capable d'accès de rage épouvantables.

— Je ne sais pas encore si on peut parler de meurtre, mais on a retrouvé à Vuosaari une hache portant des traces du sang de Jukka. Il y a aussi tes empreintes dessus. Comment expliques-tu ça ? »

Mirja eut l'air un instant déconcertée, mais son trouble fit aussitôt place à de l'amusement.

« C'est pour ça que tu voulais me voir ? Oui, j'ai manié cette hache, à deux reprises même. Quelqu'un l'avait laissée en plein milieu de la véranda du sauna, je l'ai posée plus loin pour que personne ne trébuche dessus. Et plus tard, dans la soirée, j'ai pêché un gros brochet. J'ai crié pour qu'on m'apporte de quoi l'assommer. Antti a pris la hache dans le sauna et a tué le poisson avec. Dans l'affolement, elle a dû rester sur le ponton. Si je devais tuer quelqu'un, j'aurais quand même l'idée d'utiliser des gants, on apprend ça dans n'importe quel roman policier. » Mirja renifla d'un air de mépris.

« Et quelles autres empreintes a-t-on trouvées, celles d'Antti, au moins ? Il a fendu du bois, ce soir-là, parce qu'aucun autre garçon n'a évidemment voulu lever le petit doigt. Il a dit qu'il aimait bien débiter des bûches, et ça se voit rien qu'à ses biceps », conclut-elle, et elle rougit soudain.

Je me rappelai ce que Tuulia avait dit à propos des sentiments de Mirja pour Antti. Cela la rendait déjà un peu plus humaine. Et elle n'avait pas mauvais goût question hommes, songeai-je, mais en même temps j'étais un peu déçue. Tout s'expliquait sans difficulté. Mais Mirja ne disait bien sûr pas forcément toute la vérité. Antti avait aussi pu utiliser la hache après avoir coupé du bois, et il possédait en tout cas la force et la technique nécessaires. En plus, le coup avait été porté de haut en bas, et il était le seul à être assez grand pour avoir pu frapper Jukka de la sorte, si celui-ci se trouvait debout. Mais s'il s'était tenu assis, la taille ne voulait rien dire. Je trouvais assez comique les efforts de Mirja de protéger Antti. Elle ne masquait en tout cas nullement son admiration pour lui.

« Tu as d'autres questions ? Ma pause-café n'est pas illimitée, mais je travaille si près que je peux revenir tous les jours, si nécessaire », déclara-t-elle abruptement, comme si elle regrettait d'avoir trop parlé.

Quand elle fut partie, je maudis une fois de plus ma stupidité en pensant que j'aurais au moins pu lui offrir une tasse de café en dédommagement de son heure de repos. Mais d'un autre côté, l'interrogatoire aurait pris dans ce cas le ton d'une aimable conversation, et je craignais déjà bien assez ce genre de situations dans cette affaire.

Si Mirja avait été sereine, Antti, lui, paraissait abattu. Il portait peut-être toujours un jean et un T-shirt noirs, mais son visage pâle et ses yeux rougis leur donnaient l'air de vêtements de deuil. À quoi devait-il ses paupières gonflées : au manque de sommeil, à l'alcool, aux larmes – ou aux trois à la fois ?

« Bonjour – c'est quoi, ton titre, déjà ? Inspecteur principal ? Ton enquête avance ? » demanda-t-il d'une voix lasse en s'écroulant sur la chaise en face de moi.

« Oui. On a trouvé l'arme du crime, avec tes empreintes dessus », répondis-je d'un ton sec. L'hostilité d'Antti m'irritait bien plus que celle de Mirja. Et mon irritation même m'irritait sans doute encore plus. J'avais trouvé Jukka beau gosse, mais Antti m'avait surtout plu par sa conversation, à l'époque. Il n'était pas non plus désagréable à regarder, d'autant plus que j'avais toujours trouvé sexy les hommes à grande bouche et à nez busqué. L'idéal aurait été un croisement de Mick Jagger et de Dustin Hoffman. Je lorgnai, mine de rien, sur les biceps vantés par Mirja. Le T-shirt noir couvrait des bras indéniablement bien formés.

« Quoi ? Tu veux vraiment dire que Jukka a été assassiné ? » Antti ne parvenait pas à cacher son effroi.

« Ça commence à en avoir l'air.

— De quelle arme parles-tu ?

— De la hache qu'on avait essayé de cacher sous le sauna. Les analyses de laboratoire ont montré que c'était l'arme du crime.

— Ah, la hache. » Un soupçon de sourire lui tira les commissures des lèvres. « J'ai fendu au moins un demi-stère de bûches avec, samedi soir. Les Peltonen n'en ont qu'une qui soit utilisable. C'est typique, dans cette famille – ils ont par contre au moins quatre écorceurs différents. N'importe qui te le dira – à propos des bûches, je veux dire, pas des écorceurs. Si tu as besoin d'une preuve supplémentaire, j'ai encore des ampoules, tiens. » Il étala ses mains sur la table, paumes vers le ciel, et je ne pus que regarder ses cloques et ses longs doigts.

« Je suis complètement décrépit, de telles séquelles pour si peu. Évidemment qu'il y a mes empreintes sur la hache.

— Plus tard dans la soirée, tu l'as aussi utilisée pour tuer.

— Qu'est-ce que tu racontes, nom de Dieu ?

— Tu as froidement assassiné un poisson... » L'expression tendue d'Antti fut balayée par un rire qui sembla lui faire du bien. Je faillis moi aussi éclater de rire, mais je me donnai mentalement un coup de pied aux chevilles.

« C'est vrai que je l'ai assassiné. Il n'y avait sans doute rien d'autre à faire, mais crois-moi, j'aurais préféré le laisser filer. Apparemment, la hache est restée sur le ponton et... Bon sang !

— Tu as retrouvé ton chat ?

— Einstein ? Il dormait sur le toit du sauna quand je suis retourné à Vuosaari. Il y passe tous ses après-midi, quand on va là-bas, à se chauffer au soleil. Einstein est né sous ce sauna, c'est un des petits de la défunte chatte des Peltonen. »

Parler de son matou le faisait fondre à vue d'œil, mais il me fallait revenir aux choses sérieuses.

« Combien d'argent devais-tu à Jukka ?

— Devoir de l'argent à Jukka ? Qu'est-ce que c'est encore que ces âneries ? Je ne lui devais rien. Pourquoi ?

— Qui lui devait de l'argent ?

— Tuulia, sûrement, mais sans doute pas beaucoup. Les finances de Jyri sont un sac d'embrouilles depuis que je le connais, et je crois que Jukka lui prêtait pas mal d'argent. Il n'a aucun sens des réalités. Il paie du champagne aux jolies filles dans les restaurants et ce genre de choses. Jukka se comportait toujours un peu en grand frère avec lui et faisait son possible pour l'aider.

— OK. Je vérifierai. Tu as fait allusion aux relations de Jukka et Piia au cours de notre entretien d'hier. Quelles étaient-elles ? »

Un léger embarras se lut sur son visage.

« Si je savais... En général, il était assez facile de voir le rôle que jouaient dans sa vie les femmes qu'il fréquentait. Il n'a jamais eu que deux petites amies sérieuses, Jaana et une certaine Minna, avec qui il sortait au lycée. Les autres... » Antti fit un geste d'impuissance. « Piia était en quelque sorte un cas à part. Jukka ne m'en parlait pas beaucoup, sans doute parce qu'il savait ce que j'en pensais. Peut-être était-il vraiment amoureux, pour la première fois de sa vie. On ne le saura probablement jamais.

— En effet. Est-ce qu'il t'est revenu quoi que ce soit qui puisse éclairer cette affaire ?

— Non. Cette histoire me paraît toujours aussi insensée. J'ai peur, j'ai passé toute la nuit à penser à des gens que je connais depuis longtemps, comme Piia et Tuulia, et à me demander si l'un d'eux a pu tuer mon meilleur ami. Et maintenant tu me dis que Jukka a été assassiné. Tu te rends compte de ce qui va se passer ? On va tous se mettre à s'épier mutuellement, à se retourner les uns contre les autres pour défendre notre peau. J'ai l'impression que je ferais mieux de te trouver vite un coupable avant que tu m'arrêtes. » Antti marqua une pause avant de poursuivre.

« Et l'AEPO, je te dis pas... Notre chef de chœurs m'a téléphoné aujourd'hui. Il s'appelle Toivonen, mais entre nous on le surnomme l'Éploré. Il a rarement aussi bien mérité son sobriquet. Mirja l'avait mis au courant. Sa meilleure basse est morte, on a dû annuler un gala bien payé, la publicité que ça fait à la chorale est déplorable et, pour couronner le tout, le meurtrier est vraisemblablement l'un de ses plus fidèles soutiens... Essaie donc de t'arranger pour conclure que Jukka s'est lui-même troué la tête.

— Qui est celui, ou celle, dont tu crains tant qu'il soit coupable ?

— À toi de le découvrir, Miss Marple. Les obsèques auront sans doute lieu d'ici deux semaines. N'arrête personne avant, qu'on puisse avoir les meilleurs chanteurs. » Antti enfouit son visage dans ses mains, puis se secoua comme pour chasser de mauvaises pensées. « Il vaudrait mieux pour Maisa... la mère de Jukka, qu'on l'enterre le plus vite possible. Elle n'est pas très équilibrée, mentalement, et j'ai peur qu'elle s'effondre complètement. C'est un sacré coup pour elle. »

Depuis que j'avais repris du service dans la police, j'avais enquêté sur une dizaine de crimes de sang, des homicides commis en général sous l'emprise de la colère. Tous avaient été des coups durs pour quelqu'un, non seulement la victime et le coupable, mais aussi leurs proches. Ces derniers se remettaient en cause, s'adressaient des reproches, éprouvaient de la peur, des doutes. Ces sentiments m'avaient aussi affectée, malgré mes efforts pour rester détachée. Cette fois, je me sentais encore plus mal. J'aurais aimé avoir dans la tête un bouton sur lequel appuyer pour débrancher toute émotion et ne laisser fonctionner mécaniquement que mon cerveau, au service de mon enquête criminelle.

« À propos de la hache, encore... Qu'en as-tu fait après avoir achevé le poisson ?

— J'ai rincé le plus gros des écailles du fer et je l'ai sans doute posée sur la droite du ponton. Elle était là, à portée de la main, pour qui en avait besoin. Si je l'avais rapportée au sauna...

— Pas de spéculations inutiles. » C'était plus un ordre qu'un conseil amical. Marmonnant quelque chose à propos de tâches urgentes, je chassai Antti de mon bureau. J'étais d'ailleurs réellement pressée, je devais effectuer plusieurs vérifications sur le terrain. Mais un point semblait acquis : il s'agissait vraisemblablement d'un meurtre prémédité, pas d'un homicide involontaire. N'importe qui avait pu se rappeler que la hache était restée sur le ponton et y attirer Jukka. Mais si l'assassin n'était ni Mirja ni Antti, ses empreintes manquaient à l'appel. Elles avaient été effacées à dessein. Et s'il y avait eu préméditation, le meurtrier avait peut-être aussi eu le temps de réfléchir à l'avance aux moyens d'égarer la police.

4

Et sous ses pas le sable se dérobe

En ce début d'après-midi, la radiale Est était étonnamment calme. Je conduisais une Lada gris sale du commissariat ; sur le siège passager et la banquette arrière les techniciens du labo échangeaient des histoires. J'avais réussi à les embarquer avec moi, car j'espérais pouvoir lever les restrictions d'accès à la villa des Peltonen après cette visite.

Sur le pont de Vuosaari, il y avait un contrôle de police. Je roulais largement au-dessus des soixante kilomètres-heure autorisés, mais je passai sereinement sous le nez des agents au visage poupin. J'avais l'impression qu'il s'était écoulé une éternité depuis l'époque où j'étais à leur place. Comme si j'avais été quelqu'un d'autre, six ans plus tôt.

À la brigade criminelle, le travail était plus facile, en un sens, car il n'engendrait généralement pas de problèmes d'ordre moral. Pourchasser les auteurs d'agressions et d'homicides avait au moins une justification. Dans la police administrative, je m'étais sentie inutilement tatillonne, à guetter les excès de vitesse – qui étaient alors loin de poser un aussi gros problème qu'aujourd'hui –, à verbaliser les ivrognes et à distribuer des amendes à des dames roulant sur des bicyclettes sans lumière.

J'avais ensuite obtenu ma mutation à la brigade des mœurs et de la protection des mineurs. Je m'imaginais pouvoir améliorer le monde et aider les gens à tire-larigot, mais je n'y avais gagné qu'un triste sentiment d'impuissance. Ma bonne volonté ne pouvait rien contre l'engrenage de la délinquance et de la prison, la toxicomanie, la prostitution des adolescents et les enfants battus. Tout au long de mes années d'école, j'avais envisagé mon avenir comme celui d'une sorte de mère Teresa de la loi, mais j'étais tout simplement incapable de changer quoi que ce soit. Je réagissais trop violemment à tout ce que je voyais autour de moi, et je n'avais compris que bien plus tard que j'avais été beaucoup trop jeune pour supporter l'incessant chaos de la criminalité. Mon départ pour la faculté de droit avait été une fuite, une tentative désespérée de trouver une logique au système dans lequel je fonctionnais.

J'étais maintenant revenue à mon point de départ, dans la police. Je repensai à la remarque du chef, ce matin, à propos de la possibilité de prolonger mon intérim au-delà du mois de septembre si je le souhaitais. Le titulaire du poste, Saarinen, était en congé maladie à cause de graves problèmes de dos. Rane prétendait toutefois que son mal était plutôt psychosomatique : il en avait assez de son travail, de l'alcoolisme de Kinnunen et des dysfonctionnements que ça entraînait, et cherchait de ce fait à prolonger autant que possible son absence.

À bien des égards, ce remplacement serait une solution de facilité. Mes études ne me passionnaient toujours pas, mais je n'avais pas le courage d'envisager un deuxième changement d'orientation. J'avais déjà bien assez de prêts étudiant sur le dos. Et il était bien sûr absurde d'abandonner en cours de route alors qu'il ne me restait plus qu'à terminer mon mémoire et passer les deux derniers examens, mais je manquais de motivation.

Sur la banquette arrière, on commentait les dernières bourdes de la brigade des stups. Si les gars n'avaient pas été si impatients et avaient attendu une semaine de plus pour procéder à leurs arrestations, ils auraient coincé la plupart des membres du gang de trafiquants de drogue le mieux organisé depuis longtemps dans cette ville. Là, ils n'avaient pris dans leur filet que quelques revendeurs de haschich qui ne savaient pratiquement rien des structures du réseau.

Les remarques vachardes des techniciens me firent sourire. Je n'aurais pas aimé me retrouver à la brigade des stups. Le travail s'y faisait chaque jour plus dangereux. Ces derniers temps, la brigade criminelle et la section antidrogue avaient beaucoup coopéré, car de nombreux crimes de sang s'étaient révélés être des règlements de comptes entre trafiquants. Tout avait changé depuis le temps où j'étais à l'école de police et où la brigade des stups disposait de bien assez de ressources pour arrêter et interroger les quelques rares fumeurs de haschich de l'époque.

La mer apparut pour la première fois sur le côté de la route. Un chat gambadait à la poursuite d'un oiseau dans un pré envahi d'herbe aux mites. J'ouvris en grand la fenêtre de la voiture.

La villa des Peltonen avait toujours l'air aussi idyllique. L'agent de police qui surveillait les lieux en lisant le journal, torse nu sur la pelouse, fut brutalement surpris par notre arrivée. Il eut visiblement l'air déçu quand je lui expliquai qu'il n'était plus nécessaire de monter la garde.

« Tu étais là quand les Peltonen sont rentrés ?

— Oui. Un des choristes est aussi revenu, un peu avant. Tu l'avais paraît-il autorisé à récupérer son chat. C'est lui qui leur a annoncé. La femme a fait une crise terrible et elle n'a arrêté de hurler que quand son mari lui a fait avaler des cachets. Ils sont heureusement partis tout de suite, en emmenant le type et son chat. On t'a dit, à part ça, que les techniciens avaient trouvé un peu de sang au bout du ponton, on l'a envoyé au labo. C'est peut-être celui du mort. Ou peut-être qu'il a goutté de la hache.

— Très bien. » Je détournai la tête, l'image de la hache dégoulinante de sang et du crâne en bouillie rouge minium de Jukka me retournait l'estomac.

Je descendis au sauna dans l'espoir de découvrir de nouveaux indices là où la hache avait été retrouvée. Le voilier de dix mètres des Peltonen scintillait au soleil, amarré à une bouée. Ils avaient de l'argent à n'en savoir que faire. Une villa à Vuosaari, un appartement à West-end. Et, si mes souvenirs étaient bons, un chalet à Ruka ou Pyhätunturi. Jaana, en tout cas, était allée deux ou trois fois faire du ski avec Jukka dans un endroit de ce genre. Un bout de conversation me revint, vieux de plusieurs années.

« Il m'énerve vraiment, par moments, avec son attitude de gosse de riche, avait grogné Jaana après une énième dispute. Il est trop habitué à obtenir tout ce qu'il veut. Je n'en peux plus. Quand il a envie de coucher avec une autre fille, il le fait. Il se fiche complètement de mes sentiments. Et quand il décide de m'emmener à Stockholm pour le week-end, c'est papa qui paie. À côté de ça, il est charmant et intelligent et beau et tout – quand il veut. Il me fait peur, quelquefois… comme s'il y avait en lui quelque chose de glacé qu'il essaie de cacher, mais qui ressurgit de temps en temps malgré lui. »

Je revoyais Jaana avec ses jambes bronzées par les balades en mer et ses yeux d'aigue-marine angoissés, tenant à la main une bouteille de bière – dont j'avais toujours une réserve sur mes rayons du réfrigérateur commun.

« J'ai du mal à saisir sa logique. Il m'explique qu'il ne m'appartient pas, ce qui est vrai, bien sûr, mais en même temps il voudrait que je lui appartienne. Il jouit de son pouvoir sur moi. Il a besoin de posséder les gens, de les dominer. En les aimant, en les séduisant, en leur prêtant de l'argent ou autre chose. C'est vraiment le genre de type qui a l'air merveilleux tant qu'on ne le connaît pas trop bien. »

Presque aussitôt après ce discours, Jukka était venu faire amende honorable, et cette fois encore Jaana s'était sans trop de mal laissée attendrir. Il avait l'art de se faire pardonner, en apportant comme offrande expiatoire des fleurs ou du champagne.

Mais cette fois il avait échoué. Il avait irrité quelqu'un au point qu'il n'y avait plus eu qu'une solution, définitive.

Derrière le sauna, la bruyère était déjà en fleurs, aux côtés de quelques mélampyres tardifs pointant parmi les myrtilles. Le bâtiment en bois ne reposait pas à proprement parler sur un soubassement, mais sur des plots entre lesquels il y avait la place de fourrer tout un bric-à-brac. Je me demandai comment Hiltunen avait eu l'idée de regarder sous le sauna. La hache, d'après les photos, y avait été plutôt soigneusement rangée que jetée à la hâte. Voir l'endroit ne m'apporta aucune illumination.

Quelqu'un était donc sorti de la maison, avait assommé Jukka avec la hache oubliée sur le ponton puis s'était donné la peine d'aller jusqu'au sauna pour la dissimuler. Mais pour quelle raison ? Pourquoi l'avoir lavée au lieu de la balancer au fond de l'eau ? Si le meurtrier était un intrus arrivé en bateau, il aurait logiquement dû l'emporter et la jeter au large. Le fait que l'arme ait été dissimulée dans les broussailles semblait indiquer que Jukka avait été tué par l'un des choristes présents dans la villa.

L'assassin était-il venu se laver au sauna ? Il n'avait pourtant pas dû être éclaboussé de sang. Les empreintes trouvées sur la hache avaient-elles la moindre valeur probante ? Antti et Mirja les avaient expliquées de manière crédible. Mais comment le meurtrier s'y était-il alors pris ? On n'avait trouvé sur le manche lisse de l'objet aucune fibre ayant pu provenir de gants, dont l'utilisation aurait clairement renvoyé à un acte prémédité. Je rampai sous le sauna pour voir si je n'en trouvais pas une paire et me coupai le poignet sur du verre. Il y avait des éclats partout. Jurant copieusement, je ressortis à reculons à la lumière du jour.

Des mouettes criaient sur la plage, un oiseau aquatique, sans doute un grèbe huppé, nageait au large. La villa resterait-elle pour les Peltonen un lieu idyllique, ou le corps de Jukka flotterait-il pour l'éternité à côté du ponton ? Par une sombre nuit d'automne, son fantôme se lèverait au milieu des tempêtes…

Je songeai à mes propres parents. Si l'un de leurs enfants se faisait tuer dans leur cher chalet, ils n'y remettraient certainement jamais les pieds. Ma mère m'avait téléphoné la veille au soir et s'était enquise d'un ton préoccupé de ma santé. Que je travaille à élucider des crimes de sang l'épouvantait. Mes parents avaient été terriblement déçus quand j'étais entrée à l'école de police. Selon eux, mon intelligence aurait pu trouver à s'employer ailleurs de manière plus convenable et plus féminine, par exemple dans des études de langue ou de littérature. J'avais beau avoir toujours été le garçon de la famille (nous étions trois filles en tout, ce qu'ils considéraient à l'évidence comme une sorte d'échec), ils n'avaient pas imaginé que je choisirais un métier si dur. Mon entrée à la faculté de droit les avait emplis de satisfaction. La branche n'était proche d'aucune de leurs professions – mon père enseignait les mathématiques et la chimie, ma mère l'anglais. L'une de mes sœurs étudiait l'allemand et le suédois et était mariée avec un chimiste, l'autre avait opté pour l'anglais et fréquentait un mathématicien. J'étais le mouton à cinq pattes de la famille, avec mon métier et mon célibat. Ma mère, aux yeux de qui n'importe quel crétin valait mieux que pas d'homme du tout, s'inquiétait beaucoup pour moi.

Je retournai dans la chambre de Jukka. Les objets qui s'y trouvaient n'avaient pas bougé mais quelqu'un avait posé sur la table une photo le montrant en pleine action sur le pont d'un voilier. À côté se trouvait une bougie à demi consumée.

Une coûteuse montre-bracelet qui lui appartenait de toute évidence avait aussi fait son apparition. D'où venait-elle ? Elle tictaquait avec obstination. Je la pris pour en admirer la facture. La trotteuse était argentée, les aiguilles des heures et des minutes dorées et légèrement incurvées. Celle en bronze du réveil était réglée sur trois heures et demie. Drôle d'idée. Qui voudrait se lever au milieu de la nuit ? Sauf... sauf si Jukka avait voulu voir quelqu'un en secret et lui avait donné rendez-vous à trois heures et demie du matin. À moins que ce soit ce quelqu'un qui ait voulu le rencontrer – pour le tuer.

En repartant, je songeai que j'avais certes réussi à reconstruire mentalement la manière dont le crime avait dû être commis, mais que cela ne m'était pas d'une grande aide. Le coupable restait anonyme et asexué.

À qui devais-je encore poser des questions ? Jukka avait été l'assistant du chef de chœurs de l'AEPO, Toivonen, et ce dernier aurait peut-être des choses à m'apprendre. Tout comme les autres choristes... Aller à l'une de leurs répétitions pourrait être une bonne idée.

Par où poursuivre ? Il me fallait interroger Jyri au plus tôt, car des dettes pouvaient être un mobile suffisant. Et il ne me semblait pas totalement insensé de l'imaginer, ivre et paniqué, en train de frapper quelqu'un à coups de hache.

5

Certains naissent dans la joie, certains dans le malheur

Jyri habitait Helsinginkatu. Les fenêtres de l'immeuble donnaient sur le commerce de vins et spiritueux le plus mal famé de la capitale, la rue résonnait du bruit des tramways et des disputes des clochards. L'un d'eux se jeta presque exprès sous une rame de la ligne n° 8 qui arrivait de l'est et ne dut la vie sauve qu'à un brutal coup de frein du conducteur. Je me réjouis une nouvelle fois de ne plus être en uniforme, car j'aurais alors dû me mêler de l'affaire. Là, je poursuivis mon chemin et laissai les badauds arbitrer la querelle du machiniste et du SDF.

Dans la façade de brique de la cour, commune à plusieurs immeubles, j'eus du mal à trouver la bonne porte. Au bout de quelques tentatives, je repérai le nom de Lasinen sur la liste des locataires et grimpai au troisième. Je devais être en forme, car l'exercice ne m'essouffla pas. Je sonnai à la porte et, en entendant des pas à l'intérieur, je mis en marche le petit magnétophone que j'avais dans mon sac. L'enregistrement de notre conversation n'aurait aucune valeur légale, mais je n'avais pas l'intention de l'utiliser comme preuve. Il ne s'agissait pas d'un interrogatoire formel, car pour cela j'aurais dû me faire accompagner d'un autre policier comme témoin. Je voulais juste bavarder avec Jyri, le moins officiellement possible.

Il sembla surpris de me voir, mais pas le moins du monde paniqué. Il paraissait à peine majeur, maintenant qu'il était rasé de frais et n'avait plus les yeux rouges.

Son studio était la caricature d'un appartement de célibataire. Une entrée exiguë donnait dans une grande pièce flanquée d'une kitchenette surmontée d'une mezzanine. Le décor était agréable, voire raffiné, mais le désordre indescriptible. Il traînait partout des cendriers pleins et des vêtements froissés, des pelures d'orange jonchaient le plancher et il y avait des bouteilles de bière vides dans tous les coins. Même à mes yeux, ce fouillis dépassait les bornes.

Jyri me fit de la place sur un fauteuil de cuir noir en jetant avec insouciance quelques chemises Benetton par terre. Lui-même s'assit en face de moi sur le lit défait. Il alluma une cigarette et, après une légère hésitation, m'en offrit une. Je refusai, je ne fumais que complètement ivre.

« Désolé, c'est un peu le bordel, je n'ai pas eu le temps de faire le ménage, j'avais trop de choses à faire. Et je dois y aller, là, en fait. soupira-t-il. Pendant l'été, on joue aux quilles au bâton tous les lundis à Kaisaniemi, quand on n'a pas de répétitions.

— Aux quilles à quoi ? Non, je ne veux pas le savoir, le coupai-je alors qu'il s'apprêtait avec enthousiasme à me donner des explications. Réglons d'abord les questions officielles. Hier, quand vous avez dîné, tu as dit avoir cru entendre Antti aller dans la chambre de Jukka samedi soir. Tu ne m'en avais rien dit au moment de ton interrogatoire. Je veux la vérité, as-tu entendu quelque chose ou pas ?

— C'est que… je ne suis pas très sûr. J'ai peut-être rêvé, mais j'ai eu l'impression que quelqu'un bougeait dans la chambre de Jukka et, pour une raison ou une autre, j'ai pensé qu'il s'agissait d'Antti, mais je ne sais pas… »

En fait, je n'étais pas tant intéressée par ses hallucinations auditives que par ses affaires d'argent. Il s'était peut-être laissé entraîner à accuser Antti après avoir été lui-même soupçonné par les autres. Était-ce un signe de culpabilité ? Je décidai de cesser de tourner autour du pot et d'aller droit au but.

« Combien d'argent devais-tu à Jukka, déjà ? »

L'expression de Jyri passa en un instant de la décontraction à la frayeur.

« Dans les cinq mille marks, c'est ça ? Tu n'avais bien sûr pas un sou pour les rembourser. Et Jukka a commencé à se montrer menaçant quand il a vu qu'il aurait du mal à récupérer son argent. Vous avez dû avoir une dispute plutôt violente ?

— Oui, mais c'était déjà jeudi, ça… » bégaya Jyri. Il écrasa sa cigarette dans un cendrier plein à ras bord et en alluma une autre. J'avais à l'évidence deviné juste, mais je ne savais pas comment l'amener à m'en dire plus.

« Je peux obtenir des informations précises sur tes comptes auprès de ta banque, mentis-je avec aplomb. Je préférerais que tu me parles toi-même de tes finances. »

Il tira d'un air nerveux sur sa cigarette, se leva et ouvrit la fenêtre, laissant entrer un air chargé de gaz d'échappement qui n'était guère plus frais que la fumée de tabac à l'intérieur de la pièce, puis se rassit, dompté.

« En fait je lui devais presque dix mille balles, jeta-t-il. Mais il avait promis de ne rien dire à personne !

Qui a cafté ? Ou tu as trouvé ma reconnaissance de dette en fouillant chez lui ? Putain, il m'a obligé à lui en signer une, comme s'il ne pouvait pas faire confiance à un copain... »

L'autorisation de perquisition n'était pas encore arrivée, je l'espérais pour le lendemain. Jyri n'avait cependant pas besoin de le savoir et j'acquiesçai.

« J'ai eu toutes sortes de frais. Merde, personne ne peut vivre juste avec une bourse, et ce n'est pas évident de trouver du boulot. Je lui ai emprunté de l'argent pour la première fois un peu avant Noël, parce que j'étais complètement à sec, mais je l'ai remboursé dès que j'ai touché la tranche de printemps de mon prêt étudiant. Mais ensuite je me suis une nouvelle fois trouvé à cours d'argent. Et je ne voulais pas en demander à mes parents, ils m'auraient de nouveau rebattu les oreilles avec leurs commentaires : et pourquoi est-ce qu'il faut que tu voyages autant, et qu'est-ce que tu bois, et pourquoi tu t'habilles aussi bizarrement, est-ce qu'un jean ne ferait pas l'affaire comme pour tout le monde... Jukka a été très sympa, il m'a prêté ce qui me manquait et il a même dit qu'il ne me compterait pas d'intérêts. Mais il a exigé cette reconnaissance de dette... D'ailleurs je travaille, maintenant, comme livreur de pizza, c'est vraiment pénible, mais je voulais aller à Nice au mois d'août...

— Mais jeudi Jukka a exigé que tu lui paies tout de suite ce que tu lui devais si tu ne voulais pas avoir d'ennuis C'est ça ?

— Oui... il m'a téléphoné à mon travail et puis il est venu me chercher et m'a ramené ici. Je me suis demandé pourquoi on ne pouvait pas aller au bistrot, mais il a dit qu'il voulait me parler dans un endroit tranquille. Il m'a expliqué qu'il avait besoin de beaucoup d'argent, parce qu'il devait s'acheter une nouvelle voiture, quoique je ne voie vraiment pas ce qu'il reprochait à l'autre. Et quand j'ai dit que je n'avais pas de quoi le payer, il a menacé de dire à la police que... » Jyri déglutit.

« Que quoi ?

— Que je lui devais de l'argent ! Merde, je ne pensais pas qu'il serait aussi salaud ! » Il boxa rageusement son oreiller.

« Est-ce que ces dix mille marks valaient la peine de le tuer ? »

Le visage de Jyri se tordit de terreur et il bondit du lit.

« Je ne l'ai pas tué ! Il était de nouveau parfaitement normal vendredi et il n'a plus reparlé de cette histoire, alors je me suis dit que c'était juste un énervement passager. Mais j'ai quand même un peu eu la trouille, quand on a fait la course en voiture, c'était comme s'il avait vraiment voulu me faire quitter la route... c'était peut-être une façon de me menacer. Mais je ne l'ai pas tué, Maria, j'en aurais été incapable. Tu me crois ? » Il me regardait avec un air de chiot, comme un petit animal attaqué par plus gros et plus fort que lui. Je ne pouvais pas pour autant reculer.

« La mort de Jukka est pourtant tombée à point nommé pour toi », dis-je sans pitié. Je n'arrivais pas à me montrer charitable envers lui, il me rappelait beaucoup trop Pete. Les mêmes yeux de gentil toutou, les mêmes goûts dispendieux. Pete faisait partie de la série de mes ex. Je n'avais jamais tenu le compte des sommes que je lui avais prêtées, mais il avait sûrement dépensé dans les tavernes du quartier de Kallio la moitié de ma première année de salaire dans la police. Puis il était parti faire son service civil et avait décidé qu'il ne pouvait décidément pas sortir avec une représentante de la loi et de l'ordre. Je l'avais pleuré pendant deux semaines, ensuite j'avais surtout regretté mon argent envolé.

Jyri s'était de nouveau rencogné près de la fenêtre, comme s'il avait voulu fuir. L'idée de sa culpabilité me semblait toujours plausible, même si le mobile était plutôt mince.

« Te rappelles-tu au moins en détail ce qui s'est passé dans la nuit de samedi ?

— Tu crois que j'aurais pu tuer Jukka et ne pas m'en souvenir ? Ne sois pas ridicule. Tu vas m'arrêter ? »

Il parlait maintenant d'un ton de fausset suraigu, sa cigarette tremblait de manière incontrôlée dans sa main. Son vernis d'homme du monde s'était totalement écaillé.

« Si j'avais la moindre preuve, tu serais déjà à Pasila, mais nous verrons plus tard, dis-je méchamment. En attendant, tu pourrais me parler des autres débiteurs de Jukka. »

Jyri se dirigea vers la kitchenette et ouvrit un placard à provisions qui semblait surtout contenir des bouteilles. « Tu permets que je prenne un whisky, marmonna-t-il. Tu en veux, à moins que tu sois en service ou je ne sais quoi ?

— Sers-m'en un petit », dis-je, sachant pertinemment que je n'aurais pas dû. Il me semblait cependant que boire un verre ensemble pourrait pousser Jyri aux confidences. Et après tout, l'ambiance du quartier s'y prêtait.

« Je ne sais pas qui d'autre pouvait lui devoir de l'argent... Mais c'est sûr que c'est lui qui avait le plus de fric dans mon entourage, il avait terminé ses études et il avait un bon job... On le tapait sans doute tous un peu de temps en temps, par exemple quand on allait boire un coup, si on n'avait plus de quoi payer, il sortait sa Visa. Tuulia a quelquefois dit qu'elle lui devait beaucoup, mais ça ressemblait plus à une dette morale. Peut-être qu'il l'a aidée à trouver du travail ou quelque chose de ce genre. Et Jukka avait sans doute aussi des intérêts financiers communs avec Timo...

— C'est-à-dire ?

— Je ne sais pas exactement, demande à Timo. » Jyri avait l'air si matois qu'il en savait sûrement plus qu'il n'en disait. « Mais je crois que c'est Mirja l'assassin », poursuivit-il en se resservant du whisky. Je n'avais pas bu plus d'une gorgée, bien que je n'aie rien contre son Ballantine's.

« Pourquoi ?

— Parce que les autres ont les nerfs en pelote, alors qu'elle, elle garde tout son calme. Comme si elle savait quelque chose. Mais je ne vois vraiment pas pourquoi elle aurait tué Jukka. C'est pour Antti qu'elle en pince. »

Encore une fois la même information, Mirja amoureuse d'Antti. L'idée de devoir les interroger sur leurs affaires de cœur était loin de m'enchanter.

« Et au fait, boire du whisky ne risque pas de t'empêcher de jouer ?

— On boit toujours de la bière, de toute façon, ce n'est pas gênant, pour les quilles au bâton. Tu n'as pas l'air de trop t'y connaître. Et puis je ne crois pas qu'on jouera beaucoup, on va surtout réfléchir à ce qu'on va chanter à l'enterrement de Jukka. Il est fixé à samedi en huit, tu es au courant ?

— Oui. » Le labo et le légiste avaient terminé dans la journée l'examen du corps, qui avait été remis à la famille. Je n'avais pas encore reçu tous les résultats des analyses de fibres.

« Je serais incapable de chanter aux obsèques d'un ami.

— Ça m'effraie aussi. On verra ce que ça donne. Tu pourrais venir à l'enterrement et arrêter celui qui ne pleurera pas – sauf que ce sera sûrement Mirja. »

Jyri s'était détendu depuis qu'il avait compris que je n'avais pas l'intention de le traîner à Pasila. Je sirotais lentement mon whisky, appréciant le sentiment de décontraction qu'il m'apportait. Ce n'était que maintenant que je me rendais compte à quel point j'avais été tendue et stressée toute la journée. J'avais besoin d'une longue marche au grand air, cela m'éclaircissait en général les idées.

Jyri devait y aller et il me proposa d'attendre qu'il se change pour que nous partions ensemble. Il avait compris que je n'étais pas venue en voiture. Son troisième whisky avait achevé de le désinhiber, et il me raconta sur la chorale des potins au goût de déjà-vu, se vantant de ses talents et disant du mal de ses camarades et surtout des autres ténors. J'avais eu l'occasion de remarquer, quand j'habitais avec Jaana, à quel point les chanteurs étaient prompts à se critiquer entre eux et, à écouter les propos de Jyri, je commençais à avoir l'impression que l'AEPO était un vrai panier de crabes. Mais il était malgré tout peu probable que quiconque se fasse assassiner pour la seule raison qu'il chantait systématiquement un peu trop bas, comme il le reprochait à Timo.

Dans le tram, Jyri me suggéra de venir m'initier aux subtilités des quilles au bâton, mais l'idée ne m'enthousiasmait guère. Il descendit à l'arrêt de Kaisaniemi, tandis que je continuais jusqu'à Eira pour aller me promener au bord de l'eau. Le littoral n'est pas particulièrement beau, à Helsinki, mais la mer est toujours la mer. J'étais née à l'intérieur des terres mais, pour je ne sais quelle raison, je m'étais toujours plu sur la côte. L'espace d'un instant, je regrettai d'être seule, sans personne avec qui rire des chamailleries des corneilles ou admirer un nuage en forme d'éléphanteau, mais ce ne fut qu'une pensée fugitive.

Un voilier qui dansait à l'horizon me remit le meurtre en mémoire. Il fallait que je parle sans tarder à Piia Wahlroos, elle saurait peut-être quelque chose sur les amours de Jukka. Je ne savais trop que penser d'elle mais, d'instinct, je lui attribuais une place de choix sur ma liste de suspects. De même qu'à Jyri, malgré ses dénégations. Il me paraissait par contre difficile de classer Timo et Sirkku ailleurs qu'au dernier rang, car une aventure passagère vieille de deux ans ne semblait guère constituer un mobile suffisant pour un meurtre. Et je voyais mal Sirkku frapper qui que ce soit avec une hache. Peut-être ferais-je mieux de me concentrer sur la méthode employée, qui paraissait être un élément essentiel du drame.

À l'évidence, le meurtrier avait été pressé de se débarrasser de Jukka. On pouvait penser qu'il avait agi sous le coup de la colère ou de la peur. Qui, parmi les choristes, était capable de véritables accès de fureur ? Antti, sûrement, et Timo. Sirkku était également susceptible de piquer une crise, mais je l'imaginais plus en train de verser des larmes « féminines » et frapper la poitrine de Jukka de ses jolis ongles manucurés.

Et Mirja ? J'avais rencontré beaucoup de gens très calmes qui ne se fâchaient que rarement mais qui, quand cela leur arrivait, entraient dans une colère noire. Comment Jukka s'y serait-il pris pour la faire sortir de ses gonds et la transformer en furie ? Quant à Tuulia, elle pouvait certainement devenir folle de rage mais, je ne sais pourquoi, je ne parvenais pas à me l'imaginer en train de frapper. Elle utiliserait plutôt du poison.

Et si Jukka avait harcelé Piia ? Si, une fois soûl, il s'était fait trop pressant et qu'elle n'ait rien trouvé de mieux à faire que saisir la hache et l'assommer. Si seulement il pouvait s'agir de légitime défense ! Je trouvais soudain épouvantable d'envoyer quelqu'un en prison pour des années, mais c'était pourtant à cela que mon succès aboutirait inéluctablement.

Quelle idée idiote j'avais eu, une fois de plus, de prendre ce travail. J'avais vu l'annonce pour ce remplacement temporaire dans la revue *Des hommes au service de la police* que je continuais de recevoir (même si son titre exaspérant me donnait à lui seul envie de la boycotter). J'avais sans doute été choisie parce que j'étais une femme. Il n'y en avait pas des masses dans le métier, et l'on ne faisait rien pour leur faciliter la tâche, en tout cas en ce qui me concernait. J'aurais aimé, par moments, avoir au moins dix ans de plus et être mère de famille. Les garçons m'invitaient à sortir, comme ils l'avaient fait à l'époque de l'école de police, et mes refus donnaient bien sûr lieu à toutes sortes de spéculations. « Elle est mignonne, mais elle n'a pas de copain. Elle doit être gouine, sinon elle ne ferait pas ce métier de mec. » J'avais souvent entendu le même refrain.

Pourquoi aurais-je dû raconter ma vie sentimentale à mes collègues ? Car j'en avais une, épisodiquement, mais je n'avais guère de loisirs, et les hommes prenaient facilement la poudre d'escampette quand ils apprenaient que j'étais de la police. Ces derniers temps, j'avais été si occupée que j'en avais oublié jusqu'à l'existence du sexe. Je tenais à faire mon travail de mon mieux et j'avais eu beaucoup à apprendre à la brigade criminelle. Quand Pete m'avait laissée choir, je m'étais juré de ne plus jamais tomber amoureuse. Un an plus tard, j'avais dans ma vie un certain Harri, passionné de botanique et d'ornithologie, dont le principal attrait était hélas qu'il savait tout des plantes et des oiseaux et tenait à me transmettre son savoir. Pour le reste, il ne faisait pas le poids, il était bien trop gentil, doux et compréhensif, et je ne cessais d'en abuser. Heureusement, il avait fini par en avoir assez de se faire rudoyer.

Je ne voulais dépendre de personne. Je commençais à être si enfermée dans mes habitudes que je n'imaginais pas de partager mon quotidien avec quelqu'un. Je voulais pouvoir prendre mon petit-déjeuner sans qu'on m'adresse la parole avant que j'aie bu mon café ni qu'on me dispute le journal du jour. Je voulais pouvoir regarder des films à l'eau de rose à la télévision sans que personne commente leur stupidité ou s'étonne que leur happy end me fasse verser des larmes. Je voulais pouvoir mariner dans la baignoire à deux heures du matin en mangeant du chocolat et en buvant du whisky si l'envie m'en prenait. Je rêvais pourtant parfois d'une oreille attentive pour mes sombres monologues, et j'avais envisagé de prendre un chat. Nous serions l'un pour l'autre une gêne minime. Peut-être serait-ce possible, malgré mes horaires de travail. Un homme serait bien plus encombrant. Il était certes agréable de faire l'amour de temps en temps, mais je m'en passais très bien depuis déjà longtemps. Peut-être ma libido n'était-elle pas très développée.

Plongée dans mes pensées, j'étais arrivée Ratakatu, au pied de l'immeuble de la Sûreté, et le bonjour sonore d'un condisciple de l'école de police qui travaillait maintenant là me tira de mes songes. Je me rendis compte que j'avais plus réfléchi à moi-même qu'à Jukka, et je m'en voulus. Peut-être la clef de sa mort se trouvait-elle dans son appartement. J'espérais que l'autorisation de perquisition me parviendrait dès le lendemain. C'était affreux de voir la manière dont les gens se transformaient en propriété publique lorsqu'ils étaient victimes d'un assassinat. On commençait par autopsier leur corps, étudier l'état de leurs entrailles, analyser leur dernier repas. Puis on fouillait dans leur existence : maison, famille, finances, amis. On s'introduisait effrontément aussi bien dans la vie privée de la victime que dans celle des suspects. Et j'étais là à les épier, mais je ne savais lire qu'une petite partie des signes qui s'offraient à moi.

6

Mais la même horloge pour chacun égrène les heures

Quand j'arrivai à la brigade mardi matin, l'autorisation de perquisition m'attendait sur mon bureau. J'y trouvai aussi la preuve que ni Jaana ni Franz Schön n'étaient entrés dans le pays depuis une semaine. Koivu avait appelé les numéros donnés par le père de Jukka et obtenu auprès des compagnons de navigation des Peltonen la confirmation des mouvements du voilier *Maisetta*. Le gérant de la station-service de Barösund se les rappelait aussi parfaitement, car Heikki Peltonen était venu échanger un lot de saucisses qu'il jugeait avarié. Je n'avais réussi à trouver, cette nuit, aucun motif sensé qui aurait pu pousser les Peltonen à tuer leur propre fils, et ils semblaient donc réellement hors de cause. Certes, de nouveaux éléments pouvaient encore apparaître, mais il ne me restait pour l'instant que le septuor de choristes, dont il fallait que j'extirpe la vérité.

Je téléphonai au labo pour connaître le résultat des analyses de sang, que le chimiste me donna d'un ton sarcastique.

« Eh bien, jeune fille, je crois que la tache trouvée sur le ponton est vraiment de la plus haute importance.

— Comment ça ? m'enquis-je pleine d'enthousiasme.

— C'est un sang très particulier. Si je n'avais pas eu la hache, j'aurais franchement été dans le pétrin. Mais c'est bien le sang du même brochet, termina-t-il sèchement.

— Pas celui de Peltonen, alors ? » demandai-je malgré mon envie de lui raccrocher au nez. Il ronchonna encore un moment à propos de son temps perdu en analyses inutiles, avant que je réussisse à m'en débarrasser.

Si Jukka n'avait pas saigné sur le ponton, la force du coup avait dû le faire tomber droit dans la mer. La brutalité du geste me fit frémir. Peut-être le meurtrier ne s'était-il même pas inquiété du sort de sa victime. J'en avais la nausée. Par malheur, le chef passa la tête par la porte de mon bureau avec son éternel cigare au coin de la bouche. Avant que j'aie le temps de rien dire, il entra en lâchant des bouffées de fumée. Je sentis mon sang battre contre mes tempes.

« Alors, l'affaire du fils Peltonen est résolue ? » demanda-t-il en regardant mes seins à travers mon corsage un peu trop serré. C'était mon dernier chemisier propre et plus ou moins repassé et j'avais bien été obligée de le mettre, malgré le troisième bouton qui menaçait à chaque instant de sauter.

« Peltonen a cherché à faire pression ? » lançai-je sans réfléchir. Le chef renâcla, et un menaçant nuage de fumée vint planer au-dessus de mon bureau en désordre.

« J'allais justement fouiller l'appartement de Jukka Peltonen avec Koivu. Peut-être nous apprendra-t-il quelque chose. Et si tu pouvais t'abstenir de fumer dans mon bureau, je ne supporte pas le cigare », poursuivis-je. Il fallait que je passe ma colère sur quelqu'un.

Ce fut au tour des tempes du chef de palpiter, mais il battit en retraite avec son havane. Avant de sortir, il se retourna pour me regarder et dit :

« Quand on confie des responsabilités aux femmes, il serait bon qu'elles se montrent capables d'autre chose que de faire des histoires pour des vétilles. » Là-dessus, il claqua la porte. Cette dernière se rouvrit presque aussitôt et Koivu pénétra à son tour dans mon bureau.

« Qu'est-ce qu'il a dit ? demanda-t-il, les yeux ronds. J'ai bien entendu ?

— Oui. Ce crétin s'est énervé parce que je lui ai interdit de fumer dans mon bureau.

— Tu n'as pas fait ça ! » Koivu éclata de rire.

« Putain si.

— Devine combien on est à avoir envie de lui balancer la même chose. Je me demande si c'est bien prudent pour moi de t'accompagner, remontée comme tu es. Le chef m'a dit de te dire que le cas Mustikkamaa numéro deux pouvait attendre jusqu'à ce que l'affaire Peltonen soit réglée. »

Avant le meurtre de Jukka, j'enquêtais sur deux bagarres au couteau qui avaient eu lieu au cours de la soirée de la Saint-Jean dans le parc de Mustikkamaa. Le premier cas était assez simple, on avait arrêté la nuit même un compagnon de beuverie de la victime qui, après avoir dessoûlé, s'était rappelé avec horreur avoir tué son camarade à la suite d'une querelle pour un fond de bouteille de vodka. L'autre affaire, dite Mustikkamaa numéro deux, ne serait sans doute jamais élucidée, car l'auteur du coup de couteau était un exemple classique de mystérieux inconnu. Les témoins de la bagarre survenue vers minuit étaient tous dans un tel état d'ébriété que les descriptions de l'homme divergeaient fortement. La victime était encore en vie mais avait perdu un rein dans l'échauffourée. On ne retrouverait probablement jamais le coupable, car après le meurtre de Jukka viendraient d'autres histoires plus importantes aux yeux du chef. Les règlements de comptes entre clochards étaient le lot trop quotidien de notre division.

J'étais contente de pouvoir disposer de Koivu. Parmi les types de la brigade, c'était celui qui avait le plus de répartie, et plus généralement de cervelle. M'introduire chez Jukka me donnait la chair de poule mais, avec lui, je n'aurais pas à expliquer mes réactions.

« Pas mal, comme appart », dit-il en entrant dans le séjour. Des fenêtres du deux-pièces, situé à l'extrémité d'Iso-Roobertinkatu, s'ouvrait une vue magnifique sur le parc Koff. Les meubles étaient rares, juste un profond canapé, un piano, beaucoup de livres et de disques. Dans la chambre, il y avait un grand lit dont la table de chevet s'ornait d'un candélabre à sept branches. Faire l'amour à sa lumière devait être bien romantique. Je me demandai si le chandelier était déjà là quand Jaana passait ses nuits ici.

Le téléphone se trouvait sur la petite table de l'entrée. Le voyant du répondeur clignotait. Mon cœur s'arrêta de battre un instant : il y avait peut-être quelque chose d'intéressant sur la bande. L'appareil était heureusement d'un modèle courant.

Il y avait deux messages. Le premier provenait de toute évidence d'une cabine, car il était entrecoupé de cliquetis de pièces de monnaie. « Ici Tiina. Mes projets sont fichus. Tu es un sale, on ne peut pas te faire confiance. Je t'attends chez moi dimanche. » Un sale ? songeai-je, perplexe. L'autre message était encore plus bizarre. « Ici M, on est dimanche soir. Il me faut la bagnole demain. Appelle-moi tout de suite. » Le correspondant était un homme, à la voix rauque et agacée. Je retirai la cassette du répondeur pour l'emporter. Jukka n'en aurait plus besoin.

Le bloc-notes, sur la table du téléphone, était à feuilles détachables et ne comportait qu'une mention : « Tuulia – pas lundi ! » En plus du point d'exclamation, le texte était souligné. Je devrais penser à demander à Tuulia ce que ça signifiait, probablement rien de plus qu'une banale annulation d'une partie de squash.

Koivu avait entrepris d'examiner la collection de disques. « Rien que du classique, constata-t-il, déçu. À part quelques trucs des Beatles et de Queen, il y a surtout de la musique d'un dénommé Bach. Il n'y a pas un vin blanc qui s'appelle comme ça ? Et le matériel hi-fi est vraiment super, ça vaut au moins vingt mille balles, une chaîne comme ça. La télé et le magnéto aussi ont l'air quasiment neufs. Qu'est-ce qu'il faisait comme métier, ce type ?

— Ingénieur, section des mines. On ira faire un tour demain à son bureau.

— Il devait bien gagner sa vie. Il ne s'intéressait pas qu'à la technique, en tout cas, tu as vu tous ces bouquins ?

— Oui. Et pas des éditions club », constatai-je. Il n'y avait pas dans la bibliothèque de best-sellers à jaquette illustrée, mais des classiques anglais et français en langue originale : Joyce, Proust, T.S. Eliot, Baudelaire. J'imaginais mal Jukka en train de lire *Ulysse*, mais peut-être avait-il d'autres facettes inattendues.

La kitchenette était propre et neutre, avec dans le réfrigérateur du lait, du fromage, quelques Beck's brunes, et sur la table des fruits et du pain visiblement rassis. Il y avait peu d'ingrédients de base,

Jukka n'était apparemment pas un fin cuisinier. Le placard à vaisselle contenait de la porcelaine et de la verrerie d'Arabia et d'Iittala mais, en ouvrant le compartiment du bas, j'eus une surprise : il était plein de bouteilles remplies d'un liquide incolore, sans étiquettes. Au fond de chacune baignait un rameau de je ne sais quelle plante aromatique. J'en ouvris une, reniflai et goûtai avec précaution. Le produit avait un brûlant goût d'eau-de-vie, avec une pointe d'anis.

« Koivu, viens là. Mission spéciale. » Je lui tendis la bouteille. Il goûta sans se faire prier, puis grimaça d'un air étonné.

« De la gnôle, dit-il. Avec un parfum bizarre. Un peu comme de l'anis. C'est sacrément fort. Il y en a beaucoup ?

— Au moins trente litres. Je me demande s'il y a une cave ou un grenier, ici. Téléphone au syndic pour poser la question. On y trouvera peut-être un alambic, qui sait. »

Koivu s'occupa de chercher le numéro tandis que je passais à l'examen du bureau de Jukka. Dans le tiroir du haut, il y avait de vieux livrets de banque, des relevés de compte, des titres et d'autres documents financiers que je décidai d'emporter. Le tiroir suivant contenait de vieux agendas et quelques lettres. Je m'en emparai également. En bas, enfin, se trouvaient des dossiers universitaires et deux albums photos.

« Il n'y a pas de cave, mais un grenier, oui. Je vais aller voir si je peux y entrer avec une des clefs de Peltonen. » De toute évidence, la perspective de découvrir un alambic clandestin l'excitait.

En ouvrant au hasard l'un des albums, je tombai sur un portrait de Jaana faisant une grimace, une carotte à la main, dans la petite cuisine de notre appartement commun. Pour le reste, il y avait surtout de banales photos de famille. Jukka, enfant, à la barre d'une yole ; en train de pêcher au lancer sur le ponton au pied duquel il était mort ; perché avec son frère dans une cabane en haut d'un arbre. Des photos de classe, de l'école primaire au lycée. Sur ces dernières, je reconnus Antti et Tuulia. Le trio semblait avoir adopté des attitudes immuables : Jukka faisait le clown, Tuulia adressait à l'objectif un sourire sensuel, Antti avait l'air maigre et buté. Il y avait aussi des images d'une randonnée en Laponie organisée en guise de retraite préparatoire à la confirmation, et Jukka avec sa casquette blanche de bachelier sur la tête et un bouquet de roses à la main. Les mêmes clichés que nous avions tous.

Dans l'album le plus récent, on voyait surtout la chorale, ainsi que des photos de mariage de quelques copains. Jukka ne semblait pas avoir été un photographe très enthousiaste, ou alors il était passé aux diapos, mais il n'y en avait pas trace sur ses étagères. Au même instant, Koivu revint en trombe.

« Devine quoi, haleta-t-il. Il y a au moins cent litres de la même camelote, au grenier. Je n'ai pas vu d'alambic, il doit être ailleurs. Mais Peltonen avait forcément une vraie distillerie quelque part !

— Ouah ! On a intérêt à bien boucler ce grenier. Est-ce que tu pourrais vérifier la chambre, au cas où il y aurait quelque chose d'intéressant.

— On pourrait confisquer quelques bouteilles de ce tord-boyaux pour notre usage personnel, les autres n'y verraient que du feu, suggéra Koivu avec un clin d'œil. Heureusement que Kinnunen n'est pas là, il perdrait complètement la boule, ajouta-t-il en s'attaquant à la penderie de Jukka. Dis donc, il y a des chemises de soie pas mal du tout, ça ferait bien mon affaire. Quoique... elles doivent être un peu trop petites. » Il fouilla les poches des vêtements de Jukka avec un zèle presque comique. Qu'espérait-il trouver ? Des armes ? De la drogue ? Je me demandais où pouvait être l'alambic, et à qui Jukka fournissait l'eau-de-vie. Et qui étaient Tiina et M ?

« Il n'y a rien de passionnant, à part une belle collection de revues pornos. » Koivu sortit de la chambre en brandissant *Playboy*, ouvert à la page centrale. « Pourquoi est-ce que ce genre de filles ne s'intéressent pas à moi ? Pourquoi est-ce que je n'attire que des gentilles petites brunes ?

— Parce que tu es un gentil petit blond. Si tu essayais d'avoir l'air d'un tigre plutôt que d'un ours en peluche, tu aurais peut-être tes chances. On ferait mieux d'embarquer aussi ces revues porno, pour que la mère de Jukka n'ait pas un choc en les trouvant. » Avec n'importe quel autre collègue masculin, regarder ce genre de publications se serait apparenté à du harcèlement sexuel, mais Koivu me traitait comme une grande sœur devant laquelle on pouvait s'étonner sans honte des réalités de la vie.

Je décidai pour finir, tout en me sentant ridicule, de chercher d'éventuelles caches secrètes en sondant les murs et les meubles. Mais il n'y avait, à part les papiers, les lettres et les agendas de Jukka, rien d'autre d'intéressant dans l'appartement.

Sur le chemin du retour, Koivu avait acheté *Ilta-Sanomat*. Parmi les nouvelles nationales, il y avait une brève mention du décès survenu à Vuosaari, mais la dépêche le qualifiait d'accident et se bornait à constater que la police poursuivait ses investigations. Peut-être le chef avait-il reçu du conseil d'administration de Neste l'ordre de garder profil bas. Ce n'était pas moi qui allais m'en plaindre.

Nous étions allés déjeuner d'un hamburger chez *Carroll's*, et je m'étais remonté le moral avec un milk-shake au chocolat que Koivu avait regardé avec l'air de penser « les femmes... ». Il avait l'intention d'aller ensuite à Kaarela, où il devait poursuivre sous les ordres de Savukoski une enquête sur une agression. Je devais examiner les papiers récupérés dans l'appartement. Je me demandais ce qu'il fallait faire des bouteilles. Les saisir comme éléments de preuve ? Mais de quoi ? Jukka avait à l'évidence vendu clandestinement de l'eau-de-vie. Y aurait-il eu, à ce propos, une querelle en rapport avec sa mort ? Je voyais déjà les gros titres « Règlement de compte entre trafiquants d'alcool dans une villa de Vuosaari ».

Je trouvai sur mon bureau plusieurs messages me demandant de rappeler divers correspondants et, après m'être acquittée de la tâche, je m'attaquai aux papiers de Jukka. Il semblait encore flotter dans la pièce un peu de fumée de cigare. J'ouvris la fenêtre et fixai un moment le mur en béton de l'immeuble d'en face. J'avais sommeil, et envie de ne rien faire. Je m'installai malgré tout sur mon siège, posai les pieds sur la table et m'imaginai être Philip Marlowe.

Les cartes postales conservées par Jukka contenaient d'innocents messages d'amis ou de membres de la famille. Beaucoup avaient été envoyées par Jarmo et Peter au cours de leurs croisières, et la dernière remontait à une quinzaine de jours. Je me demandais pourquoi Jukka avait précisément gardé celles-là. Pour ma part, je balançais en général tout à la poubelle.

En ouvrant ses lettres, je me reprochai de m'immiscer dans une intimité qui ne me regardait pas. Il n'y en avait que quelques-unes. Jarmo et Peter décrivaient d'une plume alerte leur tour du monde à la voile, deux ans plus tôt. En les lisant, j'oubliai un instant ce que j'étais en train de faire. Les lettres de Tuulia aussi étaient des récits de voyage, d'un tour des États-Unis déjà vieux de quelques années. Elles étaient chaleureuses, amusantes, originales... Je ris tout haut de la description de ses mésaventures, tout en souhaitant que quelqu'un m'écrive un jour des missives de ce genre. Jukka et elle entretenaient de toute évidence une grande complicité.

Il y avait aussi des courriers d'Antti, envoyés de Laponie deux étés de suite. J'appris que son ex-fiancée, Sarianna, avait travaillé là-bas comme vétérinaire stagiaire, tandis que lui-même avait été une fois employé comme bûcheron (je me rappelai à nouveau ses biceps) puis occupé à rédiger son mémoire de maîtrise. Il dépeignait en détail la nature lapone, les livres qu'il avait lus et les idées qui lui venaient pour ses recherches, auxquelles je ne comprenais strictement rien – la théorie des catégories n'avait jamais été mon point fort.

Au final, seules deux lettres étaient intéressantes. L'une avait été écrite par Piia deux mois plus tôt.

« Jukka, commençait-elle sans fioritures. Tu ne m'écoutes pas quand je te parle, mais peut-être me croiras-tu si je t'écris. Je t'ai dit plusieurs fois que je ne voulais pas être pour toi autre chose qu'une amie. Je ne t'aime pas. J'aime Peter. » À la lire, on avait l'impression que Jukka était réellement amoureux d'elle et avait tenté de la persuader de lui céder, mais qu'elle se refusait à tromper son mari. Il s'était quand même passé quelque chose entre eux, car Piia poursuivait : « Je sais bien que tu es capable de rendre moches des choses qui ne le sont pas, et que tu diras tout à Peter si tu crois pouvoir en tirer parti. »

Du chantage ? Voilà qui devenait intéressant. Je devrais interroger Piia plus en détail. Peut-être sa sœur, si prompte à cancaner, pourrait-elle aussi m'en dire plus sur ses rapports avec Jukka.

À la lecture de la dernière lettre d'Antti, je faillis me sentir mal. Pourquoi donc avais-je choisi un métier qui m'obligeait à fouiller dans la vie des gens ? Mais c'était ce que je voulais depuis que j'étais gosse, intervenir dans les affaires des autres, les aider. Même s'ils ne voulaient pas de ma sollicitude.

« Jukka. Il est parfois nécessaire de tenter de coucher ses pensées sur le papier pour y mettre de l'ordre. De les formuler de manière à ce que quelqu'un d'autre parvienne aussi à les comprendre. J'ai quelquefois l'impression que tu me connais mieux que je ne me connais moi-même. C'est pourquoi j'essaie de t'écrire. »

La lettre d'Antti était à la fois un appel au secours et une demande de conseil, profondément intime et désespérée. Elle datait d'un an, alors qu'il avait rompu avec Sarianna et s'était lancé dans la difficile rédaction de sa thèse. Il m'avait donné l'impression d'être plutôt flegmatique et désinvolte mais, au moment où il avait écrit ces mots, il était à l'évidence en plein désarroi.

Il y avait aussi dans cette missive un passage intéressant du point de vue de mon enquête. « Tu m'as demandé pourquoi je ne couchais pas avec Mirja, alors que ça me serait si facile. Mais justement, ça ne m'est pas facile. Tu as eu tort, à mon avis, de plaisanter avec elle, même si elle savait ce qu'elle faisait. Elle n'est pas stupide. Je n'ai jamais compris ton attitude envers les femmes. Je souhaiterais par moments pouvoir être aussi insouciant et capable de traiter les gens comme des objets. Peut-être tout serait-il alors fichtrement plus facile. Fais toutes les bêtises que tu veux, mais ne fais pas de mal à Tuulia, nom de Dieu. »

Je commençais à avoir le tournis. Se pouvait-il qu'il y ait eu quelque chose de sérieux entre Jukka et Tuulia ? Il me paraissait impensable que cette dernière, lucide comme elle était, soit soudain tombée amoureuse de lui, alors qu'elle le connaissait si bien. Mais que savais-je de l'âme humaine ? Apparemment rien.

Piia, Tuulia – et Mirja. Jukka en train de « plaisanter » avec cette dernière ? Et elle laisse faire ? Mes premières impressions étaient visiblement fausses sur toute la ligne. J'aurais aimé avoir comme Marlowe une bouteille dans mon bureau pour m'aider à me remettre les idées en place. Peut-être Kinnunen en avait-il une dans son placard. À défaut, j'allai me chercher un chocolat chaud insipide au distributeur de l'étage. Le café de la machine était imbuvable, même pour moi.

Jukka semblait avoir eu des relations amoureuses avec toutes les filles de ma liste de suspects. Avec Sirkku en Allemagne, avec Piia au printemps, avec Tuulia l'an passé, et avant avec Mirja... Heureusement que la chorale tout entière n'était pas venue répéter à Vuosaari !

Je passai à l'examen des autres documents. Sur le dessus de la pile, il y avait une enveloppe où se trouvaient le bilan financier et le rapport des contrôleurs aux comptes de la chorale. L'une des signatures au bas du rapport était celle de Jukka. Jyri était apparemment trésorier, Timo président et Sirkku secrétaire. Évidemment. Ces deux derniers avaient à n'en pas douter la tête de l'emploi.

Jukka avait fini de rembourser en mai le prêt immobilier de son appartement, ce que je trouvais surprenant. Au cours des deux dernières années, il avait amorti ses dettes par plusieurs versements relativement importants. Peut-être avait-il reçu de son père une avance sur son héritage. Je pris note de téléphoner à Heikki Peltonen afin de l'interroger sur les affaires d'argent de son fils, et de vérifier en même temps la date et l'heure de l'enterrement.

Jukka conservait soigneusement tous ses documents bancaires et fiscaux. Il y avait même une copie de sa déclaration de revenus de l'année précédente et de tous ses justificatifs de déduction. Si seulement j'avais été aussi organisée en ce qui concernait mes finances ! Je me demandais de quoi il vivait, au juste, car la quasi-totalité de son salaire était passée dans le paiement de son appartement. Il gagnait certes deux fois plus que moi, mais le remboursement d'un emprunt de deux cent cinquante mille marks en trois ans était une assez jolie performance. Sans parler de sa belle voiture – il n'y avait pas trace de crédit auto ni d'accord de leasing. Je trouvai la copie d'une police d'assurance indiquant que son véhicule valait un peu plus de cent mille marks.

Quand j'entrepris d'examiner de plus près les relevés de compte, je sentis la sueur perler à mon front. En plus de son salaire régulièrement viré, on voyait par moments apparaître sur son compte courant des apports personnels étonnamment importants. Un dépôt à terme fixe de cinquante mille marks était par exemple arrivé à échéance à Noël dernier.

Je sortis de mon bureau pour aller aux toilettes et me laver le visage, puis me chercher une seconde tasse de chocolat chaud. Je fus ensuite interrompue deux fois par le téléphone mais, quand j'eus terminé, j'étais aussi satisfaite que perplexe.

D'après les papiers que je venais d'éplucher, il était clair que Jukka tirait de confortables revenus d'autres sources que son emploi salarié. Il semblait difficile de gagner autant en vendant de l'alcool de contrebande, à moins de disposer d'une distillerie quasi industrielle. Vodka, nanas et gros biffetons. Voilà ce qui restait de la vie de Jukka. Les mots sonnaient comme un refrain de Popeda. Plein gaz, inspecteur Kallio, me dis-je avec un sourire.

Les paiements par carte bancaire indiqués dans les relevés de compte montraient aussi que Jukka fréquentait assidûment les bars et les restaurants. Il avait réglé de nombreuses tournées au bistrot de prédilection de la chorale de l'AEPO, mais avait aussi curieusement souvent dépensé son argent dans des lieux de drague tels que le night-club de l'hôtel *Hesperia*. Je n'aurais pas cru que Jukka ait besoin de payer pour coucher avec des filles, mais qu'en savais-je. Peut-être aimait-il ça.

« Debout là-dedans ! cria Koivu en entrant dans mon bureau, m'arrachant à mes pensées.

— Alors c'était comment, à Kaarela ?

— Chiant. Et maintenant il faudrait que j'aille à Malmi, pour cette histoire de coups de couteau entre romanos. On t'a aussi mise sur cette affaire ? » Il se laissa tomber assis en face de moi, fourra dans sa bouche une poignée de chewing-gums au xylitol et poussa vers moi le reste du paquet.

« Merci. Non, on ne m'a pas conviée à la fête. C'est sans doute Miettinen qui s'en occupe.

— Tu as trouvé des choses intéressantes dans les papiers de Peltonen ?

— À la pelle, oui. Koivu, tu as déjà été reluquer de la fesse au Hesperia ?

— Trop cher pour moi.

— Tu pourrais y aller, ce soir, avec la photo de Jukka ? À moins que tu aies prévu autre chose. Je dirai un mot au chef, pour qu'on te compte ça en heures sup. Tu demanderas aux filles qui ont l'air de professionnelles si elles connaissaient Jukka, et dis-leur bien qu'il s'agit d'une affaire de meurtre. Tu sais, comme à la télé. »

Koivu avait l'air partant. Sa journée d'aujourd'hui était de celles qu'il pourrait raconter plus tard à ses copains de foot.

« Il vaut mieux que ce soit toi qui y ailles, plutôt que moi, continuai-je.

— Oui, je suppose que tu ne possèdes même pas de talons aiguilles et de bas résille.

— Au fait, c'est toujours toi qui les as, ces revues porno…

— Il faut que j'aille à Malmi, m'interrompit-il soudain en se précipitant vers la porte. Je repasserai par ici, pour qu'on se mette d'accord pour ce soir », jeta-t-il avant de sortir, le visage empourpré.

Koivu était-il vraiment le meilleur choix pour une mission au Hesperia ? Ne risquait-il pas de se faire escroquer par une professionnelle aguerrie ? Je m'étonnai un instant de mon attitude maternelle, mais là-dessus le téléphone sonna et je reçus l'ordre de prendre le chemin de Malmi.

7

Et quand elle s'arrête sonne l'instant de la mort

Ce mercredi matin, un violent vent du nord donnait au moins d'août un air d'octobre. Pour rien au monde je n'aurais voulu me lever. La soirée précédente, à Malmi, s'était déroulée dans un chaos total. Deux familles de Roms avaient réglé leurs comptes au couteau, laissant sur le carreau un cadavre et trois blessés. Koivu et moi avions fait la navette entre Malmi et les cliniques de Meilahti pour essayer de déterminer qui avait poignardé qui.

Il était neuf heures passées quand j'avais autorisé Koivu, épuisé, à rentrer chez lui. J'en étais venue à la conclusion qu'il était plus sage de ne monter l'expédition en boîte de nuit qu'après nous être rendus sur le lieu de travail de Jukka. Peut-être s'agissait-il de soirées au service des relations publiques de sa société. Mais aurait-il, dans ce cas, payé avec sa carte de crédit personnelle ?

En arrivant au bureau, je rendis compte au chef, par téléphone, des événements de Malmi. À dix heures et quelque, je pris avec Koivu le chemin de Niittykumpu. Je m'étais maquillée avec plus de soin que d'habitude et je portais, avec ma jupe d'uniforme, un chemisier propre et suffisamment ample.

Le soir précédent, j'avais héroïquement fait la lessive, alors que je n'avais qu'une envie, m'écrouler dans mon lit en compagnie de Lord Peter Wimsey. J'aurais aimé avoir un fidèle Bunter pour s'occuper de ma garde-robe.

Koivu conduisait un panier à salade noir brinquebalant dont la radio crachait des messages hachés. Nous discutions des événements de Malmi. Il y avait des moments, dans ce métier, où l'on se sentait en pleine schizophrénie, avec trop d'affaires à traiter à la fois et plus le temps de rien faire correctement.

J'avais pris rendez-vous avec le chef du service où travaillait Jukka par l'intermédiaire de son assistante. Cette dernière ne l'avait désigné que sous le nom d'ingénieur Marjamäki, et je n'étais sans doute pas une féministe assez éclairée, car j'avais automatiquement supposé que le directeur du département des projets de coopération internationaux d'un grand groupe minier et métallurgique serait un homme. Ce n'est que quand le directeur en question se leva de derrière son bureau pour nous saluer que je compris qu'il s'agissait d'une femme, l'ingénieur Marja Mäki.

« Inspecteur principal Kallio et inspecteur Koivu, de la brigade criminelle de la police judiciaire d'Helsinki, bonjour », dis-je sur le pas de la porte de mon ton le plus officiel.

L'ingénieur Mäki avait l'allure des femmes d'affaires efficaces qui peuplaient les magazines féminins : son corps mince était vêtu d'un tailleur noir bien coupé, d'un corsage en soie gris et de coûteux souliers plats. Un maquillage discret et des bijoux assortis à sa tenue complétaient l'ensemble. Elle parlait d'une voix grave, distinguée, presque masculine. Je me rendis compte que je n'avais finalement pas dû assez bien repasser mon chemisier et que j'avais oublié de cirer mes chaussures.

Marja Mäki demanda à son assistante de nous apporter du café. Elle-même se contenta d'une infusion et ne toucha pas aux appétissantes viennoiseries qu'on nous servit. Je réussis à émietter la plus grande partie de mon croissant sur ma jupe.

« L'ingénieur Peltonen était un professionnel compétent et sympathique, commença Marja Mäki. Il était à notre service depuis déjà quatre ans. Il avait fait son stage de fin d'études chez nous et nous avions été si satisfaits de son travail que nous lui avions proposé un contrat à durée indéterminée. Il maîtrisait un nombre exceptionnel de langues étrangères, en plus de l'anglais, il parlait français, russe, estonien et allemand.

— Avec qui collaborait-il plus particulièrement ?

— Il s'occupait essentiellement de nos relations avec nos filiales étrangères. C'était un travail assez indépendant. J'étais bien sûr son supérieur immédiat, et il partageait une secrétaire avec l'un de nos cadres commerciaux, Roivanen. Ces derniers temps, Peltonen se consacrait surtout à un projet de coopération finno-estonien. Nous travaillons à développer une technologie plus respectueuse de l'environnement pour l'extraction du schiste bitumineux en Estonie, expliqua-t-elle comme si elle avait cru un instant que j'étais journaliste.

— Quel genre d'homme était-ce, à votre avis ?

— Un jeune homme charmant, dit-elle d'un ton décidé. Agréable. Drôle. » Soudain sa voix se brisa et, en une seconde, sa façade soigneusement maîtrisée se désagrégea. Elle enfouit son visage dans ses mains et laissa échapper des sanglots étouffés. J'échangeai avec Koivu un regard décontenancé. Marja Mäki ne paraissait pas être le genre de personne qu'on pouvait prendre par les épaules d'un geste consolateur.

Quand elle releva enfin la tête, je constatai que son rimmel avait coulé en sillons noirs dans les ridules sous ses yeux.

« Je suis désolée, murmura-t-elle. Ç'a été un choc terrible pour nous tous. Jukka... Il a laissé un tel vide, ici. » Elle fondit de nouveau en larmes, cette fois sans prendre la peine de se cacher.

« Nous pourrions peut-être aller jeter un coup d'œil à ses affaires », suggérai-je en hâte.

Marja Mäki appela en reniflant son assistante, qui nous conduisit dans le bureau de Jukka et promit de nous envoyer la secrétaire de ce dernier.

La pièce était petite et étonnamment neutre. Le mobilier se composait d'un bureau flanqué d'une desserte informatique, d'une bibliothèque, d'un fauteuil à roulettes et d'un canapé à l'air inconfortable. Jukka tenait apparemment ses éventuelles réunions dans un autre lieu. Le seul décor, au mur, était un immense planisphère dans lequel étaient plantées des épingles rouges et bleues.

« Elle était bien triste, la dame, fit remarquer Koivu en examinant la carte.

— Il était temps que quelqu'un pleure la mort de Jukka. C'est bizarre, d'ailleurs, que les choristes soient tout le temps restés aussi calmes. Qu'est-ce que ces épingles représentent ?

— Situation des filiales au 13.06, déchiffra-t-il sur le côté du planisphère. Ça devait le faire bisquer, d'avoir à s'occuper de l'Estonie alors qu'ils ont des mines jusqu'en Chine et en Amérique du Sud. »

Les livres et les classeurs rangés sur les étagères concernaient des sujets professionnels. Les tiroirs du bureau étaient quasiment vides, seul celui du haut était verrouillé.

« Koivu, tu as bien les clefs de Peltonen sur toi ? Voyons s'il y en a une qui correspond. »

Pendant qu'il cherchait le trousseau dans son sac, j'ouvris la porte du bas du bureau.

« Tiens ! J'ai déjà vu ce genre de bouteille ! » Je posai sur la table un litre en verre à demi plein d'un liquide incolore. Je sentis le contenu avec prudence.

« C'est la même mixture, non ? » Je tendis la bouteille à Koivu, qui goûta et grimaça. Jukka conservait-il l'eau-de-vie dans son placard pour agrémenter ses heures supplémentaires ? Il y avait aussi deux verres à liqueur, dont l'un portait la trace d'un rouge à lèvres discret, ainsi que des chaussettes noires et une chemise blanche encore sous cellophane, sans doute pour parer à toute éventualité.

Koivu avait trouvé les clefs, dont l'une ouvrait effectivement la serrure du tiroir du haut. Je fus déçue de constater qu'il ne contenait que des documents de travail ordinaires, des lettres, des reçus et des factures. Je les pris cependant pour les examiner plus tard. En mettant la liasse dans mon sac, il en tomba une photo. Piia, tout sourire, sur le pont d'un voilier.

On frappa à la porte et une femme frêle d'une cinquantaine d'années entra. Elle se présenta comme la secrétaire de Jukka, Mme Laakkonen. Elle était elle aussi très choquée par sa mort, mais répondit à mes questions sans se laisser troubler ou interrompre par les larmes qui coulaient de temps à autre sur ses joues.

Jukka avait été un collègue de bureau agréable. Exigeant et pointilleux, mais toujours aimable. Oui, il était chargé de nombreuses missions de représentation, qui l'obligeaient à aller au restaurant et dans des night-clubs. Il disposait pour cela d'une poignée de cartes de crédit de la société. Il tenait ses papiers dans un ordre irréprochable, tous les reçus se trouvaient à coup sûr dans ses dossiers.

« Avez-vous jamais eu à vous occuper des activités privées de Peltonen, par exemple à prendre rendez-vous pour lui avec des amis ? »

Mme Laakkonen sourit.

« En principe, bien sûr, ça ne faisait pas partie de mes attributions. Mais je crois que certaines personnes avec qui il me demandait de convenir de rencontres étaient plus des amis que des relations de travail. Ça n'arrivait que rarement, se hâta-t-elle d'ajouter, comme effrayée à l'idée de dire du mal d'un mort.

— Vous rappelez-vous les noms de ces personnes ? N'ayez aucun scrupule, dans une affaire de meurtre tout est important », poursuivis-je. Le mot meurtre provoqua un nouveau torrent de larmes, et je maudis ma stupidité.

« Tuulia Rajala... et une certaine Mme Wahlgren.

— Wahlroos ? Piia Wahlroos ?

— Oui, ce devait être ça. Et il y avait une dénommée Tiina qui lui téléphonait souvent, et d'autres femmes dont je ne pense pas qu'elles appelaient pour des raisons professionnelles.

— Avez-vous le numéro de cette Tiina ? demandai-je en pensant au message sur le répondeur de Jukka.

— Je ne crois pas. Et c'était naturel que des jeunes filles lui téléphonent, il était si séduisant... »

Mme Laakkonen ne savait pas si Jukka fréquentait l'un ou l'autre de ses collègues en dehors des heures de travail. Il était temps d'interroger ces derniers, ainsi que la standardiste. Ceux à qui je parlai se montrèrent peu loquaces, la mort de Jukka avait été un choc pour tout le monde, mais je n'en tirai rien de révélateur.

Koivu, par contre, était tombé sur un économiste bavard.

« Ce Jantunen a laissé entendre toutes sortes de choses. D'après lui, Peltonen avait des rapports autres que professionnels avec sa chef, et s'il n'arrêtait pas de cavaler en Estonie, c'était aussi pour des histoires de femmes.

— Marja Mäki et Jukka ? Ouah ! Bien sûr, j'aurais tout de suite dû deviner, en voyant que son directeur était une directrice. Est-ce qu'il aurait en plus eu une maîtresse à Tallinn ? »

Je demandai au standard de me passer Jantunen, mais il se refusa à en dire plus. Apparemment, ses confidences à Koivu entraient dans la catégorie des histoires entre mecs. Peut-être avait-il pris peur après avoir ébruité des ragots sur sa supérieure.

Je retournai avec Koivu voir Marja Mäki. Elle avait eu le temps de se calmer, d'essuyer son rimmel fondu et de remettre du rouge à lèvres. La couleur de ce dernier ressemblait étrangement à celui qui tachait le verre à liqueur trouvé dans le placard de Jukka. Y avait-il du vrai dans les commérages de Jantunen ? Comment s'en assurer ?

« Vous étiez de proches collaborateurs. Que pouvez-vous me dire sur la vie privée de Peltonen ?

— Je sais qu'il chantait dans cette chorale. Est-ce que ce n'est pas à une de ses répétitions, le week-end dernier, qu'il... enfin qu'on... Si j'ai bien compris, il y passait pas mal de temps. »

Il me revint que les choristes de l'AEPO préparaient justement un gala pour l'entreprise de Jukka.

Et si Marja Mäki avait été au courant des répétitions et qu'elle soit venue, par jalousie, vérifier avec qui il passait en réalité son week-end ?

« Où étiez-vous dans la nuit de samedi à dimanche dernier ? »

Marja Mäki me regarda fixement et je vis la peur envahir ses yeux, puis tout son visage.

« Que voulez-vous dire ? J'étais à Paris.

— Seule ? Avec votre mari ?

— Avec ma fille aînée. Mon mari était à la maison... à Vuosaari. » Elle éclata de nouveau en sanglots. Je continuai cependant de la bombarder de questions, et j'obtins des réponses assez claires.

Marja Mäki avait eu une liaison avec son subordonné. Il s'agissait essentiellement de moments passés sur le canapé du bureau de Jukka, en prolongation d'heures supplémentaires, et de nuits à l'hôtel au cours de voyages d'affaires.

« N'allez pas croire que nous ayons été amoureux l'un de l'autre, jeta-t-elle. Il s'agissait plutôt d'un traité de coopération. Nous nous entendions bien. »

Un traité de coopération... Tuulia avait utilisé la même expression.

« Qu'entendez-vous par là ? Est-ce que vous donniez de l'argent à Jukka ? »

Marja Mäki rougit de fureur.

« Écoutez, jeune fille, cracha-t-elle. Vous me prenez pour une vieille peau, mais je n'ai quand même pas encore besoin de payer mes amants. Jukka voulait du sexe, moi aussi. Aucun de nous n'entretenait l'autre. »

Elle avait été persuadée que son époux n'était pas au courant. Lundi matin, quand elle était rentrée de Paris, quelqu'un du bureau venait de téléphoner chez elle et son mari l'attendait avec la tragique nouvelle.

« La première chose qu'il a dite, c'est "ton gigolo est mort". Et devant les enfants ! »

En réalité, Martti Mäki était depuis longtemps au courant de cette liaison. Son épouse avait visiblement peur qu'il ait tué Jukka. Il avait affirmé être resté seul à la maison toute la nuit de samedi. La plus jeune des filles du couple était à un camp d'équitation.

« Vous comprendrez que je doive interroger votre mari. Où puis-je le joindre ?

— C'est un peu difficile… Il est parti hier soir en Algarve pour une semaine, jouer au golf. »

En reprenant le chemin de Pasila, j'avais plus que le tournis. Koivu sifflotait à mes côtés d'un air songeur.

« Quel mec, quand même, constata-t-il. On n'a pas encore rencontré une seule femme qu'il ait laissée tranquille. Sauf peut-être sa secrétaire.

— Jukka l'a sûrement séduite elle aussi. Mais bon sang, quand je pense que ce Martti Mäki a quitté le pays ! Si c'est lui le meurtrier, il ne reviendra sûrement pas. Mais comment aurait-il pu savoir que Jukka était à Vuosaari ? Je n'obtiendrai jamais de mandat d'arrêt international avec des preuves aussi minces. Koivu, j'ai faim. Si on allait à l'Aurinkotuuli ? Des fois qu'un repas végétarien nous aide à réfléchir. »

Il était plus de huit heures quand je rentrai enfin chez moi. J'avais vérifié le lieu de villégiature de Martti Mäki et laissé un message lui demandant de me rappeler. Je n'avais rien à perdre.

Ce que je ne comprenais pas, c'était pourquoi Marja Mäki m'avait aussi facilement avoué sa liaison avec Jukka et ses soupçons à l'égard de son mari. Malgré son chagrin, elle semblait être du genre à toujours garder le contrôle. Espérait-elle que son époux ait assassiné son amant ? Ou que cherchait-elle ? Elle semblait se servir du meurtre dans un jeu d'échecs matrimonial dont j'aurais préféré ne rien savoir.

J'avais passé presque tout le reste de la journée à trier les papiers de Jukka. Il semblait tenir soigneusement à part ses emplois du temps privé et professionnel. Son agenda de bureau ne contenait que des annotations ayant trait à son travail, des réunions, des coups de fil à donner, des horaires d'avion. Ces derniers temps, il avait eu plusieurs rendez-vous avec le cabinet-conseil Mattinen, apparemment en relation avec le projet de coopération estonien. Le cabinet ne figurait pas dans l'annuaire, il me faudrait vérifier son adresse auprès de Marja Mäki.

Du côté de son agenda privé, il y avait des répétitions et des spectacles de la chorale, des rendez-vous avec des filles, des parties de squash. Le prénom Tiina apparaissait ici et là, mais pas plus souvent que bien d'autres noms féminins. Helvi et Merike, entre autres, revenaient régulièrement. Jukka était-il le gigolo d'autres femmes fortunées ? Était-ce pour cela qu'il passait ses soirées dans des night-clubs ? Son agenda grouillait d'abréviations bizarres telles que T. 22.00 C. J'aurais bien aimé savoir si T désignait Tuulia, si C était un restaurant et ce qu'il y avait eu, au juste, entre ces deux-là.

J'étais étonnée de n'avoir trouvé aucun carnet d'adresses dans les affaires de Jukka, ni dans le sac qui était à la villa avec son agenda, ni chez lui. Il n'y avait pas non plus eu de répertoire sur sa table de téléphone, et rien à son bureau. Était-il possible qu'il ait su par cœur les numéros de toutes ses conquêtes ? Ou l'une d'elles était-elle malgré tout venue dans la nuit à la villa pour le tuer, par jalousie ? Mais comment Jukka aurait-il eu l'idée de la rejoindre sur le ponton ? Serait-elle arrivée en bateau ? Je commençais à sentir une douleur m'enserrer l'arrière du crâne. À trop réfléchir, j'avais les muscles de la nuque complètement noués.

Je décidai qu'un bon jogging serait un meilleur remède contre le mal de tête que de l'ibuprofène. J'étais en train de chercher mon short au fond du panier à linge – il pouvait bien servir encore une fois – quand on sonna à l'improviste à la porte. Je pensai aux Témoins de Jéhovah ou à un contrôleur de la redevance audiovisuelle. Je me débarrasserais des premiers en expliquant que j'étais orthodoxe, bien que c'était faux, mais, pour le second, le problème risquait d'être plus ardu. J'avais acheté deux ans plus tôt un antique téléviseur portable noir et blanc, à une vente aux enchères de la police, et oublié depuis, pour diverses raisons, de le déclarer. Je savais pourtant que rien ne m'obligeait à laisser entrer le contrôleur.

Je jetai un coup d'œil par le judas, dans le plus pur style des mémés du quartier, et découvris avec plaisir que c'était Tuulia qui se tenait derrière la porte.

« Salut, grand détective. Je suis passée chez ma cousine, à deux rues d'ici, et je me suis dit que je pourrais par la même occasion venir prendre des nouvelles du meurtre.

— Entre », répondis-je sincèrement ravie, sans vouloir savoir si son histoire était vraie. Peut-être aller courir n'était-il pas indispensable, tout compte fait.

« Jyri ne parlait que de ça, lundi, il paraît que tu l'as presque arrêté. Il est numéro un sur ta liste ? »

demanda Tuulia en jetant sa veste en jean au portemanteau.

« Non. J'avais une ou deux choses à éclaircir avec lui. L'ordre de ma liste est variable, en ce moment, mais je ne devrais bien sûr pas te le dire. J'ai interrogé d'autres gens, le bruit n'en a pas encore couru ?

— Ma foi si. Antti et Mirja aussi étaient de la partie. Après, on a été à l'AEPO répéter pour l'enterrement. C'était affreux, l'Éploré, je veux dire Toivonen, notre chef de chœurs, était dans tous ses états. On avait tous l'impression bizarre – je veux dire tous ceux qui étaient à la villa – de faire partie d'un autre monde que les autres. Sirkku a craqué, à la fin, elle s'est mise à hurler qu'elle n'avait tué personne et que ce n'était pas la peine de la regarder comme ça.

— Intéressant.

— Le pire... là où on a tous perdu nos moyens, c'est quand Toivonen nous a dit que la mère de Jukka voulait entendre *La Chanson de mon cœur* de Sibelius. Ç'a été un désastre, tout le monde s'est planté – sauf Mirja, qui bramait sa partie de contralto comme si de rien n'était. Ce n'est pas qu'on ne veuille pas chanter cet air à l'enterrement, et le mieux possible, mais putain... Même quand Toivonen cafouille.

— Tous ceux qui étaient à la villa viendront chanter ?

— Si quelqu'un se défilait, on le soupçonnerait tout de suite d'être l'assassin. Ce que Mirja peut m'horripiler ! Elle ne chante pas, elle crie. Tu sais, après notre concert de printemps, ma cousine m'a demandé : "Qui est-ce, la soliste ?" Elle a vraiment cru que Mirja était soliste, parce que sa voix domine tout le reste du chœur. Il y a des jours où je la tuerais... Enfin c'est une image », termina-t-elle, penaude.

J'aurais préféré ne pas parler boulot et je changeai pendant un moment de sujet de conversation avant d'interroger Tuulia sur les annotations de l'agenda.

« Tu aurais eu rendez-vous avec Jukka, avant-hier soir, s'il avait été encore en vie ? » lançai-je soudain. Il valait sans doute mieux liquider d'abord les questions officielles, afin de pouvoir se détendre.

« Comment ça ?

— Il y avait écrit en gros sur le bloc-notes de Jukka "Tuulia – pas lundi !". » Elle eut l'air de faire un intense effort de réflexion. « Non... On avait décidé d'aller au théâtre d'été, mais finalement la pièce ne m'intéressait pas, les critiques étaient trop mauvaises, et j'ai demandé à Jukka d'annuler les réservations. J'avais déjà oublié cette histoire.

— D'après cet agenda, vous vous voyiez souvent. Vous jouiez au squash, ou quelque chose de ce genre ? » Je pris le carnet, mais Tuulia me l'arracha des mains avec une avidité surprenante et se mit à le feuilleter avant que j'aie le temps de l'en empêcher.

« Ces T ? Ça n'a rien à voir avec moi. Je me demande ce qu'ils peuvent vouloir dire. Jukka utilisait toujours toutes sortes de codes bizarres. Quand on était au lycée, il mettait un carré noir dans son agenda les jours où on avait picolé, et un cœur les jours où il avait baisé une fille... Mais tous ses signes ne correspondaient pas à la réalité, loin de là. Il était un peu infantile, par moments. C'est sûrement une femme.

— Est-ce que tu sais quelque chose des autres ? Qui est Tiina ? Et Merike ? » Je lui repris l'agenda et lui lus des noms. Elle en connaissait plusieurs. Des choristes, de la famille, des collègues. Il n'y avait que deux des noms de femme mentionnés dans l'agenda qui ne lui disaient rien.

« Que savais-tu des revenus annexes de Jukka ? »

Tuulia eut l'air stupéfait. Elle n'était au courant d'aucune activité secondaire mais, après avoir réfléchi, des détails lui revinrent.

« Il s'agissait sans doute de missions ponctuelles. Il parlait parfois de je ne sais quel travail de conseil, il était assez calé en droit, en plus du reste. Peut-être qu'il se faisait payer au noir, pour frauder le fisc. »

Je lui précisai que Jukka avait touché des revenus assez réguliers.

« Aurais-tu entendu parler d'une avance d'héritage ?

— Bien sûr ! Ce doit être ça ! s'exclama-t-elle avec enthousiasme. Ce sont des as de la finance, dans la famille, ils sont capables de tout pour éviter les impôts. Les vieux de Jukka sont pleins aux as. Mais je ne crois pas que Heikki consente à l'avouer, si tu le lui demandes. Jarmo va carrément crouler sous le blé, maintenant. Heureusement pour lui qu'il est en Amérique – c'est en général pour de l'argent qu'on tue, non ? Dis-moi, ton appart est vraiment sympa, mais tu n'aurais pas de la bière ? J'ai disputé un sacré match de squash, ce matin, et je commence à avoir soif. »

Je n'avais dans mon réfrigérateur que quelques yaourts, une boîte de fromage fondu et une demi-bouteille de liqueur de kiwi. Le reste de mes provisions se composait d'un paquet de café, d'une moitié de pain de seigle et de trois pommes fripées. Je n'avais pas eu le temps de faire les courses, ces derniers jours.

« Tu n'en as pas ? On pourrait aller à l'Elite, dans ce cas. À moins que ta déontologie te l'interdise ? »

Je songeai à mon jogging, et je me rappelai ce qu'on nous avait enseigné à l'école de police à propos de la neutralité des enquêteurs. Je me dis aussi qu'une ou deux bières me relaxeraient aussi efficacement la nuque que de courir.

« Allons-y, mais à une condition.

— Oui ?

— Qu'on ne parle plus de cette affaire. On peut discuter de n'importe quoi d'autre, de musique, de politique, de livres, ou même d'élevage de rennes, mais pas de boulot. Ça va me perturber encore plus si je continue à ruminer ça sans arrêt.

— Tu es perturbée, ma pauvre ? » Tuulia sourit. « Eh bien moi aussi. Ça nous fera certainement du bien à toutes les deux d'essayer de penser un peu à autre chose qu'à Jukka. »

Je me lavai la figure pour ôter mon maquillage de travail et remis un peu de couleurs fraîches, ébouriffai mes cheveux et eus soudain terriblement soif. Soif de bière, soif de rire, soif d'amitié. Je n'avais plus le courage ni l'envie de me poser des questions d'éthique professionnelle. Peut-être aller boire une bière avec Tuulia était-il une erreur en tant que policier, mais ce n'en était certainement pas une en tant qu'être humain.

Et je passai un excellent moment. Tuulia, pleine d'entrain, me fit le récit de ses aventures. Sa vision joyeusement anarchiste de la vie me donnait parfois l'impression d'être une centenaire morte sur pied. J'étais jalouse de ses histoires de vacances en autostop, de ses déboires, à des festivals de rock, avec de petits puceaux complexés de seize ans et de ses baignades dans la fontaine de la place centrale de Tapiola. Quelqu'un d'autre aurait peut-être jugé qu'elle refusait de grandir mais, selon moi, elle refusait juste de se dessécher.

« Je ne veux pas entrer dans le moule : termine tes études, achète un appartement, rembourse tes emprunts, trouve un mari, fais des enfants. Conduis-toi bien. Je veux être irresponsable et faire toute ma vie ce qui m'amuse », expliqua-t-elle, et elle avala d'un trait une demi-pinte de bière dont une partie coula sur son menton et sur sa gorge. Elle rit et s'essuya du dos de la main. Son cou se dressait avec force et fierté entre ses clavicules dégagées par son décolleté. Elle portait aux oreilles des demi-lunes en or et au doigt une bague assortie dont la pierre étincelait. De jolis bijoux fantaisie.

« À quoi penses-tu, Maria ?

— Au plaisir qu'il y a à bavarder avec une femme sensée. J'ai beaucoup trop d'hommes autour de moi, au travail. En fait, les seules personnes que je comprenne un tant soit peu sont les aventurières, ou plus exactement celles qui n'endossent pas des rôles de femme traditionnels.

— Tu m'as l'air d'être plutôt seule, non ? Jaana a dit un jour que tu étais un peu du genre ermite.

— C'est juste que je n'ai pas la force de me répandre autour de moi. Je n'ai rien contre les gens, ni même contre les mecs, mais c'est tout ce jeu de la séduction qui me fait vomir.

— Tu as quelqu'un en particulier ? Un homme, je veux dire ?

— Non. J'ai eu deux ou trois relations assez sérieuses. D'abord Pete, qui m'a bu tout mon argent. Puis un ornithologue, totalement handicapé question contact humain, et enfin un copain, à la fac de droit, qui ne supportait pas que j'aie de meilleurs résultats que lui aux examens. Voilà pour les grandes lignes. Et je ne vois pas l'intérêt de prendre un mec uniquement parce qu'il faudrait en avoir un. Je tiens trop à mon confort pour ça. Je ne pense pas que tous les hommes soient des crétins, mais je n'ai pas non plus trouvé beaucoup de lumières sur mon chemin. Et toi ?

— Pas depuis des siècles. Et Jukka était… » Elle se mordit les lèvres, et je me rappelai soudain comment Antti, dans sa lettre, avait adjuré son ami de ne pas faire de mal à Tuulia. « Désolée de revenir à un sujet interdit, mais il était… spécial, en un sens. Une âme sœur. Et sacrément exaspérant, aussi, quelquefois. Garçon ! La même chose ! Tu en reprendras bien une, Maria ?

— Jamais deux sans trois. » Je remarquai qu'elle ravalait ses larmes et je me mis à parler du dernier Kaurismäki, que j'avais vu la semaine précédente. La conversation revint sur les rôles des hommes et des femmes, avant que nous nous mettions à casser du sucre sur le dos du gouvernement et à rire à gorge déployée. Deux types à l'air fat tentèrent de se joindre à nous, mais Tuulia passa son bras autour de mes épaules et déclara d'un ton agressif que nous n'avions pas besoin de compagnie. Leur mine décontenancée nous fit pouffer.

Debout sur le trottoir, je m'étais rendu compte que j'étais ivre. Tuulia avait déclaré qu'elle n'avait pas la force d'aller à pied prendre son bus à la gare, et j'avais promis d'attendre le tram n° 3 avec elle. La nuit avait fraîchi, elle avait tiré les longues manches de son sweat-shirt sur ses mains.

« J'ai des problèmes de circulation, j'ai toujours les doigts glacés.

— Tu te rappelles ce jeu, quand on avait froid dans la cour de récré, la bataille de Reischoffen ! On essaie ? » Nous nous étions mises à nous taper dans les mains, d'abord lentement et avec raideur, puis, l'habitude revenant, de plus en plus vite, sans nous inquiéter des regards étonnés des gens. Nous gloussions comme des gamines de dix ans.

« Toi, par contre, tu as vraiment les mains chaudes, constata Tuulia. Mains chaudes, cœur froid, exact ?

— Si on va par là, tu as le cœur chaud, exact ? » lui lançai-je en retour.

Avant que le tram l'emporte, je serrai Tuulia dans mes bras. En rentrant chez moi, je tentai de me souvenir de la dernière fois où j'avais touché quelqu'un et trouvé le contact agréable.

8

Vers où t'emporte l'eau, frêle esquif sur les flots ?
Parmi les hommes nul n'en a la prescience

Je fus accaparée toute la fin de la semaine par les bagarres au couteau de Malmi. Il y avait eu une victime de plus, vendredi, quand le plus jeune frère de l'une des familles roms avait poignardé un cousin de l'autre famille. J'essayais de comprendre leurs codes, mais il aurait fallu pour cela que j'en sache plus sur leur culture, et je n'avais pas le temps d'approfondir la question.

J'avais plusieurs fois tenté de joindre Toivonen, le chef de chœurs. Lundi, j'y parvins enfin.

« Je suis encore en vacances, je ne suis revenu en ville que pour diriger la répétition des chants funéraires. Je suis assez pressé, j'ai beaucoup de choses à faire d'ici ce soir, expliqua-t-il.

— Il s'agit d'une enquête criminelle, dis-je en m'efforçant de mettre toute mon autorité dans ma voix.

— Je ferai tout mon possible pour vous aider, bien sûr. Vous pourriez peut-être venir à la répétition à l'AEPO, pendant la pause, vers dix-neuf heures trente ? »

C'était parfait. J'y rencontrerais aussi d'autres choristes que mes suspects et je pourrais les interroger sur Jukka.

Martti Mäki m'avait téléphoné jeudi. Après avoir hésité un moment, il m'avait avoué qu'il n'était pas chez lui la nuit du meurtre. Quand je lui avais demandé si quelqu'un pouvait en témoigner, il s'était troublé.

« C'est que... Je n'ai pas son nom. » Il s'agissait d'une femme rencontrée par hasard au bar *Kaivohuone*. Mäki avait passé toute la nuit avec elle à l'hôtel *Vaakuna*. Je lui demandai de venir me voir dès son retour en Finlande, mardi. Peut-être était-ce naïf de ma part de lui faire confiance, mais je n'avais pas le choix. Et pourquoi aurait-il caché la hache sous le sauna ? Quand il ferait la tournée des boîtes de nuit, Koivu pourrait passer au Kaivohuone avec la photo de Mäki. Peut-être y trouverait-il la femme en question, et peut-être se souviendrait-on aussi de Mäki à l'hôtel.

Je quittai Pasila un peu avant sept heures. Le soir précédent, j'avais interrogé l'un des auteurs des coups de couteau jusqu'à plus de minuit. J'étais fatiguée, j'avais la tête vide. J'aurais aimé que quelqu'un m'attende à la maison avec un bain chaud et une bière fraîche. Ou être au moins accueillie par le ronronnement d'un chat. J'espérais en avoir vite fini à la répétition. Je devais encore faire le ménage, laver mon linge et dormir plus de six heures.

Dans le tram n° 7, je repensai à la description, par Koivu, du haut lieu de racolage qu'était le *Hesperia*. Le barman de service se souvenait parfaitement de Jukka, mais s'était soudain rappelé qu'il n'avait guère eu le temps d'observer de près ses faits et gestes. D'après Koivu, faire parler les femmes avait été plus difficile. Aucune ne semblait rien savoir de Jukka, même si une évidente lueur de reconnaissance était passée dans les yeux de certaines quand il leur avait montré sa photo. Peut-être Koivu avait-il réellement été trop gentil.

La chorale répétait dans les locaux de l'AEPO, Liisankatu. On entendait chanter jusque dans la rue par la fenêtre ouverte. Je reconnus la mélodie de Kuula, *Vers où t'emporte l'eau.* C'était ce que le double quatuor de Vuosaari avait répété. Avaient-ils l'intention de chanter cet air à l'enterrement de Jukka ?

L'ascenseur était en panne, je dus monter à pied au quatrième. Les voix résonnaient de plus en plus fort dans l'escalier, s'interrompant parfois pour reprendre au début. Je me demandai comment faisaient les voisins pour ne pas devenir fous.

La porte était fermée à clef. Je sonnai et, après une longue attente, Mirja vint ouvrir. Elle sembla perdre un instant tous ses repères en me voyant.

« Bonjour. J'ai rendez-vous avec votre chef de chœurs.

— On fait la pause dans une dizaine de minutes », déclara-t-elle en retournant d'un pas décidé se joindre aux autres. J'étais un peu en avance et, comme Toivonen ne semblait guère pressé de lever la séance, je pus suivre la répétition pendant plus d'un quart d'heure. De la porte latérale de la salle, je voyais à merveille non seulement tous les chanteurs, mais aussi le chef qui transpirait devant eux.

La saison d'automne n'avait pas encore commencé et il n'y avait sur place qu'une vingtaine de choristes. Les hommes étaient nettement moins nombreux que les femmes, avec un seul ténor en plus de Jyri et de Timo. Malgré l'assistance clairsemée et la fenêtre ouverte, la salle semblait exiguë et l'air étouffant.

Toivonen, l'Éploré, dirigeait la chorale perché sur un podium d'une vingtaine de centimètres de haut. Il était petit et gros, avec un haut front dégarni et une frémissante barbiche blonde. Sa gestuelle était pour le moins curieuse et mon œil peu aguerri, en tout cas, était incapable de voir quel type de mesure il battait, et encore moins de discerner le premier temps. Il fredonnait, à la Glenn Gould, tantôt une partie, tantôt une autre. Sa chemise trop courte s'échappait sans cesse de son jean informe et il tentait, par moments, de la remettre en place d'une main. Avant les spectacles, les filles de la chorale avaient paraît-il l'habitude de vérifier qu'il était bien peigné, qu'il avait son diapason dans sa poche et que sa braguette était fermée. Peut-être ses airs distraits lui servaient-ils à affirmer son image d'artiste.

« Vos gueules, les ténors ! cria-t-il soudain. Vous ne savez pas lire, c'est un solo de basse ! »

Je vis le rouge de la confusion monter aux joues de Timo. Jyri, à côté, souriait d'un air moqueur.

« On reprend depuis le début, tant qu'on y est, la mise en place était nulle. Les sopranos et les contraltos, faites-moi bien la distinction entre les croches-pointées-doubles et les triolets, en haut de la deuxième page. Et les basses, ne lambinez pas ! Da capo ! Les deuxièmes sopranos, vous avez le *ré* ? »

Toivonen obtint au moins deux versions différentes de la note demandée. Les autres pupitres soupirèrent d'un air excédé. La même scène s'était visiblement répétée trop souvent.

« C'était la plus haute la bonne », constata sèchement Toivonen, et il fit signe aux deuxièmes sopranos d'attaquer. D'abord rien ne vint. Puis l'une d'elles commença, avec hésitation, et une voix s'éleva des rangs des contraltos pour la soutenir. La tentative se termina dans le chaos général.

« Tais-toi, Mirja, tu ne fais que nous embrouiller ! cria Piia avec une surprenante autorité.

— Qu'est-ce qui coince ? demanda Toivonen en se grattant la calvitie.

— On n'ose pas se lancer parce que tout le monde attend en salivant qu'on se plante, expliqua, l'air angoissé, une rousse bien en chair assise à côté de Piia.

— Je peux chanter avec elles jusqu'à ce que les deuxièmes contraltos attaquent », proposa Mirja, s'attirant des protestations rageuses. Il fallut un moment à Toivonen pour reprendre le contrôle de la situation.

« Ça fait bizarre quand tu chantes avec les deuxièmes sopranos de là où tu es, au bout du rang. Tuulia, est-ce que tu pourrais les soutenir pour la première mesure », suggéra-t-il finalement.

La solution parut fonctionner et le canon prit enfin son essor. En l'écoutant attentivement, je fus touchée par ses paroles, qui semblaient faites pour être chantées à l'enterrement de Jukka : « Vers où t'emporte l'eau, frêle esquif sur les flots ? Parmi les hommes nul n'en a la prescience. »

Le chœur sonnait déjà mieux. Les contraltos étaient les plus proches de moi et la voix de Mirja couvrait par moments largement les autres. L'histoire de soliste de Tuulia n'était sans doute pas que pure médisance. Mirja semblait chanter sans interruption fortissimo. Je me demandais si sa voisine n'était pas déjà sourde d'une oreille. Un peu plus au milieu parmi les contraltos, Sirkku se balançait en rythme d'avant en arrière, ce qui lui donnait l'air idiot.

Les ténors étaient assis derrière les contraltos. Timo chantait le nez dans sa partition sans jamais regarder Toivonen. Jyri avait la mine concentrée et paraissait moins gamin qu'à l'ordinaire. Mon regard glissa le long du dernier rang jusqu'à Antti, qui tonnait en solo de sa puissante voix de basse : « Tout, oui, tout est éphémère. » L'espace d'un instant, il me sembla voir des larmes dans ses yeux.

« Merci ! hurla tout d'un coup Toivonen. Quand je dis merci, ça veut dire vos gueules ! poursuivit-il en constatant qu'une partie du groupe continuait de chanter. Tout est éphémère, page trois, troisième ligne, il y a deux *f*. Qu'est-ce que ça signifie, à votre avis ? »

Je vis dans les rangs plusieurs mines affligées. Cette scène-là aussi avait apparemment été souvent rejouée.

« Fortissimo, entendit-on marmonner en chœur.

— Bien, alors si vous savez ce que ça veut dire, pourquoi est-ce qu'il n'y a que les deuxièmes contraltos qui le font ?

— Elles chantent de toute façon toujours comme ça », grommela Tuulia. Aussitôt après, elle me lança un sourire, et je ne pus m'empêcher de le lui rendre. L'échange me fit chaud au cœur, dissipant pour un instant l'atmosphère de claustration de la répétition.

« Et les ténors, vos *sol* aigus sont trop bas. Vous devriez tous y arriver, pourtant. »

Je vis de nouveau Jyri regarder Timo de travers.

« Les sopranos, un peu plus de fermeté du début à la fin, et les basses, vous avez tout le temps un poil de retard. Reprenez-vous ! Page trois, à la première mesure pour les basses. »

Je restai à regarder Tuulia. En un instant, son visage avait repris tout son sérieux. Elle avait une belle voix et chantait avec aisance. Jaana m'avait expliqué que sa tessiture était naturellement élevée et que même un *si* aigu par-ci par-là ne lui faisait pas peur.

Piia, par contre, semblait avoir des difficultés. Elle avait totalement cessé de chanter et des larmes coulaient sur son visage. La rouquine boulotte lui tendit un mouchoir.

Le chœur chanta encore une fois Kuula en entier, cette fois sans interruption. L'ensemble commençait à sonner assez bien. Puis Toivonen décréta la pause et je me dirigeai vers lui en slalomant entre les bancs. En un instant, il disparut dans l'arrière-salle. Je fis tomber une partition par terre. Je la ramassai et constatai que son propriétaire avait subtilement amélioré le poème de Leino : « Pourtant il est si prout de rêver voir encore naître au prochain printemps une nouvelle horreur et sentir souffler dans les coliques les vents. » Il avait aussi ajouté quelques commentaires, du style « du genou » après « toi que les remous », et transformé « tout est éphémère » en « tout tète et fait meuh ». Et c'était une chorale qui passait pour sérieuse !

Je me cognai à Antti, qui était occupé à rompre des morceaux d'un gros chou-fleur pour se les fourrer dans la bouche.

« Salut, Maria. Tu en veux ? » Il poussa le chou-fleur vers moi.

« Non merci. Où est passé Toivonen ? »

Antti fit un geste vers l'arrière-salle, où le chef de chœurs était en train d'expliquer quelque chose à Timo. Je les interrompis d'un bonjour sonore.

« Bonjour... répondit Toivonen d'un ton hésitant. Tu viens t'inscrire à la chorale ?

— Non. Inspecteur principal Maria Kallio de la brigade criminelle de la police judiciaire d'Helsinki. »

Il me regarda, déconcerté, et saisit ma main tendue. Mon jean avait de nouveau fait son effet. Peut-être aurais-je dû définitivement opter pour la jupe d'uniforme et le chignon.

« Ah oui, je vous avais complètement oubliée. » Toivonen fit sortir Timo et ferma la porte derrière lui.

« Que voulez-vous savoir, au juste ? demanda-t-il en tripotant sa barbiche.

— Jukka Peltonen était votre assistant. Quel était exactement son rôle ?

— Rien de très extraordinaire, à vrai dire. Nous divisions parfois la chorale en deux et nous en faisions chacun répéter une moitié. En principe, l'assistant dirige les chœurs quand le chef est absent, mais je fais mon possible pour être toujours là.

— Vous l'aviez nommé à ce poste dès son entrée dans la chorale ?

— Je ne sais plus. Je ne peux pas me rappeler qui s'est inscrit quand. Mais il était là depuis longtemps, sans doute près de dix ans.

— Est-ce que ce n'est pas une chorale d'étudiants, en principe ? Jukka avait terminé ses études et il avait de toute façon passé l'âge, non ?

— La notion de chorale d'étudiants est assez élastique. On garde volontiers les bons éléments un peu plus longtemps. Et Jukka semblait se plaire avec nous… » Toivonen sourit d'un air salace. « Il appréciait sans doute de voir arriver chaque année de nouvelles jeunes filles.

— Il avait donc du succès auprès des chanteuses ? demandai-je comme si je n'avais jamais eu vent de la chose.

— Il n'a jamais manqué de filles, il en avait même à revendre. » Il ébaucha de nouveau un sourire mais se reprit aussitôt. Peut-être pensait-il qu'il ne convenait pas de parler des morts avec légèreté.

« À revendre ? Que voulez-vous dire ? »

Toivonen fourra sa chemise dans son pantalon d'un air embarrassé et se refusa à en dire plus. Quand je lui demandai si je pouvais interroger tout de suite quelques choristes, il se mit à ronchonner.

« C'est que c'est la dernière répétition avant l'enterrement, et ils sont plutôt rouillés. »

Je dus, pour qu'il accepte, lui rappeler encore une fois que j'enquêtais sur un meurtre. Puis il jeta un coup d'œil à sa montre et déclara que la pause n'avait que trop duré.

Les choristes s'étaient dispersés par petits groupes dans les locaux de l'AEPO. J'avais l'impression que les autres évitaient ceux qui s'étaient trouvés à Vuosaari. Seul Jyri bavardait dans le fumoir avec une contralto. Sirkku, collée à Timo, me fixait d'un regard apeuré depuis le sofa de l'entrée.

La fin de la pause proclamée, Timo grimpa sur le podium du chef. Il attendit en vain que le groupe se taise, puis cria, énervé :

« Écoutez-moi ! À propos de l'horaire de samedi prochain. L'enterrement est prévu à l'église de Temppeliaukio à quatorze heures. Rendez-vous à treize heures, qu'on ait le temps de se chauffer la voix et de passer une dernière fois le programme en revue.

— Qu'est-ce qu'il y aura comme cantiques ? demanda Mirja.

— Ils ne savaient pas encore, intervint Toivonen. M. Peltonen m'a promis de me les indiquer demain et je téléphonerai à Timo, il fera passer le mot. Il serait bon que tout le monde essaie de les regarder un peu à l'avance.

— Après la cérémonie, il y aura un bref repas funèbre au restaurant *Laulumiehet*, poursuivit Timo. On nous a demandé de chanter encore un ou deux airs. On a choisi *Quand sonnera notre heure* de Bach et *Le Pays de la paix* de Genetz, qu'on va répéter pour finir. D'autres questions ?

— Comment est-ce qu'on s'habille ? demanda Piia.

— En civil, avec des vêtements corrects, pas de tenues de scène, répondit Timo.

— Ce que vous mettriez de toute façon pour l'enterrement d'un ami, compléta Toivonen. Pour les garçons, un costume sombre, je suppose.

— Et donc pour les filles pas de robe à fleurs ni de maquillage trop voyant, déclara Mirja d'un ton sévère.

— Tu voulais dire quelque chose ? » me demanda ensuite Timo en me cédant le podium. Je me dressai d'un bond et, pendant un instant, j'eus envie de me mettre à gesticuler comme Toivonen. Je me retins avec effort.

« Bonsoir. Je suis l'inspecteur principal Maria Kallio de la brigade criminelle de la police judiciaire d'Helsinki. J'enquête sur la mort de Jukka Peltonen. Si l'un de vous sait quelque chose qui puisse m'aider, je souhaiterais qu'il m'en parle maintenant. Je vais aller m'installer dans le fumoir, vous viendrez me voir à tour de rôle.

— Même ceux que tu as déjà interrogés ? demanda Mirja d'un ton agressif.

— Inutile, à moins que vous ayez du nouveau à m'apprendre ou que je vous le demande en particulier. Sur le tableau, là, vous avez un numéro de téléphone où vous pouvez me joindre s'il vous vient par la suite quelque chose à l'esprit. » Je sautai du podium et fis signe à la petite contralto assise à côté de Mirja de me suivre. Je réprimai mon envie de lui demander si elle entendait encore normalement de l'oreille gauche.

Je ne tirai hélas rien d'extraordinaire des autres choristes. Antti, Tuulia, Jyri et Piia semblaient être ceux qui connaissaient le mieux Jukka. Deux filles laissèrent certes entendre qu'il y aurait eu quelque chose entre elles et lui, mais les faits semblaient anciens.

Seule Anu, la deuxième soprano ronde et rousse, avait quelque chose d'intéressant à me raconter.

« La dernière fois que j'ai vu Jukka, on a joué aux quilles puis on est allés boire une bière au *Kolme Liisaa*. Leurs toilettes sont plutôt exiguës, côté femmes, et j'ai dû attendre mon tour dans le couloir. Le téléphone est juste à côté, et j'ai entendu Jukka qui se disputait avec quelqu'un au bout du fil.

— À propos de quoi ?

— D'argent, je crois. Il a dit "c'est un cinquième maintenant, et inutile d'espérer plus". Puis il m'a vue, et il a conclu "écoute, Emma, je ne peux pas te parler, là", et il a raccroché. Après, il m'a engueulée pour l'avoir espionné. Ça devait être quelque chose d'important.

— Il parlait donc à une femme ?

— Apparemment, oui.

— Qui d'autre y avait-il, à la partie de quilles et ensuite au bistrot ? »

Anu prit un air rusé. Elle voyait sans doute où je voulais en venir.

« La bande habituelle. Sauf erreur de ma part, tous ceux qui étaient à la villa. Ah non, Antti n'était pas là. C'est pour ça que Mirja avait l'air si déçue. Elle est d'ailleurs rentrée chez elle tout de suite après la partie, sans venir au *Kolme Liisaa.* Mais elle n'avait sûrement pas eu le temps d'arriver chez elle quand j'ai surpris la conversation de Jukka, elle habite trop loin. »

Personne d'autre ne m'apprit quoi que ce soit d'instructif. J'aurais eu envie de bavarder avec Tuulia, juste pour le plaisir, mais je ne trouvai aucun prétexte. Peut-être éprouvais-je aussi une sorte de timidité, j'avais le sentiment de lui en avoir trop dévoilé sur mes pensées, lors de notre soirée à l'Elite.

Je sentais dans mes tempes et dans mes membres la fatigue des interrogatoires de la nuit précédente. J'écoutai encore un moment les chanteurs répéter le célèbre choral de Bach, et je fredonnai tout bas avec les sopranos.

À quelle place Jukka avait-il été assis ? Il était première basse, donc au milieu du dernier rang, sans doute. Le pupitre sonnait-il différemment en son absence ?

Jukka avait parlé d'argent avec une certaine Emma. Avait-il des dettes ? Était-ce là le secret de sa coûteuse voiture et de ses autres objets de luxe ? Était-ce pour cette femme qu'il avait besoin que Jyri le rembourse ?

« C'est parce que tu crois que quelqu'un d'autre va bientôt mourir que tu montes la garde ici ? » Antti avait surgi dans le couloir et se dirigeait vers le téléphone. D'après les premiers mots de sa conversation, il appelait les Peltonen pour se renseigner sur le déroulement des obsèques. Je tirai la langue à son dos vêtu d'un T-shirt noir et claquai la porte de l'AEPO.

Énervant, ce type, me dis-je en descendant l'escalier quatre à quatre. D'abord il m'offre du chou-fleur, puis il se fiche de moi. Belle bande de tordus. On considérait en général le chant choral comme une saine occupation, mais d'après ce que je venais de voir, il développait surtout la rosserie. Tous les choristes avaient sûrement un jour ou l'autre rêvé de tuer Toivonen ou leur voisin de pupitre. Peut-être quelqu'un en avait-il tout simplement eu assez que Jukka critique sa façon de chanter...

Dans le parc de Kaisaniemi, je tombai sur deux de mes copains de fac qui s'apprêtaient à aller boire un verre au buffet de la gare. Ils n'eurent pas trop à insister pour que je décide de les accompagner. Je pourrais toujours faire le ménage demain, et dormir quand je serais à la retraite.

9

Tout sur terre, ciel et mer, tout, oui, tout est éphémère

À la brigade, le chaos semblait ne pas vouloir cesser. En fin de semaine, on aurait cru que la moitié de la ville avait cédé à la violence conjugale. Après avoir été confrontée à cinq drames familiaux en trois jours – une vieille mère tuée, deux épouses battues, un concubin poussé du balcon après une soirée trop arrosée et un petit frère au pied explosé d'un coup de fusil de chasse – j'étais prête à jurer que jamais je ne me marierais ni n'aurais d'enfants. Je n'avais eu le temps de réfléchir à l'affaire Jukka qu'au passage mais, en relisant ses papiers, il m'était venu de nouvelles questions.

Je voulais assister à l'enterrement à l'église de Temppeliaukio, même si ce n'était pas indispensable du point de vue de l'enquête. Heikki Peltonen m'avait informée des dispositions prises pour les obsèques quand je lui avais téléphoné pour lui demander des détails sur les finances de son fils. Il avait nié toute donation frauduleuse, mais je n'étais pas pleinement convaincue. Le médecin de la famille m'avait jusque-là empêchée d'interroger la mère de Jukka. Je savais que j'aurais pu obtenir l'autorisation nécessaire, mais je ne voulais pas la brusquer.

On n'avait rien trouvé d'intéressant dans la voiture de Jukka. Il y avait certes les empreintes digitales de nombreuses personnes, pas toutes identifiées, mais rien qui corresponde à nos archives. Peut-être certaines appartenaient-elles au dénommé M, ou peut-être ce dernier parlait-il d'une tout autre bagnole. Aucune trace de sang, pas de caches secrètes. On pouvait, en ce qui me concernait, rendre le véhicule aux Peltonen.

Je me rendis à pied de chez moi à Temppeliaukio. Ma vieille robe noire me serrait aux épaules. Je l'avais achetée pour fêter mon bac et, à l'époque, je ne pratiquais pas encore la musculation. Un collant noir masquait les poils de mes jambes. Je n'avais pas acheté de fleurs, Jukka n'en avait pas besoin et les vivants ne feraient que s'offusquer d'une telle offrande de la part d'une policière. Je préférais concentrer mon attention sur d'autres porteurs de gerbes et tenter de repérer parmi eux Tiina, Merike et M. Je n'avais pas non plus l'intention de m'imposer au repas funèbre.

Le ciel était nuageux, la pluie menaçait. Un temps de circonstance. Il n'y avait pas d'orage dans l'air, juste une attente résignée, voire assoiffée. Les séneçons qui poussaient au pied des immeubles de pierre avaient en tout cas l'air de manquer d'eau, après de longues semaines de sécheresse.

Je me glissai discrètement dans un coin de la tribune. Je cherchais à me rappeler quand j'avais assisté pour la dernière fois à une cérémonie religieuse et je me souvins du mariage de mon amie Annikka, l'hiver passé. Les églises m'étaient étrangères, j'ignorais comment m'y comporter, je me sentais gauche et bruyante, imperméable aux paroles des pasteurs. Je m'interrogeais rarement sur des questions de foi et préférais éviter d'y penser. Cette fois, j'essayai de me demander où Jukka se trouvait. On racontait encore, au commissariat central, l'histoire d'un des enquêteurs les plus efficaces de la brigade qui avait eu coutume, il y a quelque vingt ans, de faire appel à des médiums pour élucider les crimes de sang. La méthode avait paraît-il donné de bons résultats. J'avais du mal à y croire, mais après tout pourquoi pas ? Tout était possible – qui sait si Jukka ne se trouvait pas dans ce que les croyants appelaient le paradis. Ou en enfer, allez savoir.

Peut-être chacun avait-il son propre au-delà. J'imaginai Jukka prenant du bon temps avec des anges de sexe féminin aux formes avantageuses. Pensée déplacée dans une église – pourvu que personne ne m'ait surprise à sourire toute seule à un enterrement. Il se pouvait aussi que Jukka, en fin de compte, soit simplement retourné au néant. Je repensai aux accents désespérés de la lettre d'Antti. Pour lui, Jukka n'existait plus, sous aucune forme. Il n'y avait rien, après la mort, qu'un noir absolu.

Je regardai au bas de la tribune. Il n'y avait que peu de monde dans l'église. Les choristes étaient déjà assis à leur place, face à l'assemblée, le visage tourné presque droit vers moi. Un sobre cercueil de chêne était posé devant l'autel. Il brûlerait bientôt avec Jukka. Heikki Peltonen était assis au premier rang, et la femme recroquevillée sous son voile de deuil, à ses côtés, était certainement son épouse. Quelles doses de tranquillisants avait-on bien pu lui faire avaler avant la cérémonie ?

Tous mes suspects étaient là, prêts à chanter, avec Piia et Tuulia sur la droite, au bout de la rangée des sopranos. Piia, qui avait déjà les yeux rouges, portait une élégante robe noire au tissu presque trop chic pour un enterrement. Tuulia était vêtue d'un fourreau de jersey sombre qui faisait paraître blancs ses cheveux et son visage. Sirkku se tenait tête baissée et serrait la main de Timo, assis derrière elle. Mirja, par contre, regardait l'assistance et, quand ses yeux tombèrent sur moi, j'y lus une franche hostilité.

Les garçons occupaient le dernier rang. Jyri, avec sa courte taille, était à peine visible derrière les contraltos. La tête d'Antti, à l'une des extrémités, dépassait de la masse. Les jambes de son costume noir étaient trop courtes, elles dévoilaient en partie ses maigres chevilles, au-dessus de ses chaussettes. Ses cheveux, qui lui arrivaient au creux de la nuque, étaient retenus en catogan par un chouchou noir.

Toivonen était assis à l'orgue. Je vis ses mains trembler et je me rendis compte que j'avais peur, pour les choristes, pour la mère de Jukka, pour moi-même. J'avais peur de la douleur que recelaient tous ces yeux rougis, j'avais peur qu'elle déborde, échappant à tout contrôle, que les chants disciplinés se muent en pleurs et en gémissements. J'avais peur que quelqu'un se mette à crier « Qui ? » et « Pourquoi ? » – questions auxquelles je n'avais pas encore su répondre. Peut-être Jukka avait-il la part la plus facile. Pour lui, tout était terminé.

Toivonen plaqua les premiers accords de l'introït. J'avais toujours aimé chanter des hymnes et je me saisis d'un recueil pour me joindre aux autres. Cantique 613, strophes 1 et 2. En entonnant le premier couplet, je m'étonnai de ce choix, mais les paroles du second ne correspondaient que trop bien à la situation : « Ni le pouvoir ni la jeunesse d'aucun recours ne nous seront, ni la puissance ni la sagesse quand au tombeau nous descendrons. La terre un jour tous nous quittons, mais les contours de ce destin et l'heure où nous nous éteignons, ô Seigneur, sont entre tes mains. » Je m'aperçus que ma voix tremblait. Sans doute était-ce parce que je n'avais pas chanté depuis longtemps.

Ce fut ensuite le tour du chœur. Je reconnus le Lacrymosa du Requiem de Mozart. La musique était douloureuse et cruelle, les paroles menaçantes et sans espoir : « Oh ! Jour de larmes où l'homme coupable ressuscitera de la poussière pour être jugé. » Jukka était-il mauvais ? Indifférent et manipulateur, oui, mais mauvais ? Je n'arrivais pas à détacher les yeux des choristes. Je distinguais dans le groupe le timbre flûté de Jyri et le magnifique contralto profond de Mirja. Sans doute était-ce ce qu'il y avait de plus beau en elle. Les basses grondaient, les sopranos montaient toujours plus haut, sans que leur voix les trahisse. En chantant, le visage pâle de Tuulia s'était coloré d'une légère roseur.

Je ne prêtai qu'une oreille distraite aux prières et à la lecture de l'évangile. Le jeune pasteur, la mine grave comme il se devait, adressait directement ses paroles aux parents de Jukka. Piia avait l'air de chercher un mouchoir dans son sac. Il faudrait que je lui parle dès que possible. Sirkku agrippa de nouveau la main de Timo. Je n'avais pas encore réussi à trouver à ces deux-là de mobile de meurtre convaincant. Je pouvais certes imaginer Timo tuant Jukka par accident, dans un accès de colère, si ce dernier avait osé se moquer de Sirkku. Il semblait être du genre à croire qu'il lui revenait de laver entre hommes tout affront fait à sa compagne. Personne ne m'avait jamais défendue de la sorte, et je ne l'aurais pas non plus voulu. Je me rappelais même, au contraire, avoir une fois frappé, dans la file d'attente d'une baraque à frites, un crétin bourré qui avait traité mon ami Harri, l'ornithologue, de pédé chevelu.

Mais pourquoi Timo et Jukka se seraient-ils donné rendez-vous en secret en pleine nuit ? Et si la lettre T de l'agenda désignait Timo ? Et si l'on découvrait un alambic chez l'un ou l'autre des tourtereaux... Le pasteur avait fini de parler, Toivonen, sur la pointe des pieds, quitta l'orgue pour venir se placer devant les choristes et les garçons se levèrent pour chanter. « Forêt nocturne de la Mort... » Ils avaient choisi la version pour chœur d'hommes, apparemment parce que les femmes auraient été tout simplement incapables d'assurer leur partie. Il n'y avait que six chanteurs, Jyri et Antti tenant apparemment seuls les pupitres de basses et soprano.

La vague de sanglots commença par la mère de Jukka, déferla vers l'arrière dans les rangs des amis et de la famille, jaillit parmi les filles de la chorale. Tuulia n'essaya même pas d'empêcher ses larmes de couler à flot. J'aurais voulu pouvoir aller la consoler. Piia s'enfouit sous ses cheveux bruns, une choriste que je ne connaissais pas se moucha si bruyamment qu'on l'entendit jusqu'à la tribune. Toivonen dirigeait le chœur les mains tremblantes, la barbiche palpitante. Seule Mirja conservait son calme, le visage inexpressif, comme si tout ce chagrin, autour d'elle, ne la touchait nullement. Je me demandais dans quelle mesure ce calme n'était pas feint. Ou détestait-elle Jukka au point de se réjouir de sa mort ? Mais pourquoi ?

J'admirais la maîtrise de soi des garçons. Les hommes, dans notre société, n'étaient toujours pas autorisés à manifester hystériquement leur douleur, mais comment parvenaient-ils à chanter parmi tous ces gémissements, et alors que la mère de Jukka hurlait presque malgré les calmants ? La voix de premier ténor de Jyri était belle et légère. Lorsqu'il chantait, son timbre, grêle quand il parlait, devenait comme immatériel, pareil à un instrument de musique. Dans les voix intermédiaires, on percevait une certaine raideur, et un tic tiraillait dangereusement la joue de l'une des premières basses. Antti semblait chanter sa partie, incroyablement grave, seulement pour la mère de Jukka, comme s'il avait voulu la convaincre par son regard de la vérité des paroles de Kivi. « Loin des guerres et des querelles, du monde mauvais et cruel... » Quand le chœur se tut, je sentis un goût de sang dans ma bouche. J'avais entamé de mes dents ma lèvre inférieure gercée par le soleil.

Heureusement, l'oraison funèbre me fit revenir sur terre. Elle m'irrita, surtout. Le pasteur faisait tout pour éluder la façon dont Jukka avait été tué. Je concevais qu'il soit difficile d'en parler alors que l'affaire n'avait pas encore été élucidée et que le meurtrier était sans doute présent. D'après l'homme d'Église, Dieu, dans son immense sagesse, avait décidé de laisser Jukka s'endormir dans Sa paix. Je détestais tous les euphémismes liés à la mort. Sans doute le pasteur n'aurait-il pas employé ces mots s'il avait vu le corps. La paix en était loin.

Le chœur se leva de nouveau pour chanter, cette fois *Vers où t'emporte l'eau.* L'attaque des sopranos fut un peu tremblante, Piia semblait vraiment souffrir. C'était l'air qu'ils avaient répété avec insouciance à Vuosaari. Comme il devait leur sembler différent aujourd'hui. « Tout, oui, tout est éphémère », tonnèrent les basses. « Voir encore naître au prochain printemps une nouvelle aurore », rêva le chœur un instant plus tard. « Ou tout serait-il faux ? », reprirent les basses. Jukka ne verrait plus le printemps.

Puis vint le dépôt des gerbes. J'attisai mon sentiment de colère en songeant à toutes ces superbes fleurs dont celui qui gisait dans le cercueil n'avait que faire. La mère de Jukka eut à peine la force de se tenir un instant debout devant le catafalque, soutenue par son mari. Ils furent suivis par la famille, puis par les collègues du défunt. Sa secrétaire était chargée de la couronne et Marja Mäki lut d'une voix ferme la dédicace banale du ruban.

Pour finir, on plaça sur le cercueil la couronne de la chorale, portée par Toivonen et par la première basse à la joue agitée de tics. Je trouvais assez intéressant qu'aucun des amis de Jukka – Jyri, Antti ou Tuulia – ni même le président de l'AEPO, Timo, n'aient été jugés dignes de cette mission.

D'après ce que j'avais pu voir, presque toutes les personnes présentes s'étaient approchées du catafalque, mais ni le dénommé M ni aucune femme figurant dans l'agenda de Jukka n'avaient laissé de fleurs. Heikki Peltonen m'avait prévenue que la famille souhaitait une cérémonie intime, et il n'y avait même pas eu d'avis de décès dans la presse.

J'étais sans doute venue à l'église pour rien.

Mon espoir de voir l'assassin s'effondrer à l'enterrement avait également été déçu. Mon irritation grandit encore quand tous mes suspects entonnèrent pieusement le Notre Père. « Que ta volonté soit faite », était-ce vraiment ce que pensait le coupable ? La morale chrétienne exigeait que l'assassin paie. Œil pour œil et dent pour dent. Bon sang, je tenais vraiment à arrêter le meurtrier de Jukka ! Mais voulais-je le venger, ou remporter un succès, ou voir la justice s'accomplir ? Et était-ce à moi de jeter la première pierre ?

Au début de ma carrière dans la police, je m'étais personnellement impliquée dans les affaires sur lesquelles j'enquêtais. J'avais ressenti de la compassion pour les victimes, mais aussi voulu comprendre les criminels. Étais-je en train de retomber dans le même travers ? Je m'y refusais. Je ne voulais pas me remettre à projeter mes propres valeurs morales sur chaque cas, à m'interroger sur la nature plus ou moins condamnable de chaque acte et sur les sanctions possibles. En quittant la police pour étudier les arcanes du droit, je m'étais imaginé contribuer à plus d'équité. Les flics se devaient d'arrêter les mômes qui barbouillaient de graffitis les murs de béton des bâtiments publics et les étudiants qui fumaient des joints, les juges décidaient de la juste peine à leur infliger. Mais étais-je seulement capable d'assumer cette responsabilité ?

Toivonen retourna à l'orgue pour jouer le Largo de Haendel. Tous étaient encore assis sur leur banc, attendant que la famille sorte en premier. Le père de Jukka prit avec précaution le bras de sa femme et l'aida à se lever. Maisa Peltonen se dressa, vacilla un peu sur ses jambes et se mit soudain à crier, couvrant le vacarme de l'orgue :

« Toi ! Toi le monstre qui as assassiné mon fils ! Comment oses-tu être dans cette église, comment oses-tu chanter devant le cercueil de Jukka, comment… » Sa voix se brisa en pleurs saccadés, et son mari lui pressa le visage contre sa poitrine afin de la faire taire. Toivonen tentait désespérément de ne pas perdre le fil du Largo, le reste de l'assistance fixait les murs ou le sol. Les choristes évitaient de se regarder. Timo, cramoisi, serrait de toutes ses forces la main de Sirkku, qui avait porté ses poings à sa bouche comme pour étouffer son propre cri. Piia avait enfoui son visage dans son mouchoir. Les traits de Jyri étaient secoués de tics. Seule Mirja demeurait imperturbable.

L'assemblée ne se mit en mouvement que quand les parents de Jukka eurent quitté l'église. L'atmosphère du repas funèbre s'annonçait oppressante. Le cercueil recouvert de fleurs resta devant l'autel, il serait apparemment incinéré en toute discrétion.

Je tentai de passer inaperçue en me faufilant hors de l'église, mais Antti me prit de vitesse. Je l'entendis courir derrière moi sur le parvis, et il me fit mal en me saisissant par le bras.

« Nom de Dieu, fais quelque chose, et vite ! siffla-t-il, les yeux mi-clos tel un chat sur le point d'attaquer. Maisa est au bord de la folie. Elle a promis de se venger et de nous tuer tous. Elle ne tiendra pas longtemps le choc.

— Eh bien avoue donc ! » jetai-je, presque aussi stupéfaite que furieuse. Antti me lâcha le bras et me fixa épouvanté.

« Là, tu fais vraiment fausse route ! Ça ne m'étonne pas que tu n'arrives à rien, si c'est moi que tu soupçonnes !

— Tu pourrais au moins être un peu plus coopératif.

— Tout dépend de moi, alors ? »

Au même moment, les autres choristes nous entourèrent. Je songeai à ce vieux jeu où, les yeux bandés au centre d'un cercle, il fallait deviner vers qui on avait pointé le doigt. La méthode permettrait-elle de désigner le meurtrier ?

« Antti, on va encore faire une petite répétition avant le repas », dit Toivonen. Quelques gouttes de pluie tombèrent en éclaireur sur mon front. Les nuages s'étaient assombris pendant que nous étions dans l'église.

« Je vous ai dit et redit que je n'avais pas l'intention de venir. Je viens de chanter pour la dernière fois avec l'AEPO. Et en plus, je suis en pleine conversation avec Miss Marple.

— Antti. On a besoin de toi. » Le ton de Mirja était péremptoire.

« Allez, venez, laissez-le », dit Tuulia en entraînant les autres. En un instant, je me retrouvai en tête-à-tête avec Antti sur le parvis de l'église. Seule Mirja regardait encore par-dessus son épaule.

« Je n'ai pas particulièrement envie de boire du café et de manger des gâteaux en égrenant des souvenirs sur l'enfance de Jukka », dit-il d'un ton d'excuse en partant vers le bas de Runeberginkatu, l'air de s'attendre à ce que je le suive.

« Qu'est-ce qui t'a mis dans la tête que j'avais tué Jukka, demanda-t-il quand je l'eus rattrapé.

— J'ai juste lancé ça comme ça.

— Tu as déjà essayé cette technique avec d'autres ? Ça n'a pas l'air d'avoir donné beaucoup de résultats.

— Non, tu es le premier. Essaie donc de comprendre que je tiens vraiment à découvrir qui est l'assassin, et que je fais tout ce que je peux. Mais je ne suis pas une superwoman qui résout toutes les affaires de meurtre d'un claquement de doigts. J'ai besoin qu'on m'aide, pas qu'on me crie dessus. Je ne sais pas encore qui est le coupable, mais j'ai quand même quelques soupçons. J'ai toutes sortes de choses à vérifier, et ça prend du temps. Si tu n'as pas confiance dans mes capacités, tant pis. En ce qui me concerne, il faut bien que j'essaie d'avoir confiance en moi. »

À l'évidence embarrassé, Antti envoya valser une boîte de bière écrasée d'un coup de pied de sa vieille chaussure noire et dit :

« Je suis désolé. C'est cet enterrement qui m'a fait perdre mon sang-froid... Je suis d'accord avec Maisa : il y avait dans cette église un hypocrite fini. Si seulement... si seulement je savais ce qui peut être important ou pas.

— Tu ferais mieux de te contenter de tout me dire et de me laisser en juger. N'essaie pas de jouer les détectives privés. Et ne va surtout pas raconter à celui que tu soupçonnes que toi et toi seul sais quelque chose de compromettant. Tu rejoindrais bientôt Jukka – où qu'il puisse se trouver. »

Je me laissai aller à évoquer ma vision d'un paradis où Jukka s'éclaterait avec des anges ressemblant aux filles de la page centrale de *Playboy*. Pour la deuxième fois depuis la mort de son ami, je vis rire Antti. Son expression tendue se relâcha un instant, les sillons de ses joues s'adoucirent.

« Tu as de la chance de pouvoir imaginer des choses pareilles. C'est tentant, mais je n'arrive pas à croire à un quelconque paradis. Pour moi, Jukka a cessé d'exister, point. Mais en même temps pas tout à fait encore. C'était mon meilleur ami, malgré tout.

— Malgré tout quoi ?

— Eh bien, on a peut-être eu ces dernières années des façons de vivre – et des valeurs – un peu différentes. J'avais du mal à suivre tous ses délires. On avait toujours l'impression qu'il n'avait plus qu'un jour à vivre. » Antti se secoua à cette image. « Peut-être pressentait-il qu'il ne moisirait pas longtemps ici. Mais il disait toujours qu'il mourrait du sida ou d'un cancer du foie. Il y a peut-être du vrai dans ce cantique : les contours de notre destin sont entre les mains du Seigneur. »

Je me demandai ce qu'Antti dirait s'il savait que j'avais lu sa lettre. Avec lui non plus, je ne parvenais pas à ne penser qu'à mon métier. Nous étions arrivés au coin de la rue qui menait chez moi et les gouttes de pluie se faisaient de plus en plus serrées. Je n'avais pas envie de me faire mouiller.

« Et si on allait se mettre à l'abri à l'Elite, suggéra Antti.

— J'habite cet immeuble verdâtre, en fait. Si tu as le temps, je pourrais nous faire du café. Sans gâteaux.

— Je ne refuserais même pas un gâteau, à vrai dire, répliqua-t-il avec un sourire. Et je pourrais essayer de te parler de Jukka. Si ça peut t'aider. »

Il me suivit jusqu'au deuxième étage. Je présentai mes habituelles excuses pour le désordre, même si, pour une fois, mon appartement était plutôt bien rangé. Je m'en voulais de me comporter plus en bonne maîtresse de maison qu'en policier. Je fis du café et posai même sur la table de quoi grignoter. J'avais enfin eu le temps, la veille, de faire quelques courses. Pendant ce temps, Antti examina ma bibliothèque et pinça les cordes de ma basse posée dans un coin.

« Tu m'as dit dimanche que tu connaissais Jukka depuis toujours.

— Depuis le primaire, oui. Comme Tuulia. C'étaient tous les deux des casse-cou. J'étais celui qui était toujours un peu barbant et prudent, mais j'avais lu toutes sortes de livres d'aventures et j'avais de bonnes idées de jeu. Jukka avait une âme de chef et d'organisateur. Et le sens du spectacle. Il était plutôt dur, dans un sens, il savait utiliser les gens à son avantage et obtenir ce qu'il voulait. Mais ce n'était pas un problème si on ne se laissait pas faire. »

Antti avait à l'évidence besoin d'évoquer son ami, comme pour l'évacuer de ses pensées. Je le laissai parler sans guère l'interrompre, prenant note du portrait qu'il traçait de Jukka : généreux, conquérant et possessif avec les femmes, avide de pouvoir, aventureux. Rieur et égoïste. Antti me fit le récit de souvenirs d'école, de sorties en mer en compagnie du frère de Jukka et de Peter Wahlroos, d'anecdotes des années pendant lesquelles ils avaient habité ensemble.

« Est-ce qu'il vous est arrivé de vous disputer, pour des histoires de femmes, par exemple ? Il n'a pas essayé de s'immiscer entre Sarianna et toi ?

— Il a bien dû essayer de la draguer, mais elle lui a tout de suite fait comprendre qu'il n'avait aucune chance. Non, poursuivit-il, anticipant la question qui me montait aux lèvres, nous ne nous sommes pas séparés à cause de lui. Nous étions arrivés au bout de notre chemin commun, c'est tout. Raté pour le mobile. C'est à ça que tu pensais, non ? »

Je fis mon possible pour ne pas rougir. Malgré l'ambiance décontractée, notre conversation avait un parfum d'interrogatoire. Je regrettais, en un sens, de ne sembler être aux yeux d'Antti qu'une enquêtrice envers laquelle ses confidences ne constituaient nullement une marque d'amitié.

« Et ses relations avec des femmes mariées, par exemple sa chef ? »

Antti sourit et avala une grosse bouchée de pain.

« Tiens, tu sais ça aussi. Jukka n'aurait jamais laissé passer une affaire pareille, et vice versa. Mais j'ai cru comprendre qu'ils jouaient tous les deux franc-jeu.

— Et avec Piia, à quel jeu jouait-il ?

— Je crois qu'il était plus amoureux d'elle qu'il ne voulait se l'avouer. Peut-être parce qu'elle était inaccessible – il n'avait pas l'habitude de ne pas obtenir tout de suite ce qu'il voulait. C'était sûrement un sacré défi.

— Est-ce qu'il s'est passé quelque chose, entre eux, qui aurait pu permettre à Jukka de la faire chanter ?

— Chanter ? » Antti eut l'air stupéfait.

« Il y avait beaucoup trop d'argent, ces derniers temps, sur le compte de Jukka. Les Wahlroos y étaient peut-être pour quelque chose.

— Ce n'était quand même pas un maître chanteur... enfin, pour ce que j'en sais. » Antti fixait le fond de sa tasse d'un air pensif. J'y versai les dernières gouttes de la cafetière. Il se prépara une troisième tartine de fromage. « Il devait avoir ses trucs pour se faire de l'argent.

— Illégalement ?

— Je n'en sais rien ! Ça commence vraiment à ressembler à un interrogatoire.

— Tu es libre de partir, si tu n'as pas envie de répondre, dis-je froidement.

— Désolé. Mais c'est un peu difficile. Tu es quand même de la police.

— Oui. Et j'ai des questions à te poser. Est-ce que Jukka était copain avec Timo ? Ou avec Sirkku ?

— Il y a eu quelque chose entre lui et Sirkku, en Allemagne, il y a longtemps... Ils n'étaient pas particulièrement bons copains, mais ils se supportaient. Timo est un peu coincé, il ne devait pas trop apprécier le style de Jukka.

— Lui et Mirja ?

— Une fois. »

Je tentai de masquer mon enthousiasme face à cette information.

« Une tentative désespérée de Mirja pour me rendre jaloux, poursuivit Antti. Elle ne m'est pas aussi antipathique qu'à Tuulia, par exemple, mais sa façon de me poursuivre est terriblement gênante. Elle ne m'intéresse pas, sur ce plan-là.

— Il n'y a jamais rien eu entre vous ? » La question n'avait pas de rapport avec le meurtre de Jukka mais je voulais savoir, tout en me haïssant pour ma curiosité.

« Non. Je ne couche pas avec les filles par pitié. Tu ne me trouveras pas non plus de mobile de ce côté. Je n'étais pas jaloux de l'affection de Mirja. J'en voulais juste à Jukka de ses méthodes.

— Quelles méthodes ?

— Ça, tu le demanderas à Mirja. J'en ai déjà trop dit sur ses affaires. »

Antti regarda dehors par la fenêtre et sembla s'apercevoir que la pluie avait cessé. Je vis les ombres noires sous ses yeux et, trop nettement, le mouvement de sa bouche, comme s'il avait commencé à dire quelque chose, mais il s'interrompit. J'étais furieuse de ne parvenir à lui arracher que des allusions. Peut-être aurais-je dû l'arrêter pour dissimulation de preuves, mais je craignais qu'il ne me déteste. J'avais un problème. Je voulais découvrir l'assassin, mais je souhaitais de tout cœur que ce ne soit aucun de mes suspects.

« Tu étais l'un des contrôleurs aux comptes de l'AEPO. As-tu vu de tes yeux le bilan de l'année dernière ?

— C'est Jukka qui s'en est occupé. Il a dit que tout était en ordre. J'ai juste mis mon nom au bas du rapport. Pourquoi ?

— Regarde un peu ça. » Je pris sur ma table le livre de comptes de l'AEPO et sortis les quittances auxquelles je pensais. En bon mathématicien, il ne fallut pas plus d'une minute à Antti pour constater des bizarreries.

— Tu veux dire que Jyri...

— Apparemment.

— Ah le petit con ! Écoute, il faut que j'y aille. Mes parents doivent passer prendre Einstein, ce soir, pour l'emmener à la campagne. Il s'ennuie un peu dans l'appartement, et on a un chalet à Inkoo. Il peut chasser les souris, là-bas. »

À la porte, Antti se retourna soudain et dit rapidement :

« Tu m'as interdit de jouer les détectives privés. Ne considère pas non plus cette affaire comme un jeu. Nous avons du mal à te prendre au sérieux, et certains d'entre nous ne s'imaginent même pas que tu puisses découvrir quoi que ce soit. Mais celui qui a tué Jukka risque d'être imprévisible. Fais attention, toi aussi. »

Avant que j'aie le temps de répondre, il était parti. Un instant plus tard, je vis sa haute silhouette noire remonter la rue à grandes enjambées, les mains dans les poches.

Je me sentais triste et nerveuse. J'avais poussé mes muscles à bout, la veille, à la salle de gymnastique, et je n'avais donc aucun soulagement à espérer d'une activité physique intense. Boire ne me rendrait que plus mélancolique. La seule solution qui me restait était de me plonger dans le travail. Ce n'était pas les questions qui manquaient, et je voulais avant tout voir Mirja. Peut-être serait-elle déjà chez elle.

Je troquai ma robe noire contre un jean et des baskets, pris mon magnétophone et quelques papiers trouvés dans le tiroir de Jukka. Mirja habitait loin en banlieue, à Lintuvaara, mais je ne voulais pas m'assurer par téléphone de sa présence. La surprise était ma meilleure alliée. En me dirigeant vers l'arrêt de bus de Manner-heimintie, je me demandai si Antti avait voulu me mettre en garde contre lui-même.

10

Pourquoi l'âme serait-elle si différente ?

Mirja était chez elle. Elle venait sans doute juste de rentrer, car elle n'avait pas encore eu le temps d'échanger sa tenue de deuil contre quelque chose de plus confortable. Elle tenait à la main une pomme entamée.

« Je suis obligée de te laisser entrer ? demanda-t-elle d'un ton hostile.

— Non. On peut aller à Pasila. »

Sans rien dire, elle s'écarta de la porte et me laissa pénétrer dans le petit vestibule. J'accrochai ma veste en jean à un portemanteau déjà plein.

L'appartement était silencieux, les colocataires de Mirja faisaient sûrement la fête en ville en ce samedi soir. Sur la table du téléphone, il y avait une liste de corvées de ménage. J'étais sûre que Mirja veillait à son strict respect.

« Allons dans ma chambre. » Je la suivis dans l'escalier menant à l'étage du duplex, où il y avait une cuisine à l'air accueillant et deux petites chambres. Celle de Mirja était encombrée d'un piano. Le lit était recouvert d'une dentelle blanche au crochet, la bibliothèque était en majeure partie garnie de livres d'histoire. Sur le fauteuil traînait un pull-over rouge vif inachevé. Je me demandai si Mirja le tricotait pour elle-même. Jusqu'ici, je ne l'avais vue porter que du noir. Comme beaucoup de femmes rondes, elle devait être convaincue de son effet amincissant. Peut-être envisageait-elle de changer de style ? Elle ramassa le tricot sur le fauteuil et me fit signe de m'y asseoir. Elle-même s'installa sur le lit avec son ouvrage et se mit à faire cliqueter ses aiguilles de façon agaçante.

« C'est une conversation officielle ?

— À moitié », dis-je en mettant en marche le magnétophone de mon sac. Si Mirja me révélait quoi que ce soit de réellement intéressant, il faudrait sans doute recommencer à Pasila. Je m'en inquiéterais le moment venu.

« Nous nous sommes déjà entretenues deux fois, mais à aucun moment tu ne m'as parlé de l'aspect le plus important de ta relation avec Jukka. Il a payé ton avortement, au printemps de l'année dernière, à la Clinique de gynécologie-obstétrique. Apparemment parce que c'était lui le père. Non ? »

Je m'étais étonnée de la quittance de soins de la clinique que j'avais trouvée parmi les justificatifs de déduction d'impôts. Le nom du patient n'était pas indiqué, mais elle était datée. Le vieil agenda de Jukka portait, à la veille du paiement, la mention M. CGO 18-19. Dans le répertoire de ce même agenda figurait le numéro de téléphone du service des I.V.G. Le reproche fait par Antti à Jukka, dans sa lettre, de « plaisanter » avec elle collait avec cette théorie.

Il y avait de la haine dans les yeux de Mirja. J'avais de toute évidence vu juste.

« Il fallait que tu déterres ça ! À combien de personnes as-tu eu le temps d'en parler ? Je croyais que les hôpitaux étaient tenus au secret professionnel.

— J'ai trouvé dans les papiers de Jukka une copie de la quittance de la clinique.

— Le fait qu'il ait payé cet avortement ne prouve pas qu'il ait été le père de l'enfant.

— Vous étiez assez proches pour que tu lui parles de ton avortement et que tu lui demandes de te prêter l'argent, alors que tu n'en as rien dit à personne d'autre ? »

Elle serra son tricot rouge contre elle puis le jeta rageusement dans un coin. Ses mains tremblaient. Près de sa tête, au-dessus du lit, il y avait une grande photo d'un gala de l'AEPO : Mirja, Jukka, Antti, Tuulia et quelques autres y chantaient, vêtus d'affreuses tuniques de scène bleues. Peut-être Mirja voulait-elle regarder le visage d'Antti tous les soirs avant de s'endormir. Mon Dieu, comment avais-je pu croire que travailler soulagerait mon angoisse ?

« Écoute, j'ai une théorie sur la manière dont ça s'est passé. Vous étiez comme souvent à une fête entre choristes. Tu étais furieuse qu'Antti ne semble pas te remarquer (à cet instant, mon courage faillit me manquer, car cette affaire ne me regardait tout simplement pas) et Jukka, de son côté, était en manque de compagnie. Apparemment, tu as voulu donner une leçon à Antti et tu t'es mise, contrairement à ton habitude, à flirter avec Jukka. Mais le jeu a dû aller plus loin que tu ne l'imaginais. Tu te doutais bien que Jukka savait parfaitement pourquoi tu t'intéressais soudain à lui. Tes sentiments pour Antti n'étaient pas un secret. Peut-être Jukka voulait-il aussi le piquer au vif, lui montrer à quel point tu étais facile à séduire. Mais ce que je ne comprends pas, c'est comment vous avez pu être assez bêtes pour que tu te retrouves enceinte ? »

Mirja éclata d'un drôle de rire saccadé, qui semblait mêlé de pleurs. Peu à peu, il se transforma en un hoquet bizarre, à travers lequel elle expliqua :

« C'était pathétique ! Le préservatif du don Juan a craqué. Et devine pourquoi il n'a rien dit de toute l'affaire ? Parce qu'il aurait perdu sa réputation si on avait appris qu'il ne savait pas utiliser une capote ! » Elle eut un rictus mauvais et cessa de rire. « Tu as l'air d'en savoir plus que moi sur mes affaires. C'était à l'anniversaire d'Antti, en février, dans son appartement à Korso. J'avais mis du rimmel pour la première fois de ma vie, et je ne me suis pas rendu compte que le punch était si fort. Je dansais avec Antti, c'était même lui qui m'avait invitée, mais il avait l'air d'être à cent kilomètres de moi. Puis Jukka est arrivé, il m'a arrachée à Antti et s'est mis à m'embrasser et je me suis laissée faire, pour une fois. Nous avons fini chez lui.

— Et tu t'es retrouvée enceinte ?

— Dès la première fois. Comme au cinéma, dans les vieux films. Je devrais peut-être laisser tomber mes études, me marier et me mettre à faire des enfants.

— C'est ce que Jukka a dit ?

— Non, pas vraiment pas. J'ai d'abord pensé ne pas le mettre au courant, mais... c'était quand même aussi son enfant. Et c'était de sa faute, je trouvais normal qu'il paie au moins la moitié des frais.

— Et qu'est-ce qu'il a dit ? » Je devinais que Mirja n'avait jamais parlé de son avortement à personne. Le seul qui était au courant était mort. Nous profitions l'une de l'autre, moi de son besoin de parler, elle de ma situation professionnelle. Un policier est comme un prêtre, il est tenu au secret. Mirja savait que je n'ébruiterais jamais ses confidences.

« Il a été abasourdi, presque encore plus que moi. Puis il a essayé de prendre ça à la rigolade en disant qu'il n'avait encore jamais été sur le point d'être papa. Je lui ai rétorqué que ce n'était pas non plus pour cette fois, parce que j'avais l'intention d'avorter. Il a été soulagé, bien sûr. Il a dit qu'il paierait tous les frais, étant donné qu'il était beaucoup plus riche que moi. Et pourquoi est-ce que je ne l'aurais pas laissé faire ? Mais rien ne pourra jamais racheter ma honte. Ce n'est pas lui qui a dû subir les examens médicaux et les entretiens avec l'assistante sociale et répondre à toutes les questions possibles et imaginables. Ni s'allonger jambes écartées sur une table d'opération pour être curetée et se faire gronder par les infirmières parce qu'on a osé dire que l'anesthésie ne marchait pas. Bien sûr, j'ai quelquefois eu envie de me venger de lui… Il a fait de moi une meurtrière. »

Voyant mon expression stupéfaite, Mirja haussa les épaules. « Je n'ai pas tué Jukka. Mes parents sont membres de l'Union chrétienne et ils m'ont élevée dans l'idée que l'avortement est un meurtre. S'ils savaient ce que j'ai fait, ils me renieraient sur-le-champ. Mais je ne le regrette pas. Qu'est-ce que cet enfant serait devenu – il n'était de toute façon pas question qu'on se marie, avec Jukka. On se détestait ! Les deux semaines avant l'avortement ont été atroces. J'avais l'impression d'être liée à lui, avec cette chose qui grandissait en moi et qui était à la fois lui et moi. Je vomissais sans arrêt, comme si j'avais voulu l'expulser, mais elle ne voulait pas sortir. Est-ce que tu as jamais avorté ? Excuse-moi, je n'ai sans doute aucun droit de te demander ça.

— Non. Je n'ai jamais avorté, je veux dire. Je m'intoxique depuis des années à prendre la pilule. »

Mirja n'avait aucun droit de me le demander, ni moi aucune obligation de lui répondre, mais j'y tenais, Dieu sait pourquoi.

« Est-ce que Jukka a menacé de tout raconter à tes parents ? Ou à Antti ? Peut-être qu'il te faisait marcher, qu'il promettait de lui raconter en détail ce que vous aviez fait, qu'il se moquait de ton amour pour lui. C'est pour ça que tu le détestais.

— Je ne le détestais pas. Je le méprisais, plutôt. Il se fichait de moi à cause d'Antti, et moi je lui renvoyais la balle à cause de sa maladresse. Il en avait honte. Il n'avait aucune envie de parler de moi à personne. Mais de quel droit riait-il de mon... de mon amour. Est-ce que ça regarde qui que ce soit, y compris toi ? Tu crois que c'est agréable que tout le monde sache que je suis désespérément amoureuse d'Antti. Amoureuse ! Tu es la première à qui je le dis tout haut. » Mirja eut un nouvel accès de son rire bizarre, et j'en eus mal au cœur.

« "Pauvre Mirja, moche et sage, comment est-ce qu'elle s'imagine pouvoir plaire à quelqu'un comme Antti ?" C'est ce que tout le monde pense, et toi aussi. Mais Antti est gentil avec moi. S'il était désagréable, au moins, ce serait plus facile de ne pas tenir à lui. Parfois je me déteste, je déteste cette humiliation. L'amour est encore plus destructeur que la haine. Si Jukka avait fait du mal à Antti, j'aurais pu le tuer... » La voix de Mirja se brisa en sanglots. Pleurant et soufflant, elle cacha dans ses mains son visage enlaidi, rouge et gonflé.

Je me penchai en avant et lui touchai l'épaule, mais elle secoua ma main comme si c'était un ver. « Va-t'en, cracha-t-elle entre ses doigts, va demander à Tuulia pourquoi je ne l'ai pas entendue ronfler à cinq heures du matin quand je me suis levée pour boire de l'eau. Ou va demander à Timo combien coûte une bouteille d'eau-de-vie de contrebande. » Ses sanglots redoublèrent de violence. « Dégage ! »

Je m'en allai. Je décrochai ma veste en jean du portemanteau et partis à pied sous la pluie vers l'arrêt de bus. Qu'aurais-je pu dire à Mirja ? Elle ne voulait pas de mes paroles, je ne pouvais rien faire. Ni pour elle, ni sans doute pour personne.

Je décidai de suivre son conseil et de tenter de trouver Timo. Sirkku habitait Haaga, peut-être seraient-ils là-bas, et c'était presque sur mon chemin. Le bus arrivait, je l'attrapai au vol. Je ressentais malgré tout une certaine satisfaction à l'idée d'avoir sans doute deviné juste en ce qui concernait l'identité du distillateur clandestin.

Chez Sirkku, je ne trouvai que sa colocataire, qui m'apprit qu'elle ne s'était pas montrée depuis plusieurs jours. Je poursuivis ma route jusqu'à l'appartement de Timo, à Kruununhaka, mais là non plus il n'y avait personne. J'admirai les élégantes fresques Art nouveau de la cage d'escalier en me demandant par quoi continuer.

Je n'avais sûrement aucune chance de trouver Jyri chez lui un samedi soir. Aussi sautai-je à l'arrêt de Kaisaniemi dans le bus n° 66, qui me conduisit à Lauttasaari. Peut-être Piia serait-elle là.

La résidence des Wahlroos, à l'extrémité d'une rangée de pavillons accolés, était facile à trouver. Je n'avais peut-être pas à me plaindre de mon appartement, mais je ressentis une pointe de jalousie. À l'ouest, les fenêtres de la maison donnaient sur la mer, et à l'appontement voisin se balançaient deux gros bateaux à moteur et quelques voiliers. Peut-être l'un d'eux appartenait-il aux Wahlroos. Ils pouvaient pratiquement embarquer du pas de leur porte. Je n'avais jamais pratiqué la voile, mais l'idée semblait tentante. Jaana avait quelquefois accompagné Jukka et s'était plainte de n'avoir rien pu faire d'autre que lutter contre le mal de mer.

De la lumière brillait aux fenêtres donnant sur la petite rue tranquille. Je sonnai à la porte et, au bout d'un moment, j'entendis la voix de Piia dans un interphone : « Qui est là ? » Je restai un instant désorientée car je n'avais jamais vu de tels systèmes que dans des immeubles.

— Maria Kallio, de la police.

— Une seconde, je vais venir ouvrir. » La seconde dura quelques minutes, puis Piia apparut, vêtue d'un épais peignoir crème, les cheveux enroulés dans une serviette éponge assortie. Elle dégageait un luxueux parfum de produits de soins pour le corps que je n'aurais ni pu me payer ni su apprécier.

— J'étais dans mon bain, dit-elle d'un air renfrogné.

— Je suis désolée de t'interrompre, mais j'aurais quelques questions.

— Un samedi soir à cette heure ?

— J'enquête sur un meurtre. Mais est-ce qu'un autre moment te conviendrait mieux ? » Piia sembla réfléchir un instant, puis me fit signe d'entrer.

« Tu n'as donc pas arrêté Antti ? » demanda-t-elle d'un air déçu tandis que j'ôtais mes baskets boueuses. Ma veste en jean achetée chez un soldeur avait l'air d'une pauvre orpheline aux côtés des élégants manteaux des Wahlroos.

« Je n'avais pas vraiment de quoi. Le repas funèbre s'est bien passé ?

— La mère de Jukka n'est pas venue, si c'est ce que tu veux dire. L'ambiance était plutôt guindée. On a chanté nos deux morceaux et on est partis, parce qu'on avait l'impression que tout le monde nous regardait de travers. Avec Sirkku, on s'est dit que tout ce cirque était enfin terminé, si tu avais arrêté Antti. Je n'ai rien contre lui, ni contre personne d'autre, mais tout ça commence à me porter sur les nerfs… Et il faut absolument que je prenne l'avion dans deux semaines pour San Francisco, pour l'arrivée de la course de Peter. Je vais pouvoir y aller, j'espère ? »

Je n'avais même pas songé à la possibilité que quiconque quitte le pays. Aurais-je dû confisquer leur passeport à tous mes suspects ?

« J'espère bien avoir bouclé l'enquête d'ici là. J'ai moi aussi intérêt à résoudre cette affaire au plus vite. » Il y avait quelque chose en Piia qui me hérissait.

« Tu veux une infusion ? J'ai l'habitude de boire une tasse de camomille après mon bain aux herbes, ça détend agréablement. »

Je me rendis compte que je n'avais rien mangé depuis le petit-déjeuner, à part du pain et du fromage avec Antti. J'acceptai volontiers. Piia me fit signe d'entrer au salon et disparut dans la cuisine.

Après l'appartement standardisé de Mirja et mon studio meublé de vieilleries dénichées aux puces, le séjour des Wahlroos paraissait somptueux. La vue sur la mer était éblouissante. Les meubles, bleu et beige, formaient des îlots accueillants où l'on pouvait se réfugier pour lire ou écouter de la musique. Les tables et les étagères s'ornaient de bibelots originaux, sans doute rapportés en souvenir des quatre coins du monde. La seule imperfection était l'aspect stérile que donnait à l'endroit l'ordre impeccable qui y régnait. Pas de livres à moitié lus ou de quotidiens ouverts à la page des programmes télé. La pièce semblait droit sortie des mains d'un décorateur.

Les tasses à thé en céramique qu'apporta Piia étaient assorties au tissu du canapé. Elles étaient accompagnées de moelleux petits pains aux raisins, sans aucun doute passés au micro-ondes. J'en pris un, affamée, avant qu'elle ait le temps de m'en proposer. Si on s'était trouvé dans un film policier, Piia aurait été la meurtrière et le pain aux raisins aurait été empoisonné. Tandis que le produit me paralyserait, elle m'avouerait son crime puis me pousserait de l'appontement dans la mer. Le héros arriverait bien sûr à la dernière seconde pour me sauver. Mais on était dans la vraie vie, et j'étais capable de prendre soin de moi-même.

« Délicieux, marmonnai-je la bouche pleine.

— Faits par Peter. Sortis du congélateur. C'est un excellent cuisinier, d'ailleurs il est maître-coq, sur le *Marlboro*.

— Tu as fait la connaissance de Peter par l'intermédiaire de Jukka ? » Je déclenchai à nouveau mon magnétophone dans mon sac.

« Jukka et Jarmo faisaient de la voile avec lui. Antti aussi naviguait quelquefois avec eux. Pour ses vingt-cinq ans, Jukka avait organisé une grande fête à la villa des Peltonen, où il avait invité des gens de la chorale et d'autres copains. C'est là qu'on s'est rencontrés.

— Le coup de foudre ?

— Si on veut, oui. J'avais bien sûr déjà entendu parler de lui, il avait souvent eu sa photo dans la presse, au moment des derniers championnats de maxis.

— Et avant, tu avais eu une aventure avec Jukka ?

— Non ! Il était avec Jaana. Mais au début, avec Peter, on sortait souvent en bande avec les fils Peltonen, leurs copines, Antti et Sarianna. Jarmo et

Peter ont un bateau commun, celui-là, là. » Piia désigna d'un geste le plus beau des voiliers amarrés à l'appontement. « On peut facilement y dormir à huit.

— D'où tenez-vous tout cet argent ? » demandai-je sans réfléchir. Piia eut l'air un instant stupéfaite, mais répondit ensuite d'un ton un peu moqueur :

« De nulle part, en ce qui me concerne. Mais Peter a hérité d'une fortune. Des actions. Tu as entendu parler de la scierie Kymin Puutavara ? Son grand-père l'a revendue il y a cinq ans, quand c'était encore une entreprise prospère. Peter est son unique petit-fils.

— Que fait-il, comme métier ?

— Il est économiste au service des titres de la banque KOP, mais il est en congé depuis près d'un an. En réalité, il est navigateur professionnel.

— Il doit passer beaucoup de temps en mer. Il ne te manque pas ? » Je masquais ma soif d'informations sous une feinte sollicitude dont Piia n'était pas dupe, à mon avis.

« Si. Il a été terriblement absent cette année. En ce moment même, il en a pour la moitié de l'été, avec cette course. Et je n'ai pas envie de sauter d'un avion dans un autre pour le rejoindre aux escales, c'est si ennuyeux de voyager seule, surtout avec le décalage horaire et le reste. Je préfère rester à la maison et essayer de terminer mon mémoire de maîtrise. Mais c'est dur. Et Peter est aussi très occupé avec les accords de sponsoring et ce genre de choses.

— Jukka te tenait souvent compagnie. Qu'est-ce qu'il y avait au juste, entre vous ? On m'a beaucoup parlé d'autre chose que de l'amitié.

— De mon côté, en tout cas, il n'y avait rien de plus ! » Piia fit un geste si brusque de la main que sa tisane éclaboussa son peignoir immaculé. « Je me plaisais bien avec Jukka. Mais je ne sais pas pourquoi il a commencé à passer autant de temps avec moi, au printemps dernier. Un peu après Noël, à un stage de l'AEPO, il m'a sans arrêt invitée à danser et il m'a dit en riant qu'il en avait assez de distraire les nouvelles gamines de la chorale. Dans les mois qui ont suivi, il s'est conduit comme s'il était amoureux de moi. Quand on allait au bistrot après les répétitions, il venait s'asseoir à côté de moi, puis il me raccompagnait à l'arrêt de bus et même quelquefois jusqu'à la maison. Quand Peter n'était pas là, il m'invitait au cinéma, au concert et au restaurant. C'est tellement triste, de sortir seule ou entre filles, non ? »

Piia me regarda à son tour d'un air faussement complice. Je ne voyais personnellement rien de triste à cela, il ne se passait guère de semaine sans que j'aille boire une bière en solitaire au bar du coin et, au cinéma, je préférais être seule qu'accompagnée de quelqu'un qui commentait tout haut l'action au mauvais moment ou faisait crisser du pop-corn, mais à quoi bon l'expliquer à Piia.

« Peter est un peu du genre à tout régenter... Il sait ce qu'il veut. C'est d'ailleurs ça qui m'a séduite, son côté homme du monde. Jukka était... différent. Il me laissait décider de ce qu'on faisait et des endroits où on allait. »

Encore un nouvel aspect de Jukka, songeai-je. Je l'aurais cru plus directif.

« Si Jukka n'était pas devenu aussi romantique, on se serait amusés comme des fous. Et Peter n'avait rien contre le fait qu'il m'invite à sortir. Il rencontre bien toutes sortes de jolies filles pendant ses voyages, après tout. Ça fait partie du métier. Et je ne vois pas pourquoi je ne serais pas amie avec un homme. » Le ton de Piia était défensif.

« Mais Jukka voulait être plus qu'un ami ?

— Il prétendait être amoureux de moi ! » Quand elle s'énervait, l'accent nord-carélien qu'elle avait apparemment tout fait pour perdre resurgissait dans sa voix. « Je ne l'ai pas cru, d'abord, tout le monde connaissait sa réputation, mais, à force, ça finissait par avoir l'air vrai. C'était flatteur. » Piia rejeta ses cheveux bruns en arrière avec un sourire. « Il aurait facilement trouvé preneur ailleurs. Ça fait toujours plaisir de constater qu'on ne vous considère pas comme érotiquement hors jeu parce que vous êtes mariée. Et c'était bien fait pour lui, à mon avis, qu'on lui rende un peu la monnaie de sa pièce. » Piia eut un sourire cruel et, pendant un instant, elle faillit me plaire. « Mais par moments c'était gênant.

— Comment ça ?

— Il ne voulait pas comprendre que je me refusais à tromper Peter ! Il allait trop loin et, une fois, il a insisté pour passer la nuit ici, sous prétexte qu'il se sentait trop seul... Je n'ai pas eu le cœur de le lui interdire, il avait l'air si malheureux, et après, il a cru que... mais je n'ai pas voulu. » Piia rougit d'un air si prude que j'en fus amusée.

« Est-ce qu'il a menacé de raconter à Peter qu'il avait couché avec toi ?

— Pas vraiment... Mais quelquefois, quand il avait bu, il me demandait : "Et qu'est-ce que ton cow-boy Marlboro dirait s'il savait que j'ai dormi dans son lit ?" Mais je n'y étais pas, moi, dans le lit, j'avais pris le canapé de la chambre d'amis, s'empressa-t-elle d'ajouter.

— Est-ce qu'il cherchait à briser votre mariage ? Et crois-tu qu'il n'était amoureux de toi que parce que tu ne l'étais pas de lui ?

— Sans doute. Il était du genre à vouloir tout ce qu'il n'avait pas, surtout si c'était difficile à obtenir. Je me demande, par moments, s'il n'était pas jaloux de Peter. Il aurait sans doute aimé être aussi bon marin que lui ou Jarmo, mais même lui ne pouvait pas être le meilleur en tout. Peut-être qu'il avait envie de moi parce que j'appartenais à Peter. Mais je ne suis pas aussi stupide que Sirkku. Je n'aurais jamais mis ma vie entre ses mains.

— Il te faisait chanter ? »

Était-ce l'argent des Wahlroos qui alimentait le compte de Jukka ? Mais Piia ne cilla pas. Elle nous resservit de la camomille et répondit en secouant la tête :

« Non. Il me menaçait, plutôt. Mais il a sans doute fini par comprendre qu'il n'y avait rien que Peter ne sache déjà. Et il n'aurait jamais réussi à briser notre couple. J'aime mon mari. Nous attendons la même chose de la vie. J'aurai terminé mes études à l'automne, et après nous voulons des enfants. Je ne suis pas obligée de travailler si je n'en ai pas envie. Et je ne veux pas être professeur de suédois dans un collège. Peter souhaite exactement le genre d'épouse que je suis. Je n'aurais pas mis ma vie sens dessus dessous pour Jukka. »

Piia m'avait semblé au premier abord d'une fragilité de poupée. Je m'étais encore une fois lourdement trompée. Les informations qu'elle me distillait étaient choisies avec soin. Elle ne jugeait pas utile de cacher que seul l'argent l'intéressait. J'avais l'impression qu'elle aurait pu être prête à tuer pour préserver son train de vie – mais Jukka savait-il quelque chose de compromettant ?

« Les autres choristes étaient bien sûr toujours prêts à jaser, et Sirkku la première. Tu as bien vu, lundi, à la répétition. Je suis loin d'être une excellente chanteuse, mais Jukka avait le don de me faire croire que j'étais capable d'arriver à quelque chose, à condition de surmonter mon trac. Il disait que j'avais une jolie voix… » Un instant, les commissures des lèvres de Piia tremblèrent, et elle sembla lutter contre les larmes.

« Tu as dit tout à l'heure que tu n'étais pas aussi stupide que ta sœur Sirkku. J'ai entendu une version un peu différente de cette histoire. Elle prétend elle-même qu'il n'y a eu entre eux qu'une aventure passagère, mais quelqu'un d'autre m'a affirmé qu'elle avait pris Jukka très au sérieux. Qu'en penses-tu ? »

Piia fit à nouveau tourner ses bagues autour de ses doigts. Leurs petites pierres brillantes étaient sûrement des diamants. Qui sait si elles n'auraient pas suffi à rembourser mon prêt étudiant.

« Sirkku était encore assez puérile, à l'époque. Elle sortait depuis le lycée avec un certain Jari, mais cette histoire tirait à sa fin. Jari était resté à Joensuu, nous sommes de là-bas. Il n'était sans doute plus assez bien pour elle. Je me rappelle, un jour, en Allemagne, on était dans les toilettes d'un restaurant à se remaquiller côte à côte, elle et moi, et quelqu'un a fait remarquer qu'on se ressemblait terriblement, à y regarder de près. Sirkku m'a lancé un regard un peu méchant et elle a dit “mais c'est Piia, la beauté de la famille”, et elle a ajouté que maintenant qu'elle était avec Jukka, je pouvais cesser de me vanter de mon riche petit copain. La malheureuse ne se rendait pas compte qu'il ne cherchait qu'à prouver à Jaana qu'il se fichait complètement de son aventure avec Franz.

« Ensuite, de retour en Finlande, Sirkku a rompu avec Jari. Nos parents ont été terriblement déçus, c'était le genre de gendre qui leur aurait plu. Il est électrotechnicien dans l'entreprise de bâtiment où notre père est charpentier. Notre mère est aide-soignante. Pour eux, un technicien est presque un monsieur. Nous sommes les premières de la famille à avoir décroché le bac.

— Jukka a plutôt gravement humilié Sirkku, alors ? Elle avait donc des raisons de lui en vouloir ?

— Je ne sais pas trop. Je crois qu'elle a assez vite oublié cette tocade. Et pourquoi lui en aurait-elle gardé rancune ? Tout va bien, maintenant qu'elle sort avec Timo. Et entre les deux, il y a aussi eu un copain de fac. »

Le vent fit tambouriner des gouttes de pluie contre la baie vitrée. Il faisait presque noir, dehors, malgré l'été, et les bateaux cognant l'appontement avaient un air automnal. Le monde évoqué par Piia me glaçait de l'intérieur.

« Comment est-ce que ça a commencé, entre Sirkku et Timo ?

— Ça s'est passé à ce même stage de chant où Jukka s'est mis à me tourner autour. Je crois que Timo était déjà amoureux de Sirkku depuis longtemps. Il a vraiment l'air de l'aduler. Et elle se laisse faire…

— Qu'est-ce qu'elle lui trouve ?

— Peut-être le manoir de Muuriala.

— Le quoi ?

— Le manoir de Muuriala. Tu sais, les fines herbes et les salades de Muuriala. Ça ne se voit pas à son nom, mais Timo est le futur maître du domaine. S'il ne croule pas encore sous l'argent, c'est que son père considère qu'un jeune homme doit lui-même gagner sa vie. C'est pour ça qu'il vend des machines agricoles, en ce moment, alors qu'il y aurait certainement aussi de quoi faire à Muuriala. »

Ça expliquait bien des choses, entre autres le standing de l'immeuble où habitait Timo. Peut-être un éteignoir pouvait-il faire un bon mari, s'il était doré à l'or fin. J'avais eu l'occasion de rencontrer Peter. Lui, je l'aurais croqué même sans nappage d'argent, malgré sa vanité un peu exagérée à mon goût.

« Si Timo adule Sirkku, il devait être jaloux de Jukka ?

— C'est vrai qu'il devenait tout rouge s'il nous arrivait de regarder des photos d'Allemagne où on voit Sirkku et Jukka enlacés, par exemple. Et il ne l'aimait pas de toute façon. Mais de là à le tuer, je n'y crois pas. »

Je n'y croyais pas vraiment non plus. Mais il pouvait avoir eu d'autres mobiles.

« Au fait, j'ai téléphoné au bateau aujourd'hui... Au *Marlboro of Finland*, je veux dire. Les Peltonen avaient appelé Jarmo, ce matin, pour lui annoncer la nouvelle à propos de Jukka. J'espère que ça ne va pas leur gâcher leur course. Ils sont toujours en tête de leur catégorie. »

On aurait dit que Piia ne voulait pas me laisser partir. J'en avais terminé avec mes questions, mais elle continuait de bavarder de choses et d'autres. Peut-être avait-elle le cafard, seule dans cette grande maison. Je me demandais si ces deux-là avaient des amis ailleurs qu'à la chorale.

Il était déjà dix heures quand je rentrai chez moi après un détour par le *McDonald's*. La nourriture grasse engloutie dans un estomac vide acheva de m'épuiser et je m'écroulai dans mon lit, où je m'endormis d'un sommeil agité en plein milieu d'un téléfilm policier.

11

Pourtant il est si doux de rêver voir encore

Mon espoir d'un long et paresseux dimanche matin, avec un café bu sans hâte et une lecture vautrée du journal, fut déçu. Le téléphone sonna un peu avant six heures. Il y avait un violeur et sa victime à interroger. J'avalai mon café au vol, engloutis un demi-yaourt et une orange, me barbouillai dans l'urgence le nez avec du mascara waterproof et mis une éternité à le nettoyer. J'aurais aimé avoir une épouse compréhensive m'attendant avec une chemise repassée et un casse-croûte à emporter. Dans les faits, je dus encore une fois me contenter de mon chemisier aux boutons trop serrés, taché de transpiration aux aisselles, et espérer que j'aurais au moins le temps de manger à un moment ou à un autre un des sandwichs ramollis du distributeur automatique ou une pizza livrée froide.

Koivu, qui était debout depuis déjà plus de vingt-quatre heures, me résuma les principaux éléments du viol. Il était resté jusqu'à quatre heures du matin au Kaivohuone et était revenu directement à la brigade – « parce que j'ai obtenu des renseignements que je voulais tout de suite noter, on en reparlera tout à l'heure » –, où il avait accueilli la victime et son agresseur.

Il n'avait plus l'air ni très jeune ni très frais, mais semblait content de lui. Malgré ma raideur matinale, je débordais de curiosité. Koivu avait ajouté qu'il avait tapé son rapport et l'avait laissé sur mon bureau. La victime du viol, qui sortait de chez le médecin, m'attendait dans le couloir, et je laissai Koivu aller dormir. Il promit de me téléphoner dans l'après-midi.

La fille, Marianna, avait à peine dix-huit ans.

« Quand est-ce que je pourrai rentrer chez moi ? » demanda-t-elle au bord des larmes. Son collant noir brillant était déchiré, elle avait de la boue sur sa minijupe et des restes de maquillage sur son visage qu'elle avait pourtant visiblement essayé de laver. Elle avait un gros bleu sur la joue et un autre au coin de l'œil. Elle frissonnait de froid. Je me rendis compte qu'elle aussi avait veillé toute la nuit. Je branchai le dictaphone, car personne n'était disponible pour prendre des notes. Quelqu'un transcrirait ensuite l'enregistrement.

« Je suis l'inspecteur principal Maria Kallio, bonjour. On va essayer de régler ça rapidement, pour que tu puisses rentrer te coucher. J'ai ici tes premières déclarations, et tu as vu le docteur... Tu veux un café et un sandwich ?

— Vous avez du thé ? » fit-elle d'une voix quasi inaudible. Le médecin de la police avait-il seulement eu la présence d'esprit de lui donner des tranquillisants ?

Je demandai au permanencier de lui apporter du thé et un petit pain. En attendant, je l'interrogeai sur son identité et tentai de la mettre en confiance. Marianna était originaire de Kouvola, se préparait à entrer en terminale et travaillait pendant les vacances au cimetière de Hietaniemi. Elle était allée danser et avait pris le dernier bus pour rentrer à Vallilla, où elle logeait pour l'été. Elle avait acheté un hamburger à la baraque à frites près de l'arrêt de bus.

« Ce type était dans la queue devant moi… il était peut-être dans le même bus. En attendant son hot-dog, il a essayé de me faire la conversation, mais j'étais fatiguée, je voulais rentrer dormir… Puis il m'a mis la main aux fesses en me disant que j'avais une chouette minijupe. Je lui ai dit bas les pattes, et il a laissé tomber. Je suis partie à pied à travers le parc avec mon hamburger. J'avais déjà complètement oublié ce type quand tout d'un coup il a surgi d'un buisson et m'a demandé s'il pouvait me faire un brin de conduite. Je lui ai demandé de me laisser tranquille, mais il a continué à marcher à côté de moi et s'est mis à me traiter de tous les noms… De putain, parce que j'avais une minijupe et des boucles d'oreille. Puis il m'a sauté dessus et il a menacé de me tuer si je ne le laissais pas… me baiser. » Elle ravala ses larmes en jetant un coup d'œil effrayé au permanencier à l'allure d'ours qui lui flanqua sous le nez une tasse de thé et un sandwich au saucisson ranci.

« Mets beaucoup de sucre dans ton thé », lui conseillai-je en buvant une gorgée du mien. Elle laissa docilement tomber quatre morceaux dans sa tasse, goûta, fit la grimace et poursuivit :

« Il m'a poussée contre un arbre et a commencé à remonter ma jupe et à ouvrir sa braguette. C'est seulement à ce moment-là que j'ai vraiment compris ce qui était en train de se passer et que je me suis mise à crier. Il y avait des gens, à la baraque à frites. Il a essayé de m'étrangler et de fourrer son… son truc quoi… en moi, en me coinçant en même temps, et je crois que je l'ai mordu au menton. Mais personne n'est venu… et j'ai eu beau crier et me débattre de toutes mes forces, il a réussi à faire ce qu'il voulait, mais ensuite on a entendu arriver une voiture de police… C'est sans doute le marchand de frites qui avait fini par les appeler. Et puis ils l'ont attrapé, il a grimpé à l'arbre et il a perdu une chaussure… » Elle partit d'un rire hystérique. Elle tremblait de froid, et je lui donnai ma veste en jean.

« Oui, il est ici en cellule. » Il y avait, au début du dossier posé sur mon bureau, un extrait du casier judiciaire du violeur. Déjà deux condamnations pour la même infraction, d'abord à une amende, puis à une peine de prison avec sursis. « Il a été pris en flagrant délit, tu n'as même pas besoin de l'identifier. Nous aurons le rapport du médecin dès qu'il aura eu le temps de le rédiger. Le viol ne peut être poursuivi qu'à la demande de la victime, ce qui signifie que c'est à toi seule de décider si tu veux porter plainte. Tu n'as pas besoin de prendre ta décision tout de suite, ajoutai-je en voyant son regard apeuré. Tu préférerais sûrement oublier toute cette histoire au plus vite, mais je te conseille de porter plainte quand tu auras le courage d'y penser. Tu n'es pas la première victime de cet homme. Cette fois, il pourrait être condamné à de la prison ferme.

— Est-ce qu'il faudra que j'aille au tribunal ? Et est-ce que je devrai payer un avocat ? » J'expliquai à Marianna le principe de la procédure judiciaire, sans trop savoir si elle enregistrait vraiment ce que je disais. Elle avait l'air effrayée, fatiguée et très jeune. Je tentai de me remémorer mes dix-huit ans. Me serais-je sortie d'un viol sans m'effondrer ?

« C'est que… je ne voudrais pas que mes parents sachent ce qui s'est passé… Ils ne feraient que gueuler que ça m'apprendra à fréquenter les bars et à me promener habillée comme ça... » Elle essuya une larme sur sa joue barrée d'une ecchymose et sursauta sous la douleur.

« Écoute, Marianna. » La dernière fois que j'avais eu à m'occuper d'un viol, la victime était une femme de soixante ans qui revenait d'une assemblée pentecôtiste. « Ce genre de crétins ne regardent pas tes vêtements ni quoi que ce soit d'autre. Et même si tu te promenais ivre morte et toute nue, personne n'a le droit de te violer. » Je me rendis compte moi-même que je m'échauffais trop.

« As-tu quelqu'un à qui demander de rester avec toi aujourd'hui ? Une amie, par exemple. Je pourrais te reconduire chez toi, maintenant, si je trouve une voiture.

— J'ai ma grande sœur... Elle ne me fera pas de sermons, au moins. »

Je laissai Marianna utiliser mon téléphone, puis je la ramenai chez elle dans la Lada la plus déglinguée du commissariat.

« Tu as vraiment eu du courage de crier et de te battre, et ensuite de supporter l'examen médical et l'interrogatoire. » Je cherchais à la réconforter, mais soudain elle éclata en sanglots totalement hystériques.

« Et si ce type a le sida ? Ou si je me retrouve enceinte ? Ce docteur était si gros et si brutal que je n'ai rien osé lui demander. Il m'a bien donné un médicament, il paraît que c'est une pilule du lendemain, et il m'a dit d'en prendre deux autres.

— On t'a fait tous les prélèvements nécessaires, et à ton violeur aussi. Dès qu'on aura les résultats, je te téléphonerai. Est-ce que le médecin a été désagréable avec toi ?

— Il m'a fait mal en m'examinant... Et il m'a posé toutes sortes de questions. À quand remontait mon dernier… rapport sexuel. Je n'en avais jamais eu… Il pensait sûrement lui aussi que c'était de ma faute… »

Je connaissais plus ou moins le docteur Nieminen, et je me dis que, pratiqué par lui, l'examen gynécologique avait probablement fait à Marianna l'effet d'un second viol. Lors de la précédente affaire dont je m'étais occupée, les termes qu'il avait employés m'avaient mise en rage. Je tentai de convaincre Marianna que ce qui était arrivé n'était en rien de sa faute. Je lui donnai les numéros de téléphone d'une association d'aide aux victimes et d'un groupe de parole sur le viol et, comme elle semblait indécise, mon propre numéro, en lui conseillant d'appeler l'un ou l'autre si elle se sentait angoissée. L'idée de la laisser seule chez elle me déplaisait, mais elle m'assura que sa sœur ne tarderait pas. Quant à sa colocataire, elle était paraît-il absente.

« Je veux juste prendre une douche et dormir », dit Marianna d'une voix éteinte. J'espérais que sa sœur aînée était quelqu'un de sensé. Au même moment, on sonna à la porte. Je reconnus la femme qui entra avant même qu'elle se présente. Sarianna Palola. L'ex-fiancée d'Antti. J'avais vu de nombreuses photos d'elle dans les albums de Jukka. Elle n'eut pas l'air de me reconnaître.

Une fois Marianna partie prendre une douche, je lui expliquai brièvement les faits. Sarianna était bouleversée et furieuse de ce qui était arrivé à sa sœur. Elle donnait l'impression d'être quelqu'un d'équilibré, avec qui Marianna serait entre de bonnes mains.

De retour à la brigade, j'entrepris d'interroger l'auteur du viol, Pasi Arhela. Il tenta avec arrogance de tout nier, alors qu'il avait pratiquement été pris le pantalon sur les chevilles. Il était ingénieur, comme Jukka, et tentait de contrer au mieux mes accusations. Je n'avais aucun mal à comprendre comment il avait pu, grâce à son apparence cultivée et à de bons avocats, s'en tirer aussi facilement les fois précédentes. Comme je refusais de croire que Marianna l'ait invité à la suivre, au moment où il s'achetait son hot-dog, il commença petit à petit à perdre son sang-froid. C'était sa parole contre celle de Marianna. Peut-être le témoignage du marchand de frites convaincrait-il le juge. Arhela ne pouvait pas non plus traiter par le mépris les prélèvements de sperme et autres. Il était furieux que je ne l'autorise pas à fumer dans la salle d'interrogatoire. Lui non plus n'avait pas dormi de la nuit, mais je n'éprouvais aucune pitié pour lui.

« Ces foutues petites putes n'attendent qu'une chose, c'est qu'on les baise, grogna-t-il finalement. Celle-là aussi, merde, à se promener comme une professionnelle avec sa jupe à ras le bonbon et sa figure peinturlurée, nom de Dieu, c'est elles qu'il faudrait mettre en cage. Ça donnerait des envies à n'importe qui. » Il fit un clin d'œil de complicité virile à Virrankoski, qui avait trouvé le temps de venir me servir de secrétaire et à qui il avait également adressé la plus grande part de son discours. Virrankoski ne prit pas la peine de réprimer son sourire, et mon irritation monta d'un cran.

« Vous reconnaissez donc avoir violé cette jeune fille ? » Je voulais me débarrasser d'Arhela le plus vite possible.

« Jamais violé personne, merde, juste baisé un petit coup. Elle aurait pu être contente, au moins.

— Vous reconnaissez avoir contraint Marianna Palola à avoir une relation sexuelle avec vous ?

— Contraint, contraint... Merde, et toi, quand est-ce que tu t'es fait sauter pour la dernière fois ? Tu ne chipoterais pas comme ça, nom de Dieu, si tu baisais un peu plus souvent. À moins que tu sois encore une de ces foutues gouines, à vouloir faire un boulot d'homme et à défendre les putes. »

Je n'avais guère eu à recourir à la force dans l'exercice de mes fonctions. Je n'avais utilisé mon arme de service qu'une fois et, lors de leur arrestation, les gens se comportaient en général calmement face à une femme. Je n'avais été obligée de frapper qu'en de rares occasions. Mais cette fois, j'aurais aimé balancer un grand coup de pied dans les couilles d'Arhela. Si j'avais été avec Koivu, par exemple, au lieu de Virrankoski, j'aurais certainement cédé à mon envie. J'imaginais le plaisir que j'aurais à lui écraser mon poing sur la figure et à entendre craquer les cartilages de son nez, ou à lui réduire les testicules en bouillie. Je me rendis compte que je tremblais de la tête aux pieds.

« Emmène ce type fumer une cigarette puis remets-le en cellule », jetai-je à Virrankoski avant de filer dans les toilettes des femmes qui se trouvaient à l'étage au-dessus. J'avais envie de vomir. Si cela ne tenait qu'à moi, Arhela resterait en garde à vue aussi longtemps que la loi le permettait.

Pourquoi me mettait-il dans une telle rogne ? Je tentai de me persuader que j'étais furieuse à cause de Marianna et de toutes ses autres victimes. Mais j'étais aussi en colère pour mon compte. N'importe qui pouvait-il venir m'insulter uniquement parce que j'étais une femme et un flic ?

Et si je changeais de métier, que je devienne avocate ou conseil au bureau d'aide juridique, comme je pensais le faire une fois mes études terminées ? Que ferais-je si j'avais à défendre des types comme Pasi Arhela ?

Virrankoski et son prisonnier étaient encore dans le couloir quand je regagnai mon bureau. Je m'efforçai de rester impassible.

« Il dit qu'il connaissait ce Peltonen qui a été assassiné la semaine dernière. C'est bien toi qui es chargée de l'enquête ? Il lui fournissait quelquefois des filles, expliqua Virrankoski.

— Ce type fournissait des filles à Peltonen ? dis-je sans même regarder le violeur.

— Non, Peltonen m'en fournissait, rectifia Arhela. C'était un vieux copain de régiment. On se croisait de temps en temps en ville et deux ou trois fois il m'a présenté des prostituées estoniennes tout à fait charmantes. Elles étaient classe, mais chères. »

Il ne me restait plus qu'à retourner avec Arhela dans la salle d'interrogatoire. Là, il essaya aussitôt de conclure un marché avec moi : s'il me donnait des informations utiles pour mon enquête sur la mort de Jukka, il échapperait à toute accusation de viol. Comme je refusais sa proposition, je me fis à nouveau insulter. Je me forçai à rester calme et je m'apprêtais à le renvoyer dans sa cellule quand il se mit à parler. C'était de toute évidence le genre de type qui bichait à l'idée de se sentir important.

D'après lui, Jukka avait servi d'entremetteur à des filles estoniennes. Ce n'était pas à proprement parler un proxénète, même s'il percevait une commission pour ses services, mais plutôt une sorte d'intermédiaire pour call-girls indépendantes.

« Ce n'était pas des tapineuses de gare à trente balles, mais de belles filles, propres et saines.

— Il y en avait donc plusieurs ?

— J'en ai vu deux, dont une que j'ai baisée quelques fois.

— Leurs noms ? » Arhela déclara qu'il avait été trop soûl pour s'en souvenir. Quoi qu'il en soit, il avait trouvé Jukka et ses filles au bar du *Hesperia*. Je l'envoyai se rafraîchir la mémoire en cellule, sans trop espérer en tirer d'autres renseignements. On pourrait toujours essayer de lui faire faire un tour au Hesperia en compagnie de Koivu et Virrankoski.

Le rapport de Koivu sur sa soirée au Kaivohuone confirmait les liens de Jukka avec la prostitution. Il avait réussi à bavarder avec deux femmes, de toute évidence des professionnelles, qui pensaient l'avoir vu traîner de temps à autre au bar en fin de soirée. D'après l'une d'elles, c'était bien un maquereau. Il avait essayé, une fois, de la convaincre de travailler pour lui, mais, comme elle l'avait expliqué à Koivu, elle ne vendait pas ses charmes. C'était bien sûr ce qu'elles disaient toutes à la police. Cela dit, il n'y avait rien de condamnable, en soi, à ce qu'une femme parte chaque soir avec un cavalier différent. Pour l'instant en tout cas, les indépendantes tiraient leur épingle du jeu, mais la situation des prostituées de la capitale risquait d'empirer si la mafia de l'Est continuait de resserrer son emprise sur le marché. Ce serait la fin des passes occasionnelles des étudiantes.

J'avais un copain bisexuel, Janne, qui préférait arrondir ainsi ses fins de mois plutôt que de chercher un travail régulier. À partir d'un certain âge, tant les hommes que les femmes payaient bien. Peut-être pourrais-je tenter de demander à Janne s'il connaissait Jukka. Mais il risquait de se montrer circonspect, car il savait que j'étais de nouveau dans la police.

De l'eau-de-vie et des call-girls estoniennes. Jukka avait plus d'une corde à son arc. En avait-il encore d'autres ? Pour l'instant, la filière de la prostitution m'ouvrait de nouvelles perspectives. Était-il possible que le meurtre soit en fin de compte l'œuvre de la mafia russe ? L'idée ne semblait plus si délirante, car la criminalité s'était nettement internationalisée depuis quelques années, dans cette ville. Et Jukka travaillait sur un projet de coopération finno-estonien... L'assassin n'était peut-être pas l'un des choristes, finalement.

Au bas de son rapport, Koivu avait griffonné à la main : « Elles connaissent Martti Mäki. Il a souvent rendez-vous là-bas avec un joli garçon, Tomppa. On ne les a pas vus cette fois. »

Je fis immédiatement le numéro des Mäki, mais personne ne répondit. Tomppa ? Voilà qui donnait une image encore plus idyllique de leur couple. Marja Mäki était-elle au courant des penchants sexuels de son mari ?

Mon estomac commençait à gargouiller et le manque de caféine me serrait les tempes. Je descendis en courant jusqu'à la cantine, car on y servait un café plus buvable que celui du distributeur de l'étage. Les plats du jour paraissaient infects – rognons en sauce ou potage d'été au lait – et je préférai me contenter d'un pirojki carélien ranci.

Un de mes anciens condisciples de l'école de police, Tapsa Helminen, était assis à une table près de la fenêtre. Il avait postulé à la brigade des stups dès qu'il en avait eu la possibilité. Il m'avait mené la vie dure, à notre entrée à l'école, jusqu'à ce que je manque lui casser le coude à un cours de self-défense. Je l'avais fait exprès, et j'en avais presque honte quand j'y repensais. Je ne me gênais pas non plus pour me moquer de lui, car il avait un nez plutôt imposant, et j'avais un certain nombre de fois lancé qu'ils n'avaient plus besoin de chiens aux stups, maintenant qu'ils avaient Helminen. À part ça, Tapsa était un type tout à fait bien, si ce n'est qu'il faisait peut-être un peu trop de zèle et ne voyait pas la différence entre un joint et un lot de cent grammes d'amphétamines.

« Il paraît que vous êtes dans un beau pétrin, aux stups, dis-je en m'asseyant à sa table. On nous a même demandé de vous prêter des enquêteurs, mais nous n'avions personne.

— Eh oui ! » soupira Tapsa. À en croire ses cernes, il avait dû dormir encore moins que moi la nuit précédente. « Sale histoire. On n'arrête pas de voir apparaître de nouvelles filières, et cette fois on a réussi à coincer un grossiste et deux petits dealers, mais c'est tout. Une partie de la came nous arrive de chez notre voisin de l'Est, ou du Sud, plus exactement, de nos jours. On a voulu procéder trop vite à des arrestations. Si on avait attendu un peu, on aurait pris de plus gros poissons dans nos filets. Les dealers prétendent qu'ils ne savent pas d'où vient la marchandise, et le grossiste n'ose pas parler. On a l'impression qu'il y a une organisation assez sérieuse, derrière.

— Le business se mondialise.

— Oui, la situation ne cesse de se durcir. On n'en est plus au cannabis passé dans leurs bagages par des étudiants rentrant de vacances, mais à tout autre chose. On aurait vraiment besoin de plus d'hommes, enfin je veux dire de policiers, dans notre brigade, mais il n'y a pas d'argent, apparemment. Et à la crime ?

— Pareil. Le budget des heures sup a déjà été dépassé plusieurs fois. Est-ce que tu sais quelque chose sur les proxénètes de ces filles de l'Est ?

— C'est plutôt le terrain des mœurs, mais ce sont sans doute les mêmes types qui s'occupent de la prostitution et de la drogue. On n'arrive pas à mettre la main dessus. On se croirait vraiment dans *Deux flics à Miami*. Ils se désignent même les uns les autres par des noms de code. X et M et ainsi de suite. »

Ça fit tilt dans mon esprit.

« M ? Dans quel contexte ?

— Il avait laissé un message sur le répondeur du grossiste pour savoir où ils devaient échanger la came. Pourquoi ?

— Je travaille sur un meurtre. J'ai aussi sur le répondeur de la victime un message d'un dénommé M. On pourrait comparer un peu ces enregistrements ?

— Ma bande est au labo. Je la récupère demain. Je te contacte dès que je l'ai. Tu as une idée sur l'identité de ce M ?

— Qu'est-ce que tu as dit ? Ce M ! Mais bien sûr ! M, pas Emma. Excuse-moi, Tapsa, je viens de piger un truc. »

Je ne réussis pas à joindre tout de suite Anu, la choriste, mais le café et les informations de Tapsa rendaient la journée un peu plus supportable. Même le couplet de Popeda semblait de plus en plus réel : came, vodka, nanas et gros biffetons. Peut-être était-il temps que je m'attaque à ce dernier thème.

Jyri n'était pas chez lui. J'appelai à son travail, où l'on me donna le numéro de son téléphone de voiture.

« Ici Maria Kallio. Viens donc faire un saut à Pasila dès que ta camionnette à pizzas sera vide. Oui, ton patron est au courant. Et tu as intérêt à obtempérer, si tu ne veux pas que je te coffre. »

Une grosse demi-heure plus tard, Jyri était dans mon bureau. Apparemment, les gens éprouvaient le besoin, le dimanche matin, de commander des pizzas aux anchois et au salami, car l'odeur de ces ingrédients planait autour de lui. À moins qu'il n'en ait lui-même eu besoin pour se remettre de son samedi soir. J'eus de nouveau faim.

« Tu n'aurais pas une pizza en rab dans ta voiture ? » demandai-je pleine d'espoir. Jyri secoua la tête. Il avait l'air d'avoir la gueule de bois et paraissait nerveux.

« Les funérailles se sont prolongées tard ? » Je lui fis signe de s'asseoir en face de moi, de manière à ce qu'il ne puisse pas manquer de voir sur mon bureau les copies des livres de comptes de l'AEPO que j'avais quand même eu la présence d'esprit, dans ma hâte, d'emporter avec moi ce matin.

« Avec Tuulia, on a traîné jusqu'à deux heures du matin au moins dans un bar d'Iso-Roobertinkatu », expliqua Jyri d'un air apathique. Était-il seulement en état de conduire ? N'était-il pas de mon devoir de le faire souffler dans le ballon ? Je saisis un livre de comptes et commençai :

« J'ai examiné ces livres d'assez près et j'ai comparé les quittances et les relevés bancaires. Tu ne m'as pas dit toute la vérité sur tes dettes. On peut t'accuser aussi bien de détournement de fonds que de faux en écritures. Jukka s'est aperçu de la fraude en vérifiant les comptes, mais il a accepté de te prêter de l'argent pour dissimuler l'affaire et de ne rien dire à Antti, le second contrôleur aux comptes. Pourquoi a-t-il fait ça ? »

Le visage crayeux de Jyri s'était orné de plaques rouges.

« C'était mon copain... Il savait bien que je n'avais pas l'intention de garder cet argent Mais il allait y avoir l'assemblée générale annuelle, il fallait mettre de l'ordre dans les comptes et je n'avais pas de quoi... Il a promis de m'en prêter.

— Et de se faire ton complice en falsifiant son rapport ? Mais pourquoi ? Et pourquoi a-t-il brusquement réclamé son argent ?

— J'ai l'impression qu'il voulait partir en voyage, dit péniblement Jyri. Je t'ai raconté presque toute la vérité, à propos de ce jeudi. Mais Jukka a menacé de dire à la police que j'avais détourné l'argent de la chorale. Il a dit que la peine pouvait aller jusqu'à de la prison avec sursis, il connaissait un type qui avait été condamné pour bien moins que ça…

— Quand devais-tu le payer ?

— Il m'avait laissé jusqu'à lundi.

— Comment est-ce que tu comptais réunir l'argent ?

— J'avais prévu de mettre au clou tout ce que je pouvais. Ma chaîne hi-fi, ma télé, mon blouson de cuir… » Jyri semblait amer.

« Mais Jukka est mort samedi, et ton problème s'est trouvé résolu. Si tu l'as assommé dans un accès de colère, et en état d'ivresse, avoue-le, bon Dieu ! La peine sera moins lourde si tu te dénonces spontanément. »

Jyri avait enfoui sa tête dans ses mains. Il me faisait presque pitié. Meurtrier ou pas, je devrais sans doute transmettre à la brigade financière le dossier de ses malversations. Peut-être cette humiliation lui donnerait-elle une leçon. Quelques milliers de marks n'étaient qu'une paille, en comparaison des scandales bancaires dont on entendait parler chaque jour. Mais c'était ainsi : on pouvait égarer des milliards, et même se faire prendre, sans risquer autre chose qu'une mise à la retraite anticipée avec une pension à taux plein, mais le détournement de sommes plus modestes pouvait vous envoyer en prison. Et le pauvre Antti avait naïvement signé le rapport entaché d'irrégularités rédigé par Jukka, se faisant ainsi lui aussi complice de la fraude. Étais-je obligée de livrer Jyri aux autorités ? Avais-je le droit de m'en abstenir ?

« Je n'ai pas tué Jukka », dit-il, et sa voix était pleine de larmes. « J'étais juste affreusement déçu qu'il se mette tout d'un coup à faire des histoires. Mais j'allais porter mes affaires au clou lundi à la première heure, et j'aurais de toute façon trouvé l'argent quelque part… Tuulia avait promis aussi de m'en prêter.

— Elle était au courant ?

— Je lui ai juste dit que Jukka exigeait que je le rembourse.

— Écoute, Jyri. Le permanencier a un éthylomètre. On va aller faire un petit test et s'il est un tant soit peu positif, tu téléphoneras à ton patron pour lui dire que tu ne peux pas retourner travailler. Ensuite, tu vas contacter Antti et discuter avec lui de ces embrouilles. Il est déjà au courant. Je vous laisse décider entre vous, à l'AEPO, des suites à donner à cette affaire. Mais encore une fois : si tu as tué Jukka, reconnais-le maintenant. Tu peux peut-être encore t'en tirer avec une inculpation pour homicide involontaire. De toute façon, nous découvrirons la vérité tôt ou tard. Et un meurtre doublé d'un abus de confiance, ça ne fait pas un très joli tableau. »

Je me rendais moi-même compte à quel point ma réplique sonnait creux.

L'éthylomètre du permanencier afficha un taux zéro, et Jyri put repartir travailler.

Je décidai de téléphoner de nouveau aux Mäki. Le mari était là. Quand je lui fis part de ce que nous avions découvert, il ne chercha pas à nier.

« Nous avons passé la nuit à l'hôtel *Vaakuna*. Nos noms figurent sûrement sur le registre.

— Vous feriez mieux de me donner l'identité et l'adresse de ce Tomppa, afin que nous puissions vérifier votre alibi.

— Et zut... Est-ce vraiment indispensable ? Il ne va pas avoir d'ennuis, au moins ? C'est un si gentil garçon.

— J'imagine qu'il n'a commis aucun délit », déclarai-je d'un ton sec. Je ne voulais pas savoir si Martti Mäki payait Tomppa. J'obtins les renseignements que je voulais.

« Heu... j'espère qu'il n'est pas nécessaire de parler de tout ça à ma femme ? demanda-t-il pour finir.

— Débrouillez-vous entre vous », répliquai-je d'un ton plus hargneux que nécessaire avant de raccrocher. La vie de couple des Mäki devait être pleine de charme.

Je tentai, sans succès, de joindre Sirkku et Timo, puis je m'attaquai à la déposition d'Arhela. Je m'occupai pendant un certain temps de diverses paperasses. J'aurais pu partir, en réalité, car je n'étais que d'astreinte, mais pour une fois que j'avais du temps, j'en profitai pour rattraper un peu de retard. Je n'avais pas d'autres obligations avant ce soir.

Je quittai mon bureau vers trois heures. Je pris par le parc central, fis le tour de la baie de Töölö et continuai jusque chez moi. J'avais été appelée, avant ça, pour un suicide – une femme d'une cinquantaine d'années qui s'était pendue à la barre de son balcon sur laquelle elle battait d'ordinaire ses tapis, dans la brume de ce dimanche après-midi – qui m'avait pris une partie du temps que j'espérais consacrer à la paperasserie. J'avais ensuite éprouvé le besoin de prendre l'air. Je m'achetai au passage un gros cornet de glace.

À la maison, je me changeai et courus jusqu'à la salle de gymnastique réservée aux femmes où j'avais un abonnement. Soulever de la fonte me changeait en général agréablement les idées, et mes muscles avaient eu le temps de se remettre depuis l'avant-veille. Je m'étais échauffé les jambes et le tronc en courant. Il ne me restait plus qu'à préparer mes bras et à me mettre au travail. Comme toujours le dimanche après-midi, la salle était presque vide. J'avais aujourd'hui à mon programme des exercices pour les membres supérieurs et le dos, car vendredi j'avais torturé mes jambes et mes abdominaux.

Tout en tirant la poulie haute derrière ma nuque, je m'interrogeais sur le caractère de Jukka. Séduisant, doué, généreux – égoïste, avide de pouvoir, manipulateur. Criminel ? Trafiquant d'alcool ? Proxénète ? Dealer ? Avait-il proposé à Jyri de faire quelques passes avec des homos vieillissants pour rembourser ses dettes, et celui-ci, furieux, l'avait-il tué ? Ou Piia, par crainte de révélations ? À quels trafics de Jukka Tuulia était-elle mêlée ? Il m'était difficile de croire qu'elle se soit laissée exploiter ou qu'elle ait vendu son joli corps. Je la voyais mal se prostituer. Et Sirkku ? Ou Antti, constatant qu'on l'avait abusé, avait-il pu voir rouge et frapper aveuglément Jukka ? Oui. Et il avait tout de la caricature du fumeur de shit : objecteur de conscience, cheveux longs, etc. Était-il impliqué dans un trafic de drogue ? On ne pouvait pas non plus totalement éliminer Mirja.

Je passai au banc à biceps. Il avait fallu une certaine force pour frapper Jukka, ce qui semblait exclure Piia et Sirkku, et peut-être Jyri. Je pensais pouvoir facilement le battre à la lutte, il pesait bien cinq kilos de moins que moi. Timo, par contre, avait la force nécessaire, mais aurait-il pu quitter la chambre sans que Sirkku s'en aperçoive ?

Mes biceps me brûlaient, je passai au banc à développer. « Who wants to live forever », demandait feu Freddy Mercury dans les haut-parleurs de la salle. On n'avait pas laissé le choix à Jukka. « And we can love forever. » Tuulia avait-elle été amoureuse de Jukka ? Ne se fiait-elle pas assez à moi pour me le dire ? L'idée était démoralisante. La fonte pesait lourd, j'avais mis cinq kilos de trop sur la barre. Ça m'arrivait souvent, je surestimais mes forces.

Je rentrai à la maison à petites foulées, pris une douche et m'occupai de faire le ménage. J'avais accompli mon travail salarié de la journée et suffisamment transpiré à la salle de musculation, mais le pire m'attendait encore. Je devais aller chercher mes parents à la gare et les loger pour la nuit dans mon appartement. Ils étaient en route pour leurs deux semaines de vacances annuelles dans les îles grecques. Sinon, ils ne venaient guère chez moi. Ils avaient beau avoir fait leurs études à Helsinki, ils trouvaient la ville trop grande et effrayante, et étaient incapables de venir seuls de la gare jusque chez moi à Töölö.

« On a droit à une véritable escorte policière », plaisanta mon père au moment où nous montions dans le tram.

« J'espère que tu as trouvé le temps d'étudier », s'inquiéta ma mère. J'avais tenté de les convaincre d'accepter mon embauche provisoire à la brigade criminelle en prétendant que je bûcherais en même temps quelques examens.

« J'ai préparé une matière. » Ce n'était pas vraiment un mensonge. J'avais emprunté à la bibliothèque les ouvrages inscrits au programme de l'épreuve finale de droit pénal. De toute façon, mes parents ne croyaient que ce qui les arrangeait. Oncle Pena n'était pas un alcoolique, il buvait juste un peu trop de temps en temps. Les élèves ne les chahutaient pas par plaisir, ils souffraient juste de difficultés familiales. Je reprendrais mes études de droit, je trouverais un travail intéressant et un mari convenable. Mes parents ne s'intéressaient pas tant à moi qu'aux apparences.

Mon appartement récuré de frais semblait étrangement exigu et poussiéreux. Pour accompagner le thé du soir, j'avais préparé une tarte à l'oignon et de la salade. J'avais vu mes parents pour la dernière fois à Noël, que j'avais, par devoir, fêté avec eux. En six mois, le front de ma mère s'était plissé de nouvelles rides et les épaules de mon père s'étaient lourdement affaissées. Il ne leur restait que quelques années avant l'âge de la retraite. La rentrée des classes leur était chaque automne plus pénible.

Ils me donnèrent des nouvelles du pays, sans que j'y porte grand intérêt. J'étais partie depuis dix ans, je ne connaissais plus personne. Puis ils s'enquirent poliment de mon travail et je leur répondis tout aussi poliment, en prenant prétexte du secret professionnel pour rester dans le vague. Ils me parlèrent des excursions qu'ils avaient l'intention de faire pendant leurs vacances et me montrèrent la photo de leur hôtel sur le prospectus de l'agence de voyage. Je leur fis boire le reste de ma liqueur de kiwi sans que cela suffise à détendre l'atmosphère. Tout le monde fut soulagé quand mon père, après les informations de vingt-deux heures et les nouvelles du sport que nous avions regardées à la télévision, déclara qu'il était temps de dormir. Leur avion décollait à sept heures, nous devions être debout avant cinq heures.

Malgré la brièveté de ma nuit précédente, je ne trouvais pas le sommeil. Sur mon canapé-lit grinçant, j'écoutais la respiration sifflante de ma mère et les ronflements intermittents de mon père. Dormir dans la même pièce qu'eux me troublait. Je me sentais malheureuse. J'inscrivais toujours le nom de ma mère dans la case « personne la plus proche à prévenir » des formulaires que je remplissais, mais étions-nous autre chose l'une pour l'autre que des étrangères ? Que savais-je de mes parents, et eux de moi ? Si je mourais soudain, comme Jukka, ils reconnaîtraient à peine celle dont ils devraient liquider l'héritage.

C'était de ma faute. Je ne retournais les voir que deux fois par an et, quand j'y allais, je me montrais distante et sûre de moi. Il y avait des années que nous n'avions pas parlé de mes pensées ou de mes sentiments ; ce n'était que par mes sœurs que j'avais appris les réactions de mes parents aux péripéties de ma vie.

Je ne leur avais jamais vraiment pardonné d'avoir espéré un garçon à ma place. Ils n'avaient même pas prévu de prénom de fille. Ma mère avait été persuadée que c'était un petit Markku qui grandissait en elle, à cause de l'énergie de ses coups de pied. J'avais essayé d'être un fils pour eux, d'autant plus que je n'avais ensuite eu que des sœurs. J'avais même choisi le métier préféré des garçons.

Ce n'était que depuis deux ou trois ans que je commençais à comprendre que mes parents n'étaient pas responsables des imbroglios de ma vie. J'avais même fait quelques tentatives de rapprochement, mais trop tard. Il régnait entre nous un statu quo poli qui n'évoluerait sans doute plus guère. Mais parfois, en entendant les joyeux papotages de ma mère et de mes sœurs cadettes, je me sentais comme un enfant exclu sans raison d'un jeu amusant.

12

Naître au prochain printemps une nouvelle aurore

Après avoir réussi à mettre mes parents dans le car de cinq heures quinze pour l'aéroport, je retournai dormir une paire d'heures. Je fis un mauvais rêve dans lequel je tirais de la mer, au bout du fil d'une canne à pêche, le corps tabassé et méconnaissable de ma mère. Quand je parvins enfin à la sortir de l'eau, elle s'était transformée en Tuulia, et je tentai désespérément de l'embrasser pour la faire revenir à la vie.

Je pris mon vélo pour aller à Pasila. Le brouillard commençait à se lever et, au moment où je longeais Linnanmäki, la grande roue du parc d'attraction surgit lentement au soleil, en une aurore que j'espérais symbolique. Je dus freiner à un feu rouge et, à cet instant, la chaîne de mon vélo sauta. En la remettant, je réussis à tacher mon meilleur jean de cambouis. Je n'arrivai à la brigade qu'à huit heures dix, car ma chaîne me lâcha une seconde fois. Je jetai au passage un coup d'œil dans le bureau de Kinnunen, mais il était vide. Avait-il prolongé son congé d'ivrognerie ? Sur ma table, il avait déjà un message me demandant de rappeler Heikki Peltonen, et une convocation chez le chef.

Je commençai par téléphoner à Peltonen, qui souhaitait récupérer les clefs de la voiture de Jukka. Il pensait que nous en avions encore les doubles.

« Je n'ai jamais vu qu'un jeu de clefs, celui qui était sur le contact. Il n'y avait de doubles ni à Vuosaari ni dans l'appartement de Jukka.

— C'est bizarre. Je suis sûr qu'il existe au moins deux autres jeux de clefs. Nous avions l'intention de vendre la voiture, dès que l'inventaire de la succession aura été dressé, mais apparemment il va falloir changer les serrures. »

Je repensai au message téléphonique du dénommé M, qui voulait emprunter la bagnole. Avait-il les doubles ? Pourquoi en avait-il besoin ? Pour transporter de la drogue ? Et pourquoi la voiture de Jukka ? Je tentai de convaincre Peltonen que l'enquête avançait, mais je me gardai de lui annoncer que la vérité qui se dessinait à propos de son fils n'avait rien de très plaisant.

Tapsa n'avait pas encore récupéré ses enregistrements. Je filai à contrecœur chez le chef afin de lui rendre compte des investigations en cours. Tout en me soufflant la fumée de son cigare dans les yeux, il écouta d'un air dubitatif mes théories sur la participation de Jukka à des trafics de femmes, d'alcool et de drogue.

— Oui, oui, oui. Mais j'aimerais savoir si tu as des preuves ou si tout ça ne repose que sur ton imagination – ou devrais-je dire sur ton intuition féminine ? » Je lui parlai des missions de Koivu, d'Arhela et des bouteilles d'eau-de-vie dont j'attendais les résultats d'analyse dans la journée.

— Le meurtrier serait donc malgré tout quelqu'un d'extérieur ?

— Pas forcément. Je crois que mes suspects, en tout cas certains, ont quelque chose à voir avec cette histoire de distillerie clandestine.

— C'est bien beau, ces théories, mais on a besoin de résultats ! » Je pris un nouveau nuage de fumée dans les yeux. « Je te laisse jusqu'à vendredi pour arrêter le meurtrier. J'ai eu toutes les peines du monde à imposer à la presse le silence sur cette affaire.

— Je suis toujours responsable de l'enquête, alors ? Et le commissaire Kinnunen ? » Le chef eut l'air embarrassé.

« Eh bien, Kalevi, naturellement… commença-t-il par bredouiller avant de se reprendre. Kinnunen chapeaute bien sûr toutes les activités de la brigade. Mais nous avons décidé, ce matin, d'essayer de déléguer certaines responsabilités à différentes personnes. Tu as déjà bien progressé sur ce dossier. Tu tiens donc évidemment Kinnunen au courant, mais tu disposes d'une certaine autonomie pour diriger ton enquête. »

Le congé maladie de Kinnunen était donc terminé. La situation semblait assez tendue. Peut-être valait-il mieux que je lui parle directement.

Je discutai un moment avec le chef des autres affaires en cours. Je lui demandai l'autorisation d'utiliser principalement Koivu comme adjoint. Il me donna son accord, puis demanda d'un air songeur :

« La fin du mois de septembre approche… Saarinen a téléphoné, la semaine dernière, pour dire que son arrêt de travail risquait de se transformer en retraite anticipée pour invalidité, parce que l'état de son dos ne s'arrange pas. Il sera en tout cas absent jusqu'à la fin de l'année. Est-ce que tu as réfléchi à ma proposition ?

— Je n'ai pas eu le temps, éludai-je.

— Ce serait quand même bien d'avoir une femme dans cette brigade, ne serait-ce que pour des questions d'image. Et tu te débrouilles aussi bien que n'importe quel garçon », dit-il sans se douter un seul instant qu'il choisissait exactement les mots qu'il ne fallait pas. Heureusement, sa secrétaire lui passa un appel téléphonique urgent d'un gros ponte et je pus me sauver.

Pendant ce temps, un paquet rond du labo était arrivé sur ma table.

Avant que j'aie le temps de l'ouvrir, le téléphone sonna. C'était Anu, la deuxième soprano de l'AEPO, qui avait trouvé mon message.

« Tu m'as raconté que Jukka avait dit au téléphone quelque chose comme "écoute, Emma, je ne peux pas te parler, là". Est-ce que ça aurait pu être "écoute, M" et pas "Emma" ? »

Elle réfléchit un moment.

« Oui, c'est possible.

— Bien. M exigeait plus que ce que Jukka était prêt à lui donner ?

— C'est ce que j'ai cru comprendre, oui », confirma-t-elle.

Je la prévins que j'aurais peut-être besoin plus tard d'une déposition en bonne et due forme de sa part. Elle en parut plutôt satisfaite.

Je m'attaquai au colis du labo. Il contenait l'un des litres d'eau-de-vie trouvés chez Jukka, une autre bouteille, des résultats d'analyse et quelques photos. Je les regardai et lâchai un sifflement. Ça commençait à devenir intéressant. Je rangeai la gnôle dans le placard de ma table de travail, histoire de ne pas tenter les hommes de la brigade ni surtout Kinnunen. J'avais enfin ma bouteille de détective !

Je réquisitionnai une voiture, ainsi que Koivu, qui avait de nouveau l'air frais et joyeux. Je le félicitai pour ses résultats de samedi soir, et il rit d'un air satisfait.

« C'est fou ce que ça peut tapiner, dans ce bar. Avec de l'argent, on peut se payer aussi bien des filles que des garçons, expliqua-t-il. Tu te rappelles cette Estonienne qu'on a coffrée pour entôlage ? Ça devait être deux jours avant le meurtre de Peltonen. Elle pourrait savoir quelque chose.

— Bravo, Koivu ! Renseigne-toi pour savoir si elle est encore au trou et arrange-toi pour qu'on puisse l'interroger. On va d'abord s'occuper de deux autres entrevues », dis-je tandis qu'il s'emparait du téléphone de voiture afin d'obtenir des informations. La fille était toujours en détention provisoire à Pasila.

Mon but était d'aller pour commencer à Koskela, à la recherche de Tomi Rissanen, dit Tomppa. Un beau garçon aux cheveux d'ange ouvrit la porte après plusieurs coups de sonnette. Il se frottait les yeux comme s'il venait de se réveiller. Il ne portait qu'un slip blanc minimaliste qui mettait en valeur le bronzage de son corps musclé.

« Koivu et Kallio, de la police judiciaire, dis-je en lui montrant ma carte. Nous aurions quelques questions à te poser à propos d'un de tes… amis. »

Tomppa semblait plus étonné qu'effrayé. Mäki l'avait-il prévenu ? À le regarder de plus près, il avait l'air d'un lycéen qui n'aurait rien dû avoir à faire au *Kaivohuone*. Ça ne m'étonnait pas qu'il trouve des clients. Une jolie gueule d'amour comme ça n'était certainement pas désagréable à regarder ou à toucher. Les Mäki semblaient avoir les mêmes goûts, question hommes, car, à voir Tomppa, on aurait pu le prendre pour le petit frère de Jukka.

Le garçon assura avoir passé toute la nuit au Vaakuna avec Mäki. Ce dernier semblait donc devoir être rayé de la liste des suspects, car les registres confirmaient aussi sa présence à l'hôtel.

« Tu as été bien gentille avec ce garçon, dit Koivu d'un air taquin tandis que nous retournions à la voiture.

— Je n'allais quand même pas faire des misères à ce chérubin. Non, sérieusement, j'ai vu bien assez de gamins de ce genre à la brigade des mineurs. Ils n'écoutent ni les menaces ni les conseils avant qu'il soit trop tard », grommelai-je.

Je pris la route de Tuusula puis la rocade III et trouvai sans l'aide de Koivu le magasin de matériel agricole où travaillait Timo. Les tracteurs et les batteuses exposés dans la cour me rappelèrent de lointains souvenirs d'enfance, quand nous faisions les foins à la ferme d'oncle Pena. J'étais fière de pouvoir soulever au bout de ma fourche une charge plus lourde que mon cousin de deux ans plus âgé et de savoir aussi bien mener le cheval que conduire le tracteur. Mes petites sœurs se contentaient d'aider notre mère à préparer les repas. Maman n'aimait guère ces étés à la campagne, car on l'enfermait à la cuisine – oncle Pena n'était pas marié – pour nourrir les faneurs. Elle aurait sans doute préféré rester assise sur l'herbe à lire Agatha Christie. Je m'imaginais bien sûr qu'elle avait choisi ce rôle. Je croyais encore à l'époque que les adultes pouvaient faire tout ce qu'ils voulaient.

Timo était dans la cour, occupé à déplacer des sacs d'engrais au volant d'un tracteur. Il se troubla visiblement quand je lui ordonnai de nous suivre. J'expliquai à son patron que j'avais besoin de son témoignage dans une importante enquête. Je ne voulais pas noircir sans raison sa réputation, mais je me demandais en même temps pourquoi je prenais la peine d'être si prévenante.

« Je voulais déjà vous interroger hier, Sirkku et toi, mais vous n'étiez pas en ville, dis-je d'un ton de reproche en direction de la banquette arrière. On n'avait pas dit que vous me préviendriez, avant d'aller où que ce soit ?

— On était juste à Muuriala, chez moi... expliqua Timo, décontenancé. On ne pensait pas que tu pourrais avoir besoin de nous pendant le week-end. »

Une fois dans le centre, je laissai Koivu et Timo dans la voiture garée en infraction sur le trottoir et me rendis au rayon parfumerie du grand magasin où Sirkku était employée. Elle arborait un maquillage voyant, en accord avec sa fonction, mais pas très flatteur. Il y avait trop de tout, et son rouge à lèvres rose vif ne lui allait pas, à mon avis. Les lumières artificielles du magasin lui donnaient l'air d'une poupée surdimensionnée. Puis je me vis dans un miroir grossissant, et je détournai en hâte le regard.

« Sirkku, je suis venue t'emmener à Pasila pour un interrogatoire. Où est ton chef ? Je vais l'avertir. »

Sirkku prit appui sur le bord du comptoir, faisant tomber avec fracas sur le sol les échantillons de parfum qui y étaient disposés. Puis elle regarda autour d'elle d'un air si effrayé que la réplique de la Krystel de *Dynastie* qui nous observait d'un peu plus loin vint s'enquérir de ce qui se passait. C'était la chef de rayon.

« J'ai besoin du témoignage de Mlle Halonen pour une enquête. Je vous la ramène dans une heure environ. »

Sirkku alla ôter sa blouse de vendeuse et pointer. Peut-être retiendrait-on la durée de l'interrogatoire sur sa paie. J'étais bien bête de m'inquiéter de ce genre de choses. Je la conduisis à la voiture et, quand elle aperçut Timo, son visage devint livide sous son maquillage. J'ordonnai à Koivu de passer à l'arrière et à Sirkku de s'asseoir à côté de moi. Je vis ses ongles peints en rose vif trembler à l'extrémité de ses doigts. J'aurais presque pu me dispenser de questions. Son comportement en disait assez long.

Elle se calma un peu quand elle put tenir Timo par la main dans mon bureau. Koivu leur apporta du café, avec un thé pour moi. Lui sirotait un coca. Je sortis la bouteille d'eau-de-vie de sous mon bureau, et Koivu eut un geste plein d'espoir. Je lui enjoignis d'une grimace de se tenir convenablement, malgré tout tentée moi aussi par l'idée d'un thé arrosé.

« Vous connaissez cette bouteille, n'est-ce pas ? Ou bien vous voulez en goûter le contenu ? » Sirkku et Timo se regardèrent, et finalement ce dernier répondit d'une voix éteinte :

« On la connaît. » Il avait lui aussi le visage étonnamment pâle.

« Et comment cela se fait-il ? Tu sais sûrement aussi ce qu'il y a dedans ?

— De l'eau-de-vie, poursuivit-il avec difficulté.

— Et qui a bien pu la distiller ? On l'a découverte avec des dizaines d'autres litres dans l'appartement de Jukka, mais on n'y a pas trouvé d'alambic, ni d'ailleurs à Vuosaari. Je peux obtenir au besoin l'autorisation de perquisitionner vos deux appartements.

— Mais il… » commença précipitamment Sirkku avant de pousser un petit cri sous la pression brutale de la main de Timo.

« Mais il quoi ? Il a été démonté ? On a trouvé vos empreintes à tous les deux sur les bouteilles », mentis-je avec naturel. Il était d'ailleurs probable que l'on trouverait aussi les empreintes de Sirkku dans le grenier de Jukka, en cherchant. Quoi qu'il en soit, déjà apeurée, elle tomba dans mon piège grossier :

« Il ne peut pas y avoir mes empreintes, c'est Timo qui les a remplies !

— Imbécile », soupira Timo en secouant la main de Sirkku de la sienne. Je me mordis les lèvres pour ne pas éclater de rire. Ils me faisaient trop penser aux couples des mauvais films comiques finlandais. Le maquillage exagéré de Sirkku était grotesque à la lumière du jour, et Timo avait la mine d'un fermier surpris par le garde champêtre en pleine distillation clandestine.

« Et où a-t-elle été fabriquée ? » Ma question s'adressait à Sirkku, mais Timo sembla conclure qu'il avait intérêt à prendre les rênes. Il s'expliqua, avec clarté et lenteur, comme en pesant chaque mot.

« Ça fait des dizaines d'années qu'on fabrique notre propre eau-de-vie, à Muuriala. C'est mon arrière-grand-père qui a commencé, je crois, pendant la prohibition, mais ensuite on a continué. J'apportais de temps en temps des bouteilles aux fêtes de l'AEPO, et puis, l'été dernier, Jukka m'a demandé si je ne pouvais pas lui en fournir un peu plus, contre paiement. J'en ai parlé à mon père, c'est avec lui qu'on distille depuis déjà longtemps, mais il était farouchement contre. On n'a jamais vendu notre gnôle, à Muuriala, c'est juste pour notre consommation personnelle. J'étais bien sûr embêté, parce que Jukka pensait qu'on pouvait faire un bénéfice de deux cents pour cent – à condition d'avoir le grain pour presque rien, comme à Muuriala. Il voulait sans doute en vendre à ses collègues de bureau.

« Je me suis demandé si je ne pouvais pas construire mon propre alambic, en ville, mais ça semblait difficile à l'époque. Et puis un jour, à une fête, on sortait tout juste ensemble avec Sirkku, Jukka a remis la chose sur le tapis.

— Il était tout le temps en train de pousser les gens à faire de drôles de choses », glissa Sirkku d'un ton aigre. Timo lui reprit la main.

« Oui, Jukka a aussi fait toutes sortes de propositions à Sirkku. Quoi qu'il en soit, elle a promis de m'aider à assembler l'alambic – elle est chimiste – et on a fait nos cinquante premiers litres d'eau-de-vie. On en a donné la moitié à Jukka et gardé le reste pour nous. Elle est très bonne, d'ailleurs, juste avec un peu de coca, par exemple, dit-il à Koivu avec une évidente fierté professionnelle dans la voix.

— Et ensuite ? demandai-je, furieuse d'être de nouveau comme automatiquement exclue de leurs histoires de mecs.

— Eh bien on en a fait une deuxième fournée pour la fête de printemps de la chorale, puis une troisième, il y a deux semaines. On en a fabriqué le double, cette fois, on avait une nouvelle chaudière.

— Où avez-vous eu les bouteilles ? Elles ont l'air toutes identiques.

— Certaines viennent des réserves de Muuriala, Jukka a apporté les autres de je ne sais où.

— Qui a eu l'idée du fenouil ?

— Jukka. Je lui ai raconté un jour qu'on en cultivait, à Muuriala, et il a pensé que ça donnerait un petit goût frais... comme de l'anis.

— Et tu lui as vendu une partie de l'eau-de-vie ?

— Oui, mais... » Timo avait l'air troublé. « Je trouvais bizarre qu'il en veuille toujours plus. Je n'aurais pas voulu qu'il en vende à trop de gens. Je ne trouve pas que ce soit criminel, de distiller pour son usage personnel, ajouta-t-il sur la défensive. Tout le monde le fait, du côté chez nous. Mais Jukka en voulait d'assez grosses quantités. Et il ne m'a pas dit à qui il la destinait.

— Il vous a payés d'avance ?

— Oui. Sauf cette fois... » Timo se tut soudain, et Sirkku le fixa, effrayée.

« Continue », dis-je en m'efforçant d'adopter un ton autoritaire. Je n'arrivais pas à me faire à l'idée que Timo était carélien, sa façon de parler, lente et raide, faisait plutôt penser au patois du Häme.

« Eh bien, quand Jukka a téléphoné jeudi soir, intervint soudain Sirkku d'une voix acerbe, il a dit qu'il avait besoin sur-le-champ de toute l'eau-de-vie qu'on avait en réserve. Il n'avait pas de quoi payer tout de suite, mais il a promis de nous régler samedi à Vuosaari, quand il aurait écoulé les bouteilles. Il est venu le soir même les chercher chez nous en voiture, il a dit qu'il allait les vendre aussitôt.

— Mais quand Jukka est mort, la gnôle était toujours chez lui, et il ne vous a pas payés samedi, constatai-je. Vous vous êtes querellés à cause de ça ? » Ils se regardèrent comme s'ils ne savaient pas décider qui allait parler. Puis Timo commença :

« Eh bien oui, au sauna, tous les deux, on s'est demandé ce qu'on devait faire. On n'avait aucun moyen de récupérer cet argent... Ça représentait quand même une perte sèche de plusieurs milliers de marks, ce n'est pas rien, pour nous... Jukka a été très bizarre toute la soirée, on aurait dit qu'il nous évitait.

— Et après, une fois tout le monde couché, on a voulu aller lui parler dans sa chambre mais il avait fermé sa porte à clef, intervint Sirkku d'un ton outré.

— On a décidé d'essayer de nouveau le lendemain. Mais ensuite, Sirkku s'est réveillée pendant la nuit et est allée aux toilettes et... Il vaut peut-être quand même mieux que tu racontes ça toi-même », ajouta Timo à l'intention de sa compagne, qui avait de nouveau l'air effrayé.

« Oui... Quand je suis allée aux W.-C., en haut, l'odeur était épouvantable... Jyri venait sûrement de vomir. J'ai ouvert la fenêtre et c'est là que j'ai vu Jukka sur le ponton. Je n'avais pas le temps d'aller réveiller Timo, j'ai juste décidé de courir sur la plage et d'exiger notre argent. » Elle fit une pause pour reprendre son souffle et but le reste de son café déjà froid qui, d'après sa grimace, devait être vraiment infect. Ou peut-être étaient-ce ses souvenirs qui la faisaient grimacer.

« Mais Jukka n'a rien voulu savoir, la pressai-je. Il ne t'a pas dit qu'il n'avait même pas encore vendu l'eau-de-vie ?

— Non... Il a juste ri et dit qu'on n'aurait pas dû être aussi naïfs. C'est là que je me suis fâchée et que je l'ai frappé.

— Frappé ? répétai-je, éberluée. Avec quoi ?

— Avec la main. Ou le poing. Je ne sais plus. Au visage. Il s'est mis à jurer et je me suis sauvée en courant. Je ne suis pas restée pour voir si je lui avais fait mal ou pas. Mais ensuite, le matin... Ce n'est quand même pas le coup que je lui ai donné qui a pu le tuer ? murmura-t-elle, angoissée.

— Ne t'en fais pas, on l'a frappé avec une hache avant qu'il meure, dis-je d'un ton rassurant.

— On s'est demandé, avec Sirkku, s'il avait pu d'une façon ou d'une autre trébucher et se cogner la tête à la hache puis tomber à la mer », expliqua Timo d'un air contrit.

Je réfléchis aux rapports du laboratoire et du légiste. Était-ce possible ? Sirkku ne me semblait pas avoir assez de force pour faire tomber quelqu'un rien qu'en le frappant. Mais qu'en savais-je ? J'étais moi-même beaucoup plus musclée qu'il n'y paraissait au premier abord. Et cela aurait bien sûr aussi expliqué l'absence d'empreintes digitales. Mahkonen avait dit que l'une des ecchymoses du visage datait d'avant la mort de Jukka, ce qui confirmait en tout cas l'hypothèse selon laquelle le coup donné par Sirkku n'avait pas pu le faire tomber. Mais il était ivre. N'était-ce donc qu'un simple homicide involontaire ? Devais-je arrêter Sirkku ? La malheureuse me faisait franchement pitié.

« Viens ici », dis-je en me mettant debout. Elle obéit docilement. Je levai la main en position de prestation de serment, bandai les muscles de mon bras et ordonnai :

« Frappe là. Comme tu as frappé Jukka, aussi fort que tu peux. » Elle me tapa dans la paume. La puissance du coup était nulle, ma main n'avait même pas bougé. Mais Sirkku pouvait bien sûr aussi faire semblant.

« Assieds-toi. Je ne crois pas que tu aies pu faire tomber Jukka en le frappant. Il faudra quand même vérifier si un tel scénario est possible. Tu as vu la hache sur le ponton ?

— Oui… Elle était là, plantée dans le bois. » Il était toujours possible qu'elle mente et qu'elle ait utilisé la hache, puis qu'elle ait eu la présence d'esprit de la cacher après avoir effacé ses empreintes. Mais pourquoi les autres empreintes n'avaient-elles pas aussi disparu ? Non, le meurtrier devait avoir des gants.

« Jukka t'a dit ce qu'il faisait dehors ?

— Il n'a pas eu le temps, j'ai tout de suite commencé à l'insulter. »

Je vidai le reste du contenu du paquet du labo sur mon bureau.

« Êtes-vous bien sûrs de m'avoir dit tout ce que vous saviez sur la vente de votre gnôle ? Jukka vous a affirmé qu'il la vendait à des copains ? » Leurs deux visages brillèrent en signe d'acquiescement.

« Quand on a analysé cette eau-de-vie dans notre labo, nos chimistes se sont aperçus qu'on avait trouvé exactement la même, parfumée au fenouil, en vente à la sauvette dans la rue. »

Je désignai l'autre bouteille du paquet. Elle était du même modèle que celles de l'appartement de Jukka, mais était munie d'un bouchon différent et d'une étiquette en russe qui la présentait comme de la vodka sibérienne aromatisée à l'anis, titrant 47°.

« Avez-vous une idée de l'endroit d'où peuvent venir ces étiquettes ? »

Tous deux avaient l'air totalement stupéfaits. Timo se reprit le premier, et demanda avec une rapidité surprenante de sa part :

« On a vendu ça dans la rue ? Mais qui ?

— Un intermédiaire estonien. Il a maintenu dur comme fer avoir importé la marchandise de Russie. Il en avait quelques bouteilles.

— Combien est-ce qu'il en demandait ?

— Soixante-dix marks le demi-litre.

— Nom de Dieu ! Jukka nous en donnait vingt marks. Il s'est sacrément sucré au passage. Il disait qu'il y avait tellement de vodka russe en circulation que ça faisait baisser les prix.

— Ce qui est vrai. » Je commençais à croire que Timo et Sirkku ne savaient rien du sort de leur production. Je leur posai encore quelques questions récapitulatives puis demandai à Koivu de les reconduire à leur travail. Je leur ordonnai d'un ton sévère de ne plus quitter la ville sans me prévenir.

« Est-ce qu'on va passer en jugement, pour cette histoire, s'inquiéta Timo alors qu'ils s'apprêtaient à partir. Je veux dire... Je ne voudrais pas que mon père et Muuriala soient mêlés à tout ça. »

Je me demandai ce qu'était devenu l'alambic. Si Sirkku et Timo avaient la moindre jugeote, ils l'avaient démonté dès le lendemain du meurtre. Il faudrait à nouveau interroger le vendeur de vodka, vérifier la possibilité de ses liens avec Jukka. Il serait bien temps, ensuite, de décider d'une éventuelle inculpation.

« Vous devriez vous en sortir avec une amende », dis-je pour les tranquilliser. Peut-être même étoufferait-on toute l'affaire, mais je n'allais pas le leur promettre.

Mon téléphone sonna au moment où Koivu sortait avec le couple d'amoureux. Je pensais que ce serait Tapsa, mais ce fut la voix de Tuulia qui résonna dans le combiné.

« Écoute, Maria, tu as sûrement l'adresse de Jaana. Je pensais aller lui rendre visite, quand j'irai me balader... plus tard à l'automne.

— Oui, un instant, je vais te la trouver. » Je cherchai mon répertoire sous le flot de papiers qui encombrait mon bureau. Je savais que j'avais quelque chose à demander à Tuulia, mais je n'arrivais pas à me rappeler quoi. Je lui donnai l'adresse de Jaana.

« Comment ça va ? L'enterrement était éprouvant, non ? demandai-je d'un ton compatissant.

— C'est fini, heureusement. Ce n'est que là que j'ai vraiment compris que Jukka était mort. » Tuulia déglutit. « Il y a du neuf dans l'enquête ?

— Ça va bien finir petit à petit par s'éclaircir. » Je n'osais pas en dire plus, malgré mon envie de la rassurer.

« J'espère qu'on pourra de nouveau aller boire une bière ensemble, après », dit Tuulia, et elle raccrocha avant que j'aie le temps de dire oui. Après. Quand l'affaire serait élucidée. Quand les suspects pourraient reprendre une vie normale.

Je tentai sans résultat de joindre Tapsa au téléphone. J'écoutai encore une fois les messages du répondeur de Jukka. « Ici Tiina. Mes projets sont fichus. Tu es un sale, on ne peut pas te faire confiance. Je t'attends chez moi dimanche. » « Ici M, on est dimanche soir. Il me faut la bagnole demain. Appelle-moi tout de suite. »

Je me rendis enfin compte que la mystérieuse Tiina avait un léger accent estonien. Et par « sale », elle voulait sans doute dire salaud. Tout s'expliquait, ce devait être l'une des filles de Jukka.

Les trafiquants de drogue et la prostituée estonienne avaient été arrêtés quelques jours avant le meurtre. Les trois affaires étaient-elles liées ? Sirkku s'était réveillée dans la nuit et, si quelqu'un était arrivé en bateau sur la plage ou en voiture dans le jardin, elle l'aurait sans doute entendu. Et l'on n'avait trouvé sur le ponton aucune trace d'un intrus. De coûteuses analyses de fibres avaient été effectuées en vain. Mais la possibilité d'un meurtrier venu de l'extérieur devait à nouveau être envisagée.

Ou alors... Plusieurs de mes suspects avaient déjà révélé des facettes inattendues. Si Jukka était mêlé à des affaires de drogue et de proxénétisme, pourquoi pas quelqu'un d'autre, aussi ?

Tapsa Helminen me tira de mes pensées en frappant à ma porte. Il tenait à la main une enveloppe contenant la cassette du répondeur téléphonique que le labo venait de lui rendre.

J'écoutai avec lui les deux messages, l'un à la suite de l'autre. D'abord celui adressé à Jukka : « Ici M, on est dimanche soir. Il me faut la bagnole demain. Appelle-moi tout de suite. » Sur la bande de Tapsa, c'était clairement la même voix : « Ici M. J'aurai de nouveau jeudi une bagnole pleine de marchandise. Dis-moi où. » L'intonation du début était exactement la même, malgré les distorsions dues au téléphone et à l'enregistrement.

« À ton avis, c'est M comme meurtrier ? demanda Tapsa tout excité.

— Je ne crois pas, non, mais ce type pourrait avoir des choses intéressantes à nous apprendre. Je vais en tout cas demander un nouvel examen de cette voiture, elle n'a été vérifiée que superficiellement. Cette fois, je veux tous les prélèvements possibles et imaginables. » J'expliquai à Tapsa que Koivu était allé interroger la détenue estonienne et que Jukka était peut-être lié à toutes ces affaires.

« Essaie de faire cracher à tes trafiquants ce qu'ils savent de lui. Voilà sa photo. Et utilise la manière forte, au besoin, pour leur faire avouer qui est ce M. Ça nous sera sûrement utile à tous les deux. »

Je m'aperçus que je donnais des ordres à Tapsa, alors que rien ne m'y autorisait. Pendant un instant, il eut l'air lui aussi décontenancé. J'avais rencontré sa femme, une fois, qui ne semblait guère du genre à commander son mari, sauf peut-être pour lui demander de décrocher le linge du séchoir. Tapsa me connaissait cependant assez pour se rendre compte qu'il valait mieux ne pas en faire une affaire de préséance.

Nous nous retrouverions plus tard dans la soirée pour faire le point. Je demandai qu'on passe la voiture de Jukka au peigne fin en inventant un mauvais prétexte à l'intention de Heikki Peltonen, et je me replongeai dans ma paperasse de la veille. Le week-end avait été étonnamment calme, avec à peine quelques agressions banales en plus du viol et du suicide. Je fus tirée de mon travail par la sonnerie du téléphone. Mon honorable supérieur direct Kalevi Kinnunen voulait me voir, à deux portes de là.

Il était visiblement à jeun depuis déjà plus de vingt-quatre heures, mais ses mains étaient encore agitées par un net tremblement et ses yeux ressemblaient à des fraises à moitié mûres. Des veines couleur betterave sillonnaient son visage bouffi. Les effluves d'après-rasage Boss qu'il dégageait masquaient l'odeur sui generis de son organisme intoxiqué depuis des années par la vodka.

Je lui fis le compte rendu de mes activités de la semaine. Il n'était pas plus intéressé par l'affaire Peltonen que par autre chose, seul le mot eau-de-vie retint peut-être un instant son attention. Je me demandai quel effet cela pouvait faire de voir que vos subordonnés se débrouillaient mieux sans vous.

Je passai à la boutique la plus proche acheter du pain de seigle et de la salade de chou et allai les grignoter au soleil sur un banc, en bordure d'un sentier du parc central. Je m'offris ensuite une double glace au chocolat et j'étais en train de la lécher avec délice quand je tombai sur Mirja. Notre bonjour ne fut guère chaleureux. Elle ne me pardonnerait jamais de savoir sur sa vie des choses qu'elle-même aurait préféré ignorer. En la voyant, je me souvins de ce que je voulais demander à Tuulia.

« Je suis contente de te voir, dis-je d'un ton faussement enjoué. Est-ce que tu te rappelles si Jukka a reçu des coups de téléphone à Vuosaari ? Ou s'il en a lui-même passé ? »

Peut-être un mystérieux trafiquant de drogue lui avait-il donné rendez-vous. Peut-être était-ce pour cela qu'il avait été si effrayé dans la soirée, pressentant ce qui allait se passer.

« Des coups de téléphone ? » Mirja haussa les sourcils. « Je crois qu'il n'y a que les parents de Jukka qui aient téléphoné, quand on était au sauna. Il a entendu le report de sonnerie installé dans le jardin et il est remonté à la villa pour répondre.

— Qui d'autre était au sauna ? Y avait-il quelqu'un dans la maison qui ait pu entendre ce que disait Jukka ? » J'étais un peu étonnée de ce bain mixte, bien qu'un sauna plein de monde soit en général un lieu plutôt décent. Je trouvais que les hommes nus avaient surtout l'air idiots, avec leur sexe ballant qui ressemblait à un champignon vénéneux surgi d'un sol moussu. La pratique n'avait jamais rien eu, à mon avis, qui incite au péché. À deux, c'était bien sûr tout autre chose...

« Antti nous a rejoints avec Jukka. Timo et Sirkku n'y sont allés que quand tous les autres ont eu fini.

— Autrement dit, au moins Timo, Sirkku et Antti ont pu entendre la conversation de Jukka ? » Je m'aperçus que ma glace coulait sur le devant de mon chemisier et je la léchai en hâte.

« Pour Timo et Sirkku, ce n'est pas sûr. Ils sont allés faire un tour en barque, à un moment. Je crois qu'il n'y avait qu'Antti dans la maison. »

Je notai « téléphoner à Antti » dans un coin de ma cervelle et poursuivis mon chemin. Ma glace avait fondu en une masse informe, je fourrai rapidement un tiers du cornet dans ma bouche. J'étais vraiment jolie, avec du cambouis sur mon pantalon et de la glace sur mon chemisier. Dans mon bureau, je composai le numéro d'Antti en me demandant si je devais sortir ma jupe d'uniforme de son placard. À ce moment, Koivu entra en courant, s'ébrouant comme un chien fou. On voyait à sa mine qu'il avait découvert quelque chose. Je raccrochai. Mon appel pouvait attendre.

« Alors ?

— Gagné, lança Koivu, hilare. La frangine connaissait Peltonen. Elle s'appelle Tiiu Välbe, mais elle n'a paraît-il aucun lien de parenté avec Jelena. La skieuse, précisa-t-il en voyant mon air ahuri. Elle a quelquefois travaillé pour lui. Il l'avait embarquée un soir au Kaivohuone pour finir la soirée avec je ne sais quels invités français, et ensuite il lui est arrivé de faire office de masseuse, si on peut dire, dans le sauna de l'entreprise de Peltonen… Il lui organisait aussi de temps en temps d'autres rendez-vous. Apparemment toujours avec des relations d'affaires, elle n'en savait pas plus.

— Et tout ça date de quand ?

— Ça a commencé l'été dernier. La dernière fois, c'était en mai.

— Mais Jukka n'était pas vraiment son proxénète ?

— Non… Plutôt un intermédiaire. Il lui rendait plus service qu'autre chose.

— Drôle de bénévolat », constatai-je. Ça cadrait mal avec l'image de Jukka. Mais d'un autre côté, il avait aussi commencé par vouloir charitablement aider Jyri et fait partager à Sirkku et Timo les bénéfices du trafic de vodka. Et il avait payé sans lésiner les frais d'avortement de Mirja. Jukka était-il un authentique et généreux « chic type » ?

« Cette Tiiu pensait que Jukka servait aussi régulièrement d'intermédiaire à une de ses collègues, une certaine Tiina. Il n'y avait pas un message d'elle sur ce répondeur ? Tiiu prétend que Tiina avait aussi quelque chose à voir avec un trafic de drogue.

— Et où peut-on trouver cette Tiina ? Tu as son adresse ?

— Non, mais pendant l'été elle fréquente tous les lundis soirs le *Pikkuparlamentti.* J'ai son signalement.

— Tu ferais encore une fois des heures sup ? Essaie de trouver cette Tiina.

— C'est elle l'assassin ?

— Je ne crois pas. Mais elle pourrait bien détenir la clef de cette histoire. Téléphone-moi tout de suite chez moi si tu la trouves, arrête-la au besoin. Je viendrai ici lui parler. Appelle-moi de toute façon à la fermeture du bar. Je crois que les derniers jours que le chef nous a accordés pour boucler cette affaire vont nous suffire. »

Koivu parti, je tentai à nouveau de joindre Antti à la fac, mais je me heurtai à une messagerie automatique. J'essayai sans succès sa ligne directe, puis le numéro de la bibliothèque, où un type à moitié endormi déclara ne pas l'avoir vu de la journée. Ce que j'avais à lui dire n'était pas très important, mais je fus contrariée. Peut-être un chercheur universitaire pouvait-il filer à la plage par une belle journée d'été. Ou peut-être était-il allé à la campagne chez ses parents avec Einstein, bien sûr sans prendre la peine de m'en informer.

Tapsa revint au commissariat plus tôt que prévu, son grand nez palpitant d'excitation. « Je viens de lancer un avis de recherche au nom de Mauri Mattinen, connu dans certains milieux sous le nom de M. On ne l'a pas vu chez lui depuis un petit moment, et à son travail on m'a dit qu'il était en congé.

— Tu as découvert son identité ? Comment dis-tu qu'il s'appelle ? Mattinen ! Nom d'un chien, c'est le nom qu'il y avait sur les factures de ce cabinet-conseil, au bureau de Jukka. Il a un casier ? » Tout en parlant, je composai le numéro du service.

« Mattinen, Mauri. Né en 49. Il a écopé de six mois pour détention de cannabis. »

J'appelai le labo et demandai qu'on recherche plus particulièrement les empreintes de Mattinen dans la voiture de Jukka.

Je téléphonai ensuite à Marja Mäki qui, après avoir réfléchi un instant, crut se souvenir que le cabinet-conseil Mattinen avait réalisé une étude sur les possibilités de sous-traitance dans le secteur des transports en Estonie.

« Mon mari est donc lavé de tout soupçon ? demanda-t-elle ensuite.

— Oui. Son alibi a été confirmé par plusieurs personnes.

— Et où était-il ?

— Il vous le dira lui-même », répondis-je en espérant mettre fin à la conversation, mais Marja Mäki n'était pas du genre à abandonner aussi facilement.

« Il était avec un garçon, n'est-ce pas ? » Sa voix vibrait d'une fureur incontrôlée. « Et avec quel genre de gamin fricote-t-il cette fois ? » J'avais la nausée. Pourquoi les Mäki avaient-ils eu besoin de me mêler à leurs affaires ? Soudain, je compris.

« Attendez ! Vous n'avez jamais soupçonné votre mari d'avoir tué Peltonen. Vous avez seulement voulu utiliser la police pour découvrir ses faits et gestes. La prochaine fois, embauchez un détective privé ! » Je lui raccrochai brutalement au nez avec un réel plaisir. Peut-être Jukka avait-il servi de pion à Marja Mäki pour se venger de son mari. Je n'aurais pas besoin de regarder *Amour, Gloire et Beauté* pendant un certain temps, les situations que je rencontrais dans la vie quotidienne étaient tout aussi tordues.

Je pris mes papiers et passai dans le bureau de Tapsa afin de mettre bout à bout nos renseignements. Nous fûmes rejoints par un deuxième policier des stups, âgé d'une soixantaine d'années, Makkonen, dont l'impatience était à l'origine des arrestations trop hâtives, ainsi que par Koivu qui avait tout juste eu le temps faire un saut chez lui pour s'habiller en prévision de sa visite au *Pikkuparlamentti.* Avec sa chemise bleu ciel et son pantalon clair, il n'y aurait certainement pas que des gentilles petites brunes pour s'intéresser à lui.

« On ne devrait pas informer Kinnunen ? demanda Makkonen, pris de scrupules.

— Il est parti il y a deux heures à Haaga avec Virrankoski », dis-je précipitamment. J'étais sans conteste jalouse de mon enquête. C'était mon premier meurtre et je ne voulais pas que notre ivrogne de commissaire vienne se fourrer dans mes pattes.

Après quelques tasses de café et un demi-paquet de cigarettes fumé par Makkonen dans le couloir, nous avions fait la somme de tous les renseignements en notre possession. Tapsa venait de téléphoner au labo, où on lui avait confirmé qu'on avait trouvé les empreintes digitales de Mattinen sur la porte côté conducteur et autour de la serrure du coffre de la voiture de Jukka. Koivu s'apprêtait à lire le résumé de nos conclusions quand le téléphone sonna.

« C'est pour toi, Maria. Une certaine Mme Sarkela.

— Ici Marjatta Sarkela, bonjour, dit dans le combiné une voix de femme d'une cinquantaine d'années, posée mais teintée d'angoisse. Vous êtes la policière chargée de l'enquête sur le meurtre de Jukka Peltonen ?

— Oui. Vous devez être la mère d'Antti Sarkela ?

— Oui. Je ne sais pas si je n'abuse pas pour rien de votre temps, mais j'ai l'impression que mon fils a disparu.

— Il n'est donc pas avec vous à Inkoo ?

— Non... Il vous avait dit qu'il viendrait ? » Les parents d'Antti étaient passés chercher Einstein samedi soir avant de partir. Sa mère avait ensuite essayé de lui téléphoner dimanche pour lui raconter que le chat les avait réveillés à six heures du matin en leur apportant au lit un campagnol qu'il avait attrapé. Son colocataire lui avait dit qu'il était sorti samedi soir et n'était pas rentré depuis. On était déjà lundi et il n'avait pas donné signe de vie.

« Je ne peux pas m'empêcher d'être inquiète, avec ce qui est arrivé à Jukka Peltonen... Antti et lui étaient de vieux amis. Si celui qui a tué Jukka s'en était maintenant pris à mon fils... »

Je tentai de rassurer Mme Sarkela, mais j'étais moi aussi soudain alarmée. Je me souvenais des paroles d'Antti, samedi : « Si seulement... si seulement je savais ce qui peut être important ou pas. » Et plus tard : « Celui qui a tué Jukka risque d'être imprévisible. Fais attention, toi aussi. » Antti avait-il été trop imprudent ? Ou avait-il pris la fuite ?

13

Et sentir souffler dans les collines les vents

« Qu'est-ce qu'il y a ? s'inquiéta Tapsa quand je raccrochai.

— Flûte. On dirait qu'un de mes principaux suspects a disparu. » Je me rappelai que les membres de l'AEPO jouaient aux quilles le lundi à Kaisaniemi. Peut-être Antti y serait-il, ou au moins quelqu'un qui saurait où il était. Je décidai d'aller y faire un tour.

Les voitures étaient toutes prises et j'enfourchai donc mon vélo, en priant pour qu'il ne se mette pas encore une fois à faire des siennes. Le chemin descendait jusqu'à Kaisaniemi et j'y fus en un quart d'heure. La soirée était encore très chaude et un short aurait mieux fait l'affaire que mon jean taché de cambouis. En pédalant, je me rendis compte que j'avais la nuque complètement nouée. Toutes les nouvelles informations que j'avais recueillies se bousculaient dans ma tête.

Le grossiste de Tapsa avait donc finalement consenti à dévoiler l'identité du dénommé M : Mauri Mattinen, déjà condamné à de la prison pour détention et vente de cannabis et à des amendes pour importation illicite d'amphétamines en provenance de Russie. Actuellement gérant et actionnaire principal du cabinet-conseil Mattinen. Et évanoui dans la nature, comme Antti.

Le grossiste se fournissait auprès de Mattinen et ce dernier, qu'il payait toujours en liquide, détenait d'après lui un important stock de cocaïne qu'il écoulait petit à petit afin de maintenir les prix au plus haut. Il y avait en effet, et heureusement, assez peu de coke sur le marché dans ce pays. Le produit était de bonne qualité, il provenait apparemment du Moyen-Orient et était arrivé en Finlande, d'après le grossiste, « par mer depuis Tallinn ».

Munie de cette information, j'avais téléphoné pour la énième fois de la journée à Heikki Peltonen. Non, Jukka ne s'était pas récemment rendu à Tallinn à bord du *Maisetta*. J'avais été déçue de voir cette belle théorie express s'écrouler. Mais Peltonen s'était ensuite souvenu que Jukka y était allé, au début du printemps, pour inaugurer le *Marlboro of Finland* avec Jarmo et Peter Wahlroos qui, comme tous les membres de l'équipage, tenaient à tester leur nouveau bateau avant les premières grandes courses. Il ne savait pas qui avait été du voyage, mais il supposait qu'il y avait au moins Piia et Antti.

Le *Marlboro of Finland* était bien sûr un endroit idéal pour dissimuler de la cocaïne. Le bateau était célèbre, y compris sans aucun doute sur l'autre rive de la Baltique, car son nom avait fait l'objet de polémiques tout au long du printemps. Les douaniers ne l'avaient sans doute contrôlé que pour la forme. Jukka et ses éventuels complices avaient pris des risques, mais ils leur avaient rapporté gros pendant un temps.

D'après le grossiste, Mattinen lui livrait la cocaïne en voiture, dans l'Opel Vectra que l'on voyait sur deux des photos prises par les enquêteurs de

Makkonen avant leur coup de filet. Le numéro du véhicule était inconnu du service des immatriculations et les plaques étaient donc fausses. Jukka avait une Vectra du même modèle et de la même couleur.

Je me demandais pourquoi Mattinen lui avait emprunté sa bagnole. Peut-être la sienne était-elle trop facile à identifier. C'était en tout cas ce que pensait Makkonen. Quoi qu'il en soit, Mattinen était maintenant recherché et la voiture faisait l'objet d'une fouille détaillée. J'étais contrariée d'avoir dans un premier temps laissé le labo s'en tirer à trop peu de frais.

Je trouvai les membres de l'AEPO sur l'esplanade de Kaisaniemi, près des courts de tennis. Il y avait là une vingtaine de choristes, y compris Toivonen et tous mes suspects – mais pas Antti.

Les quilles au bâton ne semblaient pas être une discipline particulièrement exigeante et les joueurs, munis de canettes de bière, n'avaient rien de très sportif. Le jeu donnait un peu l'impression d'être un équivalent local de la pétanque. Après l'avoir observé un certain temps, je compris que le but était d'éjecter de leur carré les cylindres de bois peints de l'équipe adverse, en lançant contre eux une sorte de batte. C'était au tour de Tuulia d'essayer. Cheveux au vent, elle fit magistralement valser trois quilles hors de leur aire, déclenchant des cris de soutien enthousiastes. Il y avait dans ses mouvements une troublante aisance, à la fois garçonnière et féminine. Je détournai les yeux. Alors qu'il acclamait Tuulia, Jyri me remarqua.

« Salut, Maria, fit-il sans conviction. Tu es venue assister au match ?

— Tu n'as pas vu Antti ? » demandai-je. Jyri se troubla.

« J'ai bien essayé de lui téléphoner, mais il n'était ni chez lui ni au travail. Je pensais qu'il viendrait ce soir. »

Jyri semblait croire que je cherchais Antti à cause de ses embrouilles comptables. Mais où diable était-il ? Je fis signe à Piia, qui nous regardait avec curiosité, de me rejoindre à l'écart.

« Vous avez été à Tallinn sur le *Marlboro*, au printemps ?

— Oui, fin mai. Ça devait être le week-end de la fête des Mères, il faisait affreusement froid. Pourquoi ?

— Qui y avait-il à bord ?

— Moi et Peter. Son père. Jarmo et sa copine. Un certain Niklas Bergman, qui est aussi un des équipiers de la course. Sirkku, qui voulait faire une virée en mer et qui a bien sûr aussi amené Timo. Et puis Antti et Tuulia.

— Dix personnes ?

— Oui. Et dans la soirée on a été à un concert du chœur de chambre de l'Orchestre philharmonique d'Estonie auquel Jukka voulait absolument assister.

— Est-ce que tu peux me dire ce que vous avez eu comme visite de douane, à votre retour ?

— Comme visite de douane ? Pas grand-chose. En général, on ne contrôle pas ces bateaux de course. »

La drogue aurait donc très bien pu être transportée sur le *Marlboro*. Je demandai aux choristes de dire à Antti de me téléphoner. Aucun d'eux ne trouvait son absence très étrange, mais personne ne savait où il pouvait être. Et personne n'avait l'air nerveux ou coupable.

Antti avait vu ses parents après m'avoir quittée samedi soir. Depuis, il n'avait plus donné de nouvelles. Samedi soir après l'enterrement, Mirja et Piia se trouvaient chez elles, je pouvais moi-même en témoigner, Sirkku et Timo étaient partis pour Muuriala, Jyri et Tuulia buvaient ensemble dans un bar. L'un d'entre eux avait-il aussi croisé Antti ?

Je retournai en vélo au commissariat central. Il était à peine huit heures. Tapsa était parti avec Koivu au *Pikkuparlamentti*. Je trouvai sur mon bureau un message laconique : « On est partis traquer Tiina. Mattinen a pris l'avion l'autre lundi pour Londres. Merde. Interpol à ses trousses. Koivu & Helminen. »

Mattinen n'avait quitté le pays qu'après la mort de Jukka. Et si c'était vraiment lui l'assassin ? S'il était parti pour Londres depuis quinze jours, le retrouver serait impossible, même avec l'aide d'Interpol. C'était frustrant. Un peu plus tôt, les connexions que nous avions établies m'avaient rendue euphorique, mais elles ne semblaient plus mener nulle part.

Chez Antti, son colocataire répondit au téléphone. Il ne l'avait même pas vraiment vu, samedi soir. Il dormait dans sa chambre en prévision d'une garde de nuit à l'hôpital. Dans son sommeil, il l'avait entendu laisser Einstein à ses parents, puis sortir un moment plus tard. Ni lui ni le troisième occupant de l'appartement ne l'avaient vu depuis.

« Personne n'est venu le chercher ? » Le garçon n'était sûr que d'une chose, il n'y avait pas eu de coup de sonnette.

« Ça me réveille, en général, et le téléphone aussi. Il n'a pas sonné non plus, expliqua-t-il.

— Antti a-t-il passé des coups de fil ? » Il n'en savait rien. Il ne lui semblait pas non plus manquer autre chose que les baskets et le blouson d'Antti, mais il ajouta qu'il ne connaissait pas si bien ses fringues.

J'appelai les Sarkela à Inkoo. Ils étaient très inquiets et voulaient faire passer un avis de recherche dans les journaux et à la radio. Ils semblaient croire que le meurtrier de Jukka s'était aussi attaqué à leur fils.

« Mais il n'est pas mort, dit Marjatta Sarkela pour finir. Les animaux sentent ce genre de choses. Einstein n'est pas très intelligent, mais il le saurait, s'il était arrivé quelque chose à Antti. Là, il se conduit tout à fait normalement, il est même assis à mes pieds à ronronner. C'est l'heure de sa pâtée. »

J'espérais que le chat avait raison, et tant pis si ça signifiait que son maître était coupable de meurtre et se cachait de la police. Pauvre Einstein. De son point de vue, aucune des deux solutions ne semblait très heureuse.

Il n'était que neuf heures. Mes collègues ne reviendraient probablement du Pikkuparlamentti que vers minuit. Je ferais certainement mieux de rentrer et d'essayer de dormir. Ils avaient promis de me téléphoner en fin de soirée.

Je pédalai à toute allure jusque chez moi, me changeai et partis faire un jogging. Le premier kilomètre me fit son habituel effet poisseux, mais ensuite je commençai à prendre plaisir à courir. L'air frais du soir me nettoyait les poumons, mes épaules raidies se détendaient. La sueur coulait sur mes joues, ma foulée se faisait de plus en plus légère. Ce n'est qu'à Seurasaari que je me forçai à faire demi-tour, car il fallait bien aussi que je dorme un peu.

Quand je me réveillai, le soleil brillait haut dans le ciel. Il était sept heures et demie. J'avais dormi près de dix heures. Mes collègues n'avaient pas appelé. Que s'était-il donc passé ?

Au même instant, je compris la raison de leur silence. J'avais débranché la prise la veille, de peur que ma mère téléphone à six heures du matin de l'aéroport juste pour me dire qu'elle avait oublié sa brosse à dents sur le bord du lavabo. Je jurai, mis le café à passer et téléphonai au commissariat.

« Je ne vois ni Koivu ni Helminen », constata froidement le standardiste. Le permanencier de la brigade, par contre, avait un message de Koivu à mon intention : « On a trouvé Tiina et appris des choses intéressantes. Aucune raison de l'arrêter. Tu cours après Sarkela ? Je serai là à huit heures. »

J'avalai une tasse de café et le reste de ma tarte à l'oignon. Mon meilleur jean était toujours couvert de cambouis. J'en enfilai un autre, délavé et reprisé à l'aine. Pour ne pas prendre le risque de le tacher, je pris le tramway, par les lignes numéros 3 et 7. J'avais trop dormi, j'étais en retard, affamée, irritée et curieuse.

Pour ne rien arranger, Koivu était avec Kinnunen à Jakomäki, pour un vol à main armée, et Tapsa procédait à une perquisition. J'espérais qu'il s'agissait de l'appartement de Mattinen. On m'envoya au débotté sur le port, où il y avait un noyé. Il était midi passé quand je retrouvai mon bureau. Koivu était revenu et reparti ailleurs, mais je réussis à attraper Tapsa au vol. Il promit de me retrouver à la cantine une demi-heure plus tard.

Le labo avait de nouveau fait vite. En plus des empreintes digitales de Mattinen, on avait pu relever des traces de cocaïne à l'intérieur de la trousse à pharmacie de la voiture de Jukka. De petites quantités de came avaient sans doute été récemment conservées entre les paquets de gaze. La plupart des empreintes se trouvaient sur les plaques d'immatriculation, dont on voyait qu'elles avaient été régulièrement dévissées.

Je défaillais presque de faim et d'excitation. J'avais un goût d'oignon dans la bouche, et je descendis en courant à la cantine. Tapsa ne semblait pas encore être là et, en l'attendant, je me forçai à avaler une salade et une poêlée de légumes. Puis je le vis se servir à manger, rasé de frais et vêtu d'une chemise impeccablement repassée. Il vint s'asseoir face à moi avec un plateau bien garni : de la viande hachée en sauce, cinq pommes de terre, deux verres de lait, trois tranches de pain. Nos palabres s'annonçaient longues.

« Je reviens de chez Mattinen. Tu cherchais ça ? » Tapsa sortit de la poche de sa veste un sachet en plastique contenant des clefs. Je vis au travers un logo familier : Opel Vectra. J'étais prête à parier gros que c'était l'un des doubles manquants des clefs de voiture de Jukka.

« Je les envoie au labo. On a trouvé la voiture de Mattinen dans son garage. C'est une VW, une antiquité sur laquelle on ne pourrait même pas faire tenir les plaques minéralogiques trouvées chez lui, celles sur les photos de Makkonen.

— Mattinen utilisait donc la voiture de Peltonen pour vendre sa came, dans le but de brouiller les pistes, sans doute. »

J'avais exposé à Tapsa, au téléphone, ma théorie sur l'utilisation du *Marlboro of Finland* pour passer la drogue, et il l'avait trouvée tout à fait plausible. On était en train de vérifier les déplacements de Mattinen. Il avait pu se trouver à Tallinn au même moment que le *Marlboro* et remettre la cocaïne à Jukka.

« Et hier ? Vous n'avez arrêté personne ?

— On a eu ce qu'on voulait sans en arriver là. J'ai accompagné le petit Koivu, parce que j'ai un vieux copain d'école qui est videur au *Pikkuparlamentti.* Je me suis dit qu'il pourrait peut-être identifier cette

Tiina. Et ça faisait longtemps que je n'avais pas traîné dans les bars. »

Tapsa avait une épouse et deux enfants, dont le dernier devait avoir à peine six mois. Il passait sûrement des jours entiers sans les voir. Il partait avant leur réveil et rentrait quand ils dormaient. Je m'étais parfois demandé ce que pouvait être la vie d'une femme de policier toujours pressé, guère différente, en pratique, de celle d'une mère célibataire.

« Vers dix heures, Masa, mon copain portier, est venu nous dire que Tiina était là. Elle avait l'air de chercher de la compagnie.

— À quoi ça se voit ? » demandai-je par pure curiosité. La prochaine fois que j'irai dans un bar, je saurai me conduire exactement à l'inverse.

« Seule, sur son trente-et-un, à regarder autour de soi en souriant. Tu sais bien. Koivu est allé lui parler. Ils se sont apparemment vite mis d'accord pour aller à l'hôtel, mais Koivu a dit qu'il avait besoin d'un peu de speed. Il est prometteur, ce gamin, ajouta-t-il du haut de sa petite dizaine d'années de plus.

— Et Tiina savait où s'en procurer ?

— Elle a dit que c'était difficile, en ce moment, et qu'elle n'avait que du shit sur elle. À ce moment-là, Koivu l'a amenée à notre table. Elle a été un peu surprise de voir qu'on était deux. Je lui ai montré la photo de Mattinen et je lui ai demandé s'il ne pouvait pas nous fournir quelque chose de plus sérieux. Elle a deviné qu'on était de la police. On lui a promis qu'on ne la coffrerait pas pour détention de cannabis si elle nous donnait des informations. »

J'admirais la désinvolture avec laquelle Tapsa était prêt à conclure des marchés. Aux stups, on marchandait sans cesse avec de petits délinquants pour en coincer de plus gros. Peut-être m'étais-je trompée sur son compte, il ne s'emballait plus lui non plus pour quelques grammes de shit.

« Elle a d'abord insulté Koivu pendant un moment, mais ensuite elle a coopéré. Il est beau gosse, va savoir s'il était pas tout à fait à son goût, comme client... » Tapsa reprit soudain tout son sérieux, peut-être son coude accidenté lui était-il revenu en mémoire. Je n'avais jamais eu la même complicité blagueuse avec lui qu'avec Koivu. Il me considérait sans doute comme une féministe dangereusement exaltée.

« Quoi qu'il en soit, la fille a reconnu aussi bien Mattinen que Peltonen. C'est d'ailleurs elle qui les avaient présentés l'un à l'autre. Apparemment, Mattinen cherchait quelqu'un, à l'automne dernier, pour rapporter de la cocaïne de Tallinn, et Peltonen a accepté. À l'occasion de ses voyages d'affaires, l'hiver dernier, il a passé de petits lots sous le nez des douaniers. J'aimerais bien savoir comment », déclara Tapsa d'un air sombre.

D'après ce que Tiina avait compris, Mattinen avait vendu une partie de la came et Jukka le reste. Elle le soupçonnait d'ailleurs d'avoir entubé Mattinen, parce qu'il avait quelquefois de la marchandise dont ce dernier ne savait rien. En mai, il avait rapporté d'un coup une plus grosse cargaison. Mattinen était à Tallinn à la même période et c'était certainement lui qui avait tout organisé.

Tapsa pensait que la drogue avait été stockée dans l'appartement de Jukka.

« Ça vaudrait la peine d'y aller avec des chiens. Ce qui devrait aussi t'intéresser, c'est que Peltonen est une fois venu chez Tiina en voiture avec de la came. Elle lui a lancé la clef par la fenêtre et elle a vu qu'il y avait quelqu'un d'autre dans la bagnole. Elle était furieuse qu'il soit aussi imprudent, mais Peltonen lui a dit que l'autre personne était au courant. Qu'elle avait été du voyage à Tallinn.

« Est-ce que cette Tiina t'a dit à quoi ressemblait l'autre ? Homme ou femme ?

— Grand et maigre. Elle a tout le temps parlé d'un type, ou d'un copain. D'un homme, quoi.

— Certaines femmes peuvent passer pour des hommes, en tout cas de loin. Elle a vu la couleur de ses cheveux ?

— Non. Un autre truc intéressant pour toi, c'est que Peltonen avait organisé un rancard pour Tiina vendredi soir. Le client est venu et elle a fait son boulot, mais Peltonen ne l'a pas payée.

— C'est pour ça qu'elle lui a téléphoné ?

— Apparemment. Et si, furieuse, elle était allée à Vuosaari pour lui faire la peau ?

— Je ne crois pas. Je continue de penser que le meurtrier était dans la villa. Ce n'est ni Tiina ni Mattinen. C'est forcément un des choristes. Un de mes suspects a disparu. C'est lui le coupable, ou un de ses copains. » Je soupirai, fatiguée. Le fait que Mattinen ait réussi à s'échapper avait beau être rageant, j'aurais préféré que ce soit lui l'assassin.

J'emportai une grande tasse de café dans mon bureau et me plongeai dans mes papiers et dans mes notes sur le meurtre de Jukka.

Il avait été mêlé à des trafics d'alcool, de drogue et de filles. Il avait fait passer de la gnôle finlandaise maison pour de la vodka russe, escroquant non seulement ses clients mais aussi Sirkku et Timo. Peut-être s'était-il procuré les étiquettes lors de l'un de ses voyages à l'Est, tout était à vendre, là-bas, maintenant. Il les avait sans doute vues sur un étal, avait pensé à l'eau-de-vie de Muuriala et avait facilement additionné les deux. Il avait convaincu Timo et Sirkku qu'il ne s'agissait que d'un innocent petit business, alors qu'en réalité il en allait tout autrement.

Jukka avait servi d'entremetteur à des prostituées. Il s'était certainement enrichi à l'occasion, il ne les aidait pas par pure bonté d'âme. Tiina devait avoir besoin d'argent pour se droguer, les autres pour autre chose. Jukka aimait tenir les femmes en son pouvoir, il lui fallait les posséder. Sa vie sexuelle et sentimentale avait toujours été compliquée. Peut-être Piia avait-elle été un défi parce qu'elle était mariée. Si elle avait accepté de coucher avec lui, elle aurait vite perdu tout intérêt à ses yeux. Était-ce ce qui s'était produit avec Tuulia ? Avait-elle pu, après n'avoir été qu'une camarade de bringue, tomber amoureuse de lui et devenir un boulet ?

Jukka avait convoyé de la drogue. Les jeux de pirates de son enfance avaient acquis une étrange réalité. On n'avait trouvé dans son organisme aucune trace de substances illicites, sans doute ne fumait-il qu'un joint de temps à autre. Il était peu probable, une fois de plus, qu'il ait joué franc jeu avec ses partenaires commerciaux. Il s'était sans doute servi au passage, arnaquant Mattinen comme les autres.

Le jour de sa mort, Jukka cherchait désespérément de l'argent. Il avait peur. La nouvelle du démantèlement d'un réseau de trafiquants de drogue, couplée à celle de l'arrestation d'une prostituée estonienne, lui avait fait un choc. Il avait essayé de réunir des fonds et envisageait sans doute de quitter le pays. Il n'était pourtant pas encore totalement paniqué, puisque au lieu de fuir de but en blanc il était resté le temps de rassembler la plus grosse cagnotte possible.

Je ne connaîtrais jamais toutes les activités de Jukka. Je ne comprendrais sans doute jamais non plus pourquoi il avait agi comme il l'avait fait. Qu'espérait-il y gagner ? L'aventure, le pouvoir ? À première vue, il incarnait l'archétype du jeune homme brillant, séduisant et riche. Il avait fait de bonnes études, avait un travail intéressant et occupait intelligemment son temps libre en faisant de la musique et de la voile. Mais ce n'était pas assez pour lui et, dans la foulée, il avait entraîné quelqu'un d'autre dans son univers pervers.

Jyri et Mirja n'étaient pas du voyage à Tallinn, et je pouvais à coup sûr exclure cette dernière de toute histoire de drogue. Jyri aurait pu se trouver dans la voiture de Jukka. Il n'était pas très grand, mais la taille de quelqu'un d'assis était en fin de compte difficile à évaluer.

Timo et Sirkku étaient à bord du *Marlboro.* On ne pouvait pas dire que Timo soit maigre, et il était impossible de prendre Sirkku pour un homme, même dans l'obscurité. Mais quel poids pouvait-on accorder au témoignage de Tiina ? Jukka aurait aussi pu avoir pour compagnon Peter Wahlroos, et Piia aurait alors eu un motif évident de le tuer, car il aurait pu les faire chanter, elle et son mari, avec cette affaire de drogue. Il y avait également Tuulia, qui pouvait passer pour un homme dans le noir, et Antti, le plus grand et le plus maigre de tous.

Je lus et relus encore mes papiers. La vérité commençait à se dessiner, les éléments à se mettre en place. Le tableau se précisait, mais je n'aimais pas son aspect. Je m'étais très lourdement trompée sur le compte de l'un de mes suspects.

14

Ou tout serait-il faux ?

À quatre heures de l'après-midi, ma conviction était acquise. Je passai quelques coups de téléphone, vérifiai encore certains documents, confirmai des informations. Peu après six heures, je décidai de passer à l'action. Antti ne s'était toujours pas manifesté. J'avais le cœur serré à l'idée de tout ce qui avait pu lui arriver. S'il était mort, ce serait aussi de ma faute. Je n'avais pas découvert la vérité assez vite.

Je me garai à quelque distance du domicile de la personne que j'allais voir. Je ne m'étais pas assurée de sa présence, mais j'étais prête à attendre toute la nuit s'il le fallait. Je grimpai l'escalier jusqu'au premier étage d'une vieille maison en bois et sonnai à la porte. Les pas qui s'approchèrent n'avaient rien d'hésitant. Si celle qui m'ouvrit fut surprise en me voyant, elle ne le montra pas.

« Salut Maria ! Chacune son tour. J'étais justement en train de faire du thé. D'ailleurs l'eau doit bouillir. Tu en veux ? Entre. » Peut-être y avait-il juste un peu trop d'affairement dans sa voix.

« Oui, merci, volontiers. » Je la suivis dans la cuisine, qu'une grande table ronde en bois faisait paraître exiguë. Le vert d'eau des rideaux était assorti aux chaises et à la nappe, formant un élégant contraste avec le violet sombre du service à thé. Je m'assis et posai mon sac à bandoulière sur l'appui de fenêtre.

« Tu as eu des nouvelles d'Antti ? demanda Tuulia en disposant sur un plat de fines tranches de concombre.

— Je pourrais te retourner la question. Dis-le, au nom du ciel, si tu sais où il est. Ça nous fera gagner du temps.

— Je n'en sais absolument rien. Tu crois que c'est lui l'assassin ?

— Non. Je crois qu'il sait qui c'est. »

Tuulia me servit du thé. Sa main était ferme, pas une goutte du liquide parfumé au jasmin n'éclaboussa la soucoupe. Assises là, avec nos tasses, nous avions l'air de deux dames papotant aimablement. Le soleil du soir brillait dehors, on entendait au loin de joyeux cris d'enfants.

« Je suis venue chercher les clefs de la voiture de Jukka. Tu peux me les donner, s'il te plaît ? » Sans protester, Tuulia disparut un instant dans la pièce voisine et revint avec les clefs de la Vectra, que je reconnus aussitôt.

« Les Peltonen ont l'intention de la vendre ? Ils ont besoin de toutes les clefs, bien sûr.

— Je ne sais pas si elle est encore vendable. Peut-être que l'assurance remboursera la sellerie qu'on a ruinée. On a fouillé cette voiture de fond en comble. Pourquoi avais-tu les clefs ?

— J'avais les doubles de toutes les clefs de Jukka. Il avait toujours peur de perdre les siennes et il avait jugé plus sûr d'en confier un jeu de rechange à quelqu'un.

— Il y a tes empreintes un peu partout dans la voiture. Tu devais la conduire souvent ?

— De temps en temps, quand j'en avais besoin.

— Est-ce que Mauri Mattinen était un ami de confiance de Jukka, pour avoir lui aussi les clefs de sa voiture ? » Je vis la main de Tuulia tressaillir légèrement sur l'anse de sa tasse à thé lorsqu'elle demanda en hâte :

« Qui ça ? »

Je regardais ses doigts. Elle portait un T-shirt aux longues manches déformées à force d'être tirées. On voyait qu'elle avait l'habitude d'en couvrir ses mains froides. Son annulaire droit s'ornait d'une bague qui avait dû engloutir au moins l'équivalent de mon salaire mensuel. J'avais d'abord cru que c'était du toc, mais elle devait être vraie.

« Ne me dis pas que tu ne connais pas Mattinen. Tu l'as rencontré au moins une fois, le jour de la fête des Mères à Tallinn, quand il vous a remis une cargaison de cocaïne, à Jukka et à toi. Et tu as dû conduire une ou deux fois la voiture de Jukka jusqu'à la porte de son garage, quand il n'avait pas le temps de le faire lui-même. C'est sans doute ce que ce "Tuulia – pas lundi !" voulait dire, sur son bloc-notes. Il n'était plus question de lui amener la bagnole, parce qu'il avait peur d'être surveillé.

— Qui t'a raconté ça ? M, enfin je veux dire Mattinen ? » Tuulia s'aperçut trop tard de sa gaffe.

« Peu importe. Vous aviez beau prendre des précautions, pas mal de monde était au courant de vos magouilles. D'autant plus que Jukka trempait dans toutes sortes de trafics. Je ne sais pas où il a fait la connaissance de Mattinen, peut-être dans un des night-clubs où il s'approvisionnait en filles. Ce type avait des contacts avec des trafiquants de drogue à Tallinn et des réseaux de distribution ici, mais il avait besoin de quelqu'un d'insoupçonnable pour faire entrer la came dans le pays. Jukka a dû rapporter au cours de l'hiver quelques lots de cannabis. Il a sans doute été surpris de la facilité avec laquelle il a passé la douane et s'est dit qu'il pourrait tenter de plus gros coups.

« Au même moment, Mattinen s'est vu offrir la possibilité de se procurer une importante quantité de cocaïne. Jarmo et Peter voulaient essayer le *Marlboro*, et Jukka n'a pas dû avoir grand mal à les convaincre d'aller à Tallinn, sous prétexte d'un concert. Tout s'est passé comme prévu. Vous avez dû vous esquiver un moment tous les deux pour rejoindre Mattinen en ville et prendre livraison de la marchandise. »

Tuulia me sourit comme à un petit enfant qui raconte avoir vu des ogres dans la forêt.

« Peut-être Jukka était-il mêlé à ce genre de trafics. Moi, je ne savais qu'une chose, c'est qu'il vendait parfois de l'alcool de contrebande et servait d'intermédiaire à des filles. Il est possible qu'il ait rapporté de la drogue à bord du *Marlboro*, mais pourquoi m'aurait-il impliquée là-dedans ?

— Tu étais sa femme de confiance. Je crois que tout a commencé il y a deux ans, avec ses histoires de call-girls. Tu étais toujours à cours d'argent, et tu as accepté quand Jukka t'a proposé de faire des passes. Les filles qu'il manageait étaient loin d'être toutes des étrangères, il y avait parmi elles des étudiantes finlandaises tout à fait ordinaires. Comme toi.

« Mais tu en as vite eu assez. Tu sais mieux que moi ce que c'est. Sûrement pas un gagne-pain très exaltant. Tu avais malgré tout encore besoin d'argent. C'est toi-même qui m'as expliqué, à l'Elite, quel genre de vie tu voulais mener. Libre, indomptée, loin des schémas imposés. Et je t'ai enviée, ce jour-là.

« Tu t'es de nouveau plainte à Jukka de l'état de tes finances, et il t'a proposé un autre genre de travail. Tu as transporté du cannabis pour Mattinen, et tu en as même parfois vendu. Et pour le coup du bateau Jukka avait besoin d'aide. Il n'est pas très prudent de se promener seul dans les rues de Tallinn, la nuit. Et vous aviez sans doute aussi un plan pour donner le change, tous les deux, si quelqu'un s'intéressait trop à vous.

« Puis Jukka a dû devenir gourmand. Mattinen exigeait une trop grosse part du gâteau à son goût. Au lieu de lui remettre la totalité de la marchandise, il ne lui en a livré que de petites quantités à la fois, contre une commission assez élevée. Il refusait même de le rencontrer, et c'est toi qui lui amenais la voiture et qui allais la reprendre. Mattinen a accepté parce qu'il n'avait pas le choix.

— Et Mattinen aurait tué Jukka parce qu'il devenait trop vorace ?

— Il n'a pas tué Jukka. Il lui a encore laissé un message sur son répondeur dimanche soir. Il s'apprêtait à quitter le pays. C'est toi qui l'as tué. Et pour rien. Mattinen ne s'était pas fait pincer. Personne ne vous aurait dénoncés, Jukka et toi. »

Tuulia semblait fatiguée. Je me demandais combien de temps elle aurait la force de nier. Je n'avais contre elle qu'un faisceau d'indices. Si je voulais l'accuser du meurtre de Jukka, il fallait que j'obtienne ses aveux. En avais-je seulement envie ? Je fis taire mes sentiments. J'étais un policier chargé d'élucider un meurtre. Rien d'autre ne comptait pour le moment. Je bus une gorgée de thé et poursuivis mon monologue, qui semblait se heurter à un mur. Tuulia arborait un vague sourire en coin, comme si elle avait regardé une émission de télévision sans intérêt en se demandant quel serait le prochain mauvais gag qui fuserait.

« Jukka avait été informé des arrestations dès jeudi, apparemment par Mattinen, qui a vu que son client ne se présentait pas, continuai-je.

« Il a commencé à s'inquiéter et à s'organiser pour quitter le pays. Samedi, les médias ont un peu exagéré l'importance du coup de filet opéré dans le milieu de la drogue, et Jukka a dû paniquer. Il ne devait pas être très bon perdant. Tu lui as malgré tout arraché la promesse d'un rendez-vous dans la nuit. Vous aviez à parler. Si Mattinen s'était fait prendre, vous étiez tous les deux dans le pétrin. Au cours de la conversation, vous vous êtes querellés et tu as frappé Jukka avec la hache. Sans doute Mattinen ne connaissait-il même pas ton nom. Peut-être pensais-tu qu'une fois Jukka mort, plus personne ne pourrait te mettre en cause.

— Mais j'ai dormi toute la nuit. Tout le monde peut en témoigner, j'ai fait un bruit terrible en ronflant, comme toujours quand j'ai un peu bu. Et pourquoi n'y a-t-il pas mes empreintes sur cette fameuse hache, si je suis supposée avoir frappé Jukka avec ?

— C'est ton ronflement qui t'a trahie. D'après Jyri, tu dormais bien gentiment sur le dos. Mirja, par contre, a dit qu'elle avait essayé de te forcer à dormir autrement que sur le ventre. Est-ce que les gens ne ronflent pas en général dans une seule position ? Tu n'as pas poussé la comédie assez loin.

« Et tes empreintes. Tu avais évidemment froid aux doigts, en pleine nuit sur ce ponton, et tu avais tiré les manches de ton T-shirt sur tes mains. Tu as tout simplement saisi la hache à travers le tissu, et tu l'as portée de la même façon sous le sauna. Ça aussi, il a fallu que tu m'en fasses la démonstration la semaine dernière, par pure provocation. Tu pensais bien sûr que je n'y verrais que du feu. » Je ne parvenais pas à masquer la colère dans ma voix. « L'autre jour, à l'Elite, tu ne cherchais qu'à te renseigner sur ce que je pouvais savoir. Toutes tes anecdotes amusantes et tes histoires d'amitié et d'atomes crochus – ce n'était que du chiqué. Et je t'ai crue !

— Ce n'était pas du chiqué. » Tuulia fixait la fenêtre. « Je pensais vraiment que tu me comprenais.

— Et tu pensais aussi que j'admettrais que tu trafiques de la cocaïne ?

— Je ne savais pas qu'il s'agissait de cocaïne ! » Sa tasse violette heurta sèchement sa soucoupe. Elle se leva pour se resservir du thé puis dit lentement, comme en pesant chaque mot :

« Je suppose que les jeux sont faits... Je ferais sans doute mieux de te raconter toute l'histoire. Pour que tu comprennes ne serait-ce qu'un peu. Au fait, tu veux encore du thé ? » J'acquiesçai, et elle me resservit, puis reposa la théière sur l'évier et vint se rasseoir. Ses mouvements étaient lourds, comme ceux d'un animal blessé, et sa voix plus étouffée qu'à l'accoutumée. Elle regardait dehors. Une bergeronnette vint se poser sur l'appui de fenêtre, lorgna un instant les miettes de pain à travers la vitre et poursuivit son chemin. Enfin Tuulia commença son récit.

« Tu as raison sur pas mal de points, à propos de nos activités. Tout a commencé par hasard, en fait. » Elle haussa les épaules à ses propres souvenirs. « Il y a deux ans, j'étais un soir avec Jukka dans la boîte rock du *Kaivohuone*. Je m'étais fait plus belle que d'habitude, maquillage de fête, cheveux relevés, talons aiguilles et minijupe. En fin de soirée, un péquenot à l'air paumé, dans les quarante-cinq ans, est venu me demander combien c'était. Je n'ai même pas compris ce qu'il voulait dire, pour commencer. Et puis, pour rire, j'ai dit mille balles, payables d'avance. Il m'a presque collé les biffetons sous le nez. J'ai à peine eu le temps de dire bonsoir à Jukka qu'on était déjà dans un taxi en route pour sa chambre au *Merihotelli*.

« J'ai bien sûr tout raconté à Jukka. Deux semaines plus tard, une de ses relations d'affaires cherchait de la compagnie et il nous a arrangé un rendez-vous, encore une fois contre paiement. On a continué comme ça pendant un certain temps, un peu comme un jeu. Je trouvais ça amusant. À l'époque, il n'y avait pas toute cette prostitution qu'il y a aujourd'hui, et les types étaient prêts à payer n'importe quoi. Jukka a recruté quelques autres filles, parce que ça commençait à se savoir, dans les milieux d'affaires, qu'on pouvait trouver par son intermédiaire des compagnes d'un soir propres et saines.

« J'ai fait ça pendant un peu plus de six mois, mais après j'en ai eu assez. Ce n'était pas si facile, en fin de compte, c'était même sacrément dur. Et mon rapport à mon corps commençait à devenir bizarre. J'ai dit à Jukka que j'arrêtais. Il n'a pas protesté, il avait suffisamment de filles sans moi.

« Pendant un an, tout s'est bien passé, mais ensuite j'ai de nouveau eu besoin d'argent. J'en ai emprunté à Jukka pendant un certain temps. Il m'a expliqué qu'il faisait toutes sortes d'affaires qui lui rapportaient plus qu'avant. Il avait fait la connaissance de ce Mattinen, par l'intermédiaire d'une certaine Tiina. Ils faisaient de la contrebande de cannabis. J'ai quelquefois été en vendre dans différents clubs, mais c'était un boulot assez risqué.

« En mai dernier, Jukka m'a téléphoné pour me dire qu'il avait une assez grosse cargaison en attente en Estonie. C'est là qu'on a organisé ensemble la virée sur le *Marlboro.* On a juste fait l'erreur de prétexter qu'on voulait aller à ce concert du chœur de chambre de l'Orchestre philharmonique et, du coup, Antti, Timo et Sirkku ont voulu venir. On a eu un mal fou à obtenir qu'ils nous lâchent les basques, surtout Antti.

« On a réussi à passer la drogue sans problème, si ce n'est que j'étais terrifiée. J'ai fait semblant d'avoir le mal de mer, alors qu'en réalité je vomissais de peur. Et Jukka aussi était nerveux. Mais ensuite, il a décidé de ne livrer la marchandise à Mattinen que par petits lots, dans sa voiture, à un prix beaucoup plus élevé que convenu. J'étais un peu inquiète. Je savais que ce type avait toutes sortes de relations. Jukka ne faisait qu'en rire, il disait qu'il était bien plus intelligent que lui. Je lui ai demandé comment je pouvais lui faire confiance, s'il entubait toujours tout le monde. Il m'a serrée contre lui et il m'a dit que j'étais un cas à part, que j'étais sa meilleure copine. Qu'il ne me tromperait jamais.

« Je ne sais rien de plus que ce que Jukka m'a raconté. Je croyais vraiment que c'était du shit ! Il m'a téléphoné jeudi soir pour me dire d'être prudente. Un de leurs grossistes attitrés s'était fait arrêter. Ils connaissaient bien sûr la chanson : dans la police, vous êtes prêts à conclure des marchés avec les petits délinquants pour mettre la main sur de plus gros poissons. Et chacun ne pense qu'à sauver sa peau. Jukka a alors essayé de fourguer la marchandise à Mattinen à prix cassé, pour s'en débarrasser. Il était vraiment terrorisé, jeudi. Vendredi, il s'était un peu calmé. Mattinen lui avait acheté son stock, il avait de l'argent et tout allait bien.

« Et puis samedi, sur la route de Vuosaari, on a entendu aux informations que d'autres trafiquants de cocaïne s'étaient fait pincer. J'ai pris ça à la rigolade, la coke, ça ne nous regardait pas. Je n'ai pu échanger que quelques mots avec Jukka. Il était terriblement tendu et il m'évitait. J'ai réussi à lui demander à un moment si ces nouvelles concernaient des gens qu'on connaissait, et il a admis que oui. Il a dit que si Mattinen s'était fait prendre, on était nous aussi dans la merde. »

Tuulia avala d'un trait le reste de son thé. Je lisais dans ses yeux à la fois de la rage et de l'angoisse, et je me demandai une fois de plus ce qu'elle avait éprouvé pour Jukka.

« J'ai fini par lui faire promettre qu'on aurait une conversation dans la nuit, quand les autres seraient couchés. Je suis restée éveillée jusqu'à quatre heures du matin à me demander comment il avait pu me trahir à ce point. Tu ne peux pas comprendre, pour toi, le cannabis et la cocaïne, c'est sûrement la même chose. Mais on a tous fumé à Roskilde ou Amsterdam. Je préfère une bonne cuite. La coke, c'est autre chose. Je ne voulais pas être mêlée à ça. Et j'avais fait confiance à Jukka. Je le connaissais depuis toujours, il ne m'avait jamais fait défaut jusque-là.

« J'ai attendu et attendu. Ça n'arrêtait pas de bouger, dans la maison. Jukka est allé sur le ponton. J'allais me lever quand j'ai entendu Sirkku le suivre. J'ai cru que c'était encore un de ses plans, qu'il voulait m'éviter à tout prix, et, quand elle est revenue, j'étais vraiment furieuse. Et j'ai à peine réussi à me retenir de crier quand je l'ai vu sur le ponton, assis à balancer les pieds en admirant le lever du soleil, comme si de rien n'était. Je lui ai demandé pourquoi il ne m'avait pas dit la vérité. Il m'a ri au nez. "Tu croyais vraiment qu'on se faisait un fric pareil avec du shit", a-t-il dit. Qu'est-ce que j'en savais, je n'y connaissais rien ! Il m'avait bernée moi aussi, comme tous les autres, toujours. Je n'étais finalement pas un cas à part dans sa vie. J'ai voulu lui donner un coup de pied, mais il m'a attrapé la cheville et il a essayé de me faire basculer dans l'eau. J'ai saisi la hache et je l'ai frappé à la tête. Je ne pensais à rien. Il y a juste eu une sorte de craquement, et il est tombé droit à la mer. Il n'y a eu qu'un peu de sang qui a coulé de sa tête. »

Tuulia avait le regard perdu loin au-delà du paysage qui s'ouvrait derrière la vitre. Je savais qu'elle revoyait toute la scène, qu'elle l'avait revue plusieurs fois et qu'elle la reverrait jusqu'à la fin de sa vie.

« Et ensuite ? »

Elle sembla sortir d'un rêve.

« J'ai rincé la hache. Elle était couverte de sang. Jukka flottait à plat ventre. Je lui ai dit d'arrêter de faire le clown. Il a eu une sorte de mouvement, c'était peut-être juste les vagues, et je suis partie en courant. J'ai sans doute jeté la hache au passage derrière le sauna. Je ne me rappelle pas. J'avais la nausée. Je suis allée dans les toilettes du jardin, près de la plage, et j'ai vomi. Puis j'ai été me laver le visage dans le sauna, et c'est là que j'ai remarqué la hache. Je l'ai poussée dans les broussailles, en dessous, du bout de ma basket, et je suis allée me coucher. J'étais sûre que Jukka blaguait. Toute la matinée, j'ai attendu qu'il descende l'escalier en rigolant, j'ai même été frapper à sa porte, j'étais persuadée qu'il dormait encore et que toute cette histoire n'était qu'un cauchemar. Mais au lieu de ça, c'est Jyri qui est arrivé. J'ai tout de suite vu à sa tête que Jukka ne faisait pas le clown, finalement...

— Tu aurais dû te dénoncer tout de suite. Tu t'en serais tirée avec un homicide involontaire.

— Tu ne m'aurais pas crue. Tu ne me crois toujours pas, d'ailleurs.

— Est-ce que ça a encore la moindre importance, ce que je crois ou pas ? Tu n'as pas arrêté de me proposer différents scénarios. Tu m'as menée en bateau et je me suis laissée faire. Mes parents ont sans doute réussi mon éducation – je t'ai réellement vue telle que je voulais te voir. Tu es venue chez moi pour découvrir ce que je savais. Je croyais que tu voulais être mon amie. Ça faisait une éternité que je ne m'étais pas autant amusée. »

Je sentis des sanglots me nouer la gorge. Je ne devais pas me laisser aller, ce n'était pas ainsi que j'accomplirais mon travail. Il m'était facile de croire à l'histoire de Tuulia. Elle avait certainement éprouvé le même sentiment que moi à cet instant. J'avais moi aussi été trahie, utilisée.

« Ce n'était pas un leurre, dit Tuulia à voix basse en tripotant sa tasse. Je t'aime bien. Je sais que tu m'aimes bien. » Elle me regarda d'un air presque suppliant. « Tu es venue m'arrêter. Pourquoi es-tu venue seule ? Peut-être souhaites-tu au fond de toi que je puisse m'échapper. Donne-moi vingt-quatre heures. Je ferai ce que Jukka avait prévu, je quitterai le pays. J'ai son argent. J'ai eu le temps de le prendre dans sa chambre, avec son carnet d'adresses, pendant que nous attendions la police. Laisse-moi une chance. » Ses yeux implorants trahissaient sa peur. Je détournai la tête, je n'osais pas la regarder. Le plan qu'elle suggérait était réalisable. Voulais-je vraiment l'envoyer en prison ?

« Qu'as-tu fait à Antti ?

— Antti ? Mais rien. Je ne sais pas où il est. Tu ne crois quand même pas que je lui aurais fait du mal ? » Sa voix frôlait l'hystérie. « Tu ne vas pas me laisser partir.

— Non. Tu es en état d'arrestation. Ramasse tes affaires. On va aller à Pasila prendre ta déposition. » Je me levai. Il était inutile de prolonger le supplice.

Tuulia fut plus rapide que moi. Elle avait saisi sur l'évier le couteau à pain qui lui avait servi à découper le concombre en rondelles. Elle m'entoura de son bras, menaçant de me trancher la gorge. Je sentis l'étau de ses mains froides, la fraîcheur de l'acier contre ma carotide, le battement accéléré de nos deux cœurs. Le temps sembla s'arrêter. Tuulia sentait le citron.

« Tu es venue seule, sans arme, haleta-t-elle. Si tu ne me laisses pas partir de bon gré, je devrai t'y obliger. Avance lentement vers la chambre. » Elle me força à traverser l'entrée.

« Ne sois pas stupide. Tu n'as aucune chance. Tu t'imagines bien que les ports et les aéroports sont surveillés.

— Tais-toi ! On peut toujours sortir de ce pays. Je vais t'attacher et ensuite tu prendras un tout petit coup sur la tête, bien moins fort que Jukka. Quand tu te réveilleras, je serai loin. »

Je tentai de respirer calmement. Paniquer ne servirait à rien. Tuulia fit lentement glisser le couteau vers le creux de mes omoplates.

« Ouvre le placard qui est devant toi. Bien. Sur l'étagère du bas, il y a deux cordes à sauter. Baisse-toi en pliant les genoux... Voilà. Donne-les moi. Merci. Et maintenant va jusqu'au lit. Allonge-toi sur le ventre. Pense à ce couteau entre tes omoplates. Si tu tentes quoi que ce soit, tu es morte. J'ai lu quelque part que c'était déjà plus facile la deuxième fois. » À cet instant, son ton était réellement hystérique. On aurait dit le grognement désespéré d'un animal pris au piège. Elle était capable de tout.

Je me penchai vers le lit. Du coin de l'œil, je vis sa main trembler de manière incontrôlée sur le couteau. Au lieu de me coucher, je lui donnai un coup de pied dans la cuisse.

Soudain, les événements se précipitèrent. Le couteau décrivit un arc de cercle et tomba sur le sol, Tuulia alla heurter la fenêtre entrouverte. Koivu et Kinnunen se ruèrent dans la pièce.

Je n'étais bien sûr pas venue seule arrêter une meurtrière, je m'étais entourée d'une double sécurité. Le commissaire Kinnunen avait évidemment tenu à participer à l'arrestation. Pendant que Koivu se tenait sur le palier, il était allé chercher chez le gardien le double de la clef, avec lequel ils avaient ouvert la porte pendant notre conversation. J'avais voulu commencer par parler en tête-à-tête avec Tuulia, car j'étais convaincue qu'elle se confierait plus facilement à moi qu'à d'autres policiers. J'avais eu le plus grand mal à convaincre Kinnunen du bien-fondé de cette tactique.

Il visait maintenant les jambes de Tuulia avec son arme de service. Je ne savais même pas qu'il s'en était muni. Tuulia ne se rendait apparemment pas compte de la menace, car elle tenta de récupérer le couteau. Je vis Kinnunen presser la détente et j'eus l'impression de voir la balle, de la regarder à n'en plus finir frapper Tuulia non à la cuisse mais à l'épaule et la projeter dehors à travers la vitre. Il n'y avait guère plus de cinq mètres de hauteur et elle aurait pu s'en sortir si elle n'était pas tombée sur le capot de la voiture du voisin qui démarrait justement, et de là sous ses roues.

Quelqu'un cria. Je me ruai par l'escalier au chevet de Tuulia. Elle avait le corps tordu selon un angle étrange, du sang coulait des commissures de ses lèvres. Quelqu'un continuait de hurler et de verser des larmes sur elle. Ce n'est que quand Koivu me secoua que je me rendis compte que c'était moi.

« Maria ! Inutile d'essayer la respiration artificielle. L'ambulance est en route. » Koivu essuya délicatement le sang du coin de ma bouche tandis que Kinnunen réconfortait le conducteur de la voiture. Des curieux commençaient à se rassembler. On entendit au loin l'ambulance. Tout continuait de se passer comme dans un film au ralenti, tour à tour flou et net. Kinnunen s'approcha de moi. Je sentis l'odeur de la poudre et de sa sueur d'alcoolique, et j'explosai d'une rage irrépressible.

« Pourquoi est-ce qu'il a fallu que tu tires, nom de Dieu, espèce de saleté d'ivrogne ! Il n'y avait aucun danger, le couteau était bien trop loin ! » Je lui balançai un direct du droit au menton. Pris par surprise, il tomba à moitié sur Tuulia. Koivu se précipita entre nous, me gifla au visage comme on gifle les femmes hystériques dans les films. La douleur m'aida pendant un instant à oublier tout le reste.

Peu à peu, je parvins à me reprendre. L'ambulance arriva, on y porta Tuulia. Nous la suivrions à l'hôpital afin d'y donner son identité dès que nous aurions calmé le voisinage. Je remontai au premier chercher mon sac. J'avais dedans le magnétophone qui avait enregistré notre conversation. Koivu l'avait entendue en entier, Kinnunen en partie. L'affaire était bouclée.

J'agissais comme en rêve. Notre commissaire se fit déposer à Pasila afin de faire son rapport au chef et promit de faire transcrire la bande. Aucun d'entre nous n'avait très envie de parler. J'étais bien sûr coupable d'avoir mal évalué la situation. Je n'avais pas su prévoir que Tuulia ferait acte de violence. Et Kinnunen avait visé les jambes. Il n'avait fait qu'essayer de m'aider. Les femmes sont incapables de se défendre seules, c'est bien connu. Je savais qu'il expliquerait au chef quelque chose de ce genre.

Le temps que nous arrivions à l'hôpital, Tuulia avait été placée en soins intensifs. Elle souffrait d'une commotion cérébrale et de fractures de la colonne vertébrale. On ne savait pas encore si elle s'en sortirait. Nous avions promis à l'infirmière de prévenir la famille.

« Ça va ? me demanda Koivu d'un air inquiet tandis que nous traversions Kuusisaari en direction de Pohjois-Tapiola, où habitaient les parents de Tuulia.

— Ça va aller. Mais je n'arrête pas de me dire que les choses auraient pu tourner autrement. J'aurais peut-être juste dû la laisser m'attacher. Vous l'auriez de toute façon coincée. Ou si j'avais au moins attendu un peu. Ou si Kinnunen n'avait pas brandi son pistolet... Est-ce qu'on ne pourrait pas au moins transférer ce type à la paperasse, putain ! C'est le genre de boulot qu'on peut faire même avec la gueule de bois.

— Ce n'était pas évident d'apprécier la gravité de la situation uniquement à l'oreille, fit remarquer Koivu. C'est bien là qu'il fallait tourner ?

— Oui. La troisième maison à droite, dis-je en regardant la carte. Je peux me charger de leur parler. »

Exposer la situation aux parents de Tuulia fut aussi pénible que je me l'étais imaginé. Je dus également leur expliquer pourquoi j'étais venue l'arrêter, et pour rien au monde ils n'auraient voulu me croire. Ils étaient assis là, sur l'élégant canapé en cuir de leur belle maison, et je voyais la vie quitter leur visage. J'étais incapable de prononcer le moindre mot de consolation. Je leur laissai le numéro de téléphone de l'unité de soins intensifs et pris littéralement la fuite. Je n'éclatai en sanglots que quand Koivu, au bout de Kalevalantie, s'engagea sur la rocade I.

« Je te ramène chez toi ? » J'étais contente qu'il s'abstienne de considérations oiseuses.

« Inutile. Je dois rédiger mon rapport, parler au chef et sans doute aussi téléphoner au père de Jukka. » Je m'essuyai les joues avec une serviette en papier de fast-food sentant légèrement la moutarde que je trouvai dans la boîte à gants. « Tu as encore du travail ?

— Je dois t'aider à faire ton rapport, dit-il négligemment.

— Que dirais-tu d'au moins trois chopes de bière, une fois qu'on aura terminé notre journée ? Ça se fête, une affaire résolue. À moins que tu n'aies déjà trop traîné dans les bars ces jours-ci ? »

Avec l'aide de Koivu, je réussis à pondre un semblant de rapport. Je le portai au chef, qui semblait être satisfait que l'affaire soit réglée, malgré son résultat peu glorieux pour la police. À propos du comportement de Kinnunen, il se contenta de déclarer que « ce sont des choses qui arrivent », et je n'eus pas le courage de m'insurger. Je téléphonai à Heikki Peltonen, qui refusa d'abord de croire ce que je lui annonçais. Il cria que je racontais n'importe quoi, et ne se calma que quand je lui eus fait cinq fois de suite la liste des preuves dont nous disposions sur les activités de Jukka. La conversation avait fait grimper mon taux d'adrénaline. Ma colère monta encore d'un cran quand je reçus, tout de suite après, un coup de fil d'un journaliste d'*Iltalehti*. Je venais de promettre à Peltonen la plus grande discrétion sur l'affaire. Le conducteur de la voiture qui avait écrasé Tuulia était visiblement en mal de célébrité et avait prévenu la presse. J'imaginais déjà les titres : « MORT d'un suspect à la suite d'une bavure policière. » Je répondis brièvement aux questions du rédacteur. Après avoir parlé toute la soirée, j'avais la bouche sèche comme de l'écorce de pin.

Aux alentours de neuf heures et demie, je m'attablai enfin avec Koivu dans la salle du *Vanha Kellari*. Il commanda une bière, moi un Jack Daniel's. Je le vidai d'un trait sans prendre le temps de le goûter et en commandai un deuxième. La serveuse, déjà d'un certain âge, ne haussa même pas les sourcils. Elle avait vu des milliers de litres de whisky couler dans la gorge de ses clients, et je n'étais certainement pas la plus assoiffée qu'elle ait jamais rencontrée.

Très vite, un sentiment de chaleur se répandit de mon gosier à mon estomac, et me monta bientôt mystérieusement à la tête. Koivu, qui buvait sa chope à petites gorgées, se plaignit d'avoir faim. Nous commandâmes des steaks bien gras et d'autres bières. Koivu se lança dans un commentaire des succès des champions finlandais aux récents Jeux olympiques. Je portai quelques appréciations désobligeantes sur les sportifs mâles de notre pays, auxquelles il répondit en critiquant les cuisses de la pentathlonienne Ringa Ropo, qui me semblaient sans défaut. La question nous divisa un moment. Nous parlions avec acharnement de toutes sortes de détails insignifiants. Je crois que Koivu était conscient de l'angoisse que dissimulait mon apparente gaîté, mais il n'avait sans doute guère envie de me psychanalyser.

Au bout de deux bières avalées avec le repas et d'un troisième whisky, je commençais à trouver Koivu encore plus mignon que d'habitude. L'idée de m'endormir dans les bras d'un gentil petit blond me tentait. Je savais pourtant qu'au-delà de cette soirée c'était une mauvaise solution. J'avais encore besoin d'un bon équipier pour deux mois. Il ne servait à rien de briser un tandem efficace pour une aventure d'une nuit inspirée par les brumes de l'alcool. Il ne pourrait de toute façon jamais y avoir rien d'autre entre nous. J'adressai à Koivu un sourire fatigué et déclarai qu'il était temps pour moi de rentrer me coucher. Il me convainquit cependant de commander un dernier Jack Daniel's. En le sirotant, je m'interrogeai avec passion sur les possibilités de Carl Lewis de dépasser les neuf mètres au prochain championnat de saut en longueur. Je proposai à Koivu de partager un taxi, et il tenta de se faire inviter à monter dans mon appartement mais je l'expédiai chez lui à Leppävaara en lui assurant avec l'autorité conférée par mes quatre ans de plus qu'il se féliciterait le lendemain de cette décision.

Malgré mon ivresse, je ne trouvai pas le sommeil avant d'avoir téléphoné à l'hôpital. Tuulia avait été opérée du dos et paraissait devoir survivre. L'alcool et la nourriture trop riche dansaient dans mon estomac. Je pris deux ibuprofènes, tout en sachant qu'au matin je me sentirais encore plus mal.

Finale

Vers où t'emporte l'eau ?

La ville se préparait à un vendredi soir d'automne. Il faisait un temps que la plupart des gens détestaient : frais, brumeux, pluvieux. Il m'incitait plutôt, pour ma part, à me promener au bord de la mer. J'avais besoin de réfléchir. Je venais de clore le dossier du meurtre de Jukka Peltonen, le tribunal l'examinerait dans une semaine.

Le problème était que l'accusée ne comparaîtrait pas. Tuulia avait certes survécu, mais elle ne serait pas en état de se présenter devant un juge avant longtemps. Les lésions de sa colonne vertébrale lui avaient paralysé les membres inférieurs. D'après les médecins, elle avait des chances de se rétablir, mais pas avant plusieurs autres opérations.

Je ne savais toutefois pas si elle se remettrait jamais mentalement. Elle s'était murée dans le silence. Aucun trouble organique n'avait été diagnostiqué, et elle se comportait par ailleurs tout à fait normalement – elle mangeait, dormait, lisait les livres qu'on lui apportait et écrivait même parfois quelques phrases. Mais elle ne parlait pas.

J'avais tenu à lui rendre visite, et on m'avait autorisée à pénétrer dans sa chambre. Elle avait signé le procès-verbal d'interrogatoire rédigé à partir de l'enregistrement de notre conversation que Koivu lui avait apporté. Il me restait cependant encore quelques questions à lui poser. Ses activités intéressaient aussi les stups et les mœurs, mais je m'étais imaginée être celle à qui elle accepterait le plus facilement de répondre. Je ne savais pas encore, à ce moment-là, qu'elle ne parlait à personne.

J'avais besoin de la voir. J'étais torturée par son visage, par son expression avant qu'elle passe par la fenêtre, par son rire devant nos chopes de bière à l'Elite, par ses mains froides tapant dans les miennes... Je m'étais interrogée, encore et encore, sur ce que j'avais réellement ressenti pour elle, et je continuais de me le demander.

J'avais suivi un long couloir au fond duquel se trouvait une chambre individuelle dont la porte fermait à clef. Juridiquement, Tuulia était en détention. J'avais demandé à l'infirmière de me laisser entrer seule. La pièce était petite et triste, sur l'appui de fenêtre fleurissait un pâle rosier en pot, un recueil de poèmes d'Edith Södergran voisinait avec une bougie sur la table de chevet et dans un coin se dressait une télévision. La chambre avait l'air d'une cellule. Tuulia était couchée dans un étroit lit de fer et, malgré sa grande taille, elle paraissait toute menue et immatérielle. Elle n'avait pas tourné les yeux vers moi quand j'avais franchi le seuil, continuant de fixer ses mains posées sur sa couverture. Je m'étais involontairement demandé si elle avait froid aux doigts. J'aurais voulu les saisir, les réchauffer. Je n'osais pas.

Je lui avais parlé, dans l'espoir qu'elle me regarde.

« Tuulia. C'est Maria, bonjour. J'aurais quelques questions à te poser. »

Elle n'avait pas détaché les yeux de sa couverture. Je m'étais obstinée pendant cinq minutes, m'en tenant à mon rôle de policier, malgré mon envie de me transformer en être humain, en moi-même, en Maria. Puis l'infirmière-chef avait frappé à la porte et je l'avais fait entrer.

« Elle ne vous dira rien », avait-elle constaté. Elle me prenait pour une policière ordinaire. Elle ne savait pas que j'étais celle qui aurait pu devenir l'amie de Tuulia.

Le lendemain, j'avais parlé au téléphone avec le psychiatre qui la soignait. Il m'avait servi une foule de termes médicaux et expliqué qu'elle ne retrouverait son état normal que si elle le voulait bien. J'avais compris entre les lignes qu'il ne pensait pas que ce serait le cas. Pourquoi aurait-elle voulu guérir et se retrouver pour des années en prison ?

La brigade des stups avait récemment procédé à d'importantes arrestations. Elles ne confirmaient qu'en partie les rumeurs de mainmise de la mafia russe sur le secteur, la plupart des truands étaient encore bien de chez nous. Jukka n'avait été qu'un petit maillon de la chaîne, Tuulia un pion encore plus insignifiant. La piste de Mattinen se perdait à Londres. Il s'était à coup sûr procuré un faux passeport et avait disparu sans laisser de traces. Peut-être Jukka aurait-il pu en faire autant. Tuulia n'aurait sans doute pas été inquiétée s'il avait réussi à quitter le pays. Qui sait, nous aurions pu boire un verre ensemble dans un bar et nous promener maintenant toutes les deux dans la brume.

Il y avait une quinzaine de jours, j'étais tombée sur Mirja en sortant de mon travail. Nous avions pris le même tram et, malgré notre peu de sympathie réciproque, nous avions bavardé avec raideur jusqu'à mon arrêt.

Elle m'avait appris que l'AEPO ne porterait pas plainte contre Jyri, estimant que le principal était de récupérer l'argent. Elle-même avait décidé de partir pour un an à Londres, après Noël, pour y faire des études et terminer son mémoire. Sirkku et Timo s'étaient fiancés à la Sainte-Rosalie, Piia avait pris l'avion pour accueillir Peter à San Francisco. La vie continuait. Mirja était restée muette à propos d'Antti, et je ne lui avais rien demandé.

Malgré le fiasco de l'arrestation de Tuulia, le chef aurait voulu que je continue de remplacer Saarinen. J'avais dit non merci. Je quittais mon travail dans deux semaines. Ces derniers temps, j'avais été accaparée, comme le reste de la brigade, par un braqueur de taxis d'une audace et d'une brutalité inouïes. Rares avaient été les semaines où il n'y avait pas eu d'affaire de viol et, même quand je n'étais pas de permanence, je m'en étais chaque fois trouvée chargée par un biais ou un autre. Pendant mon temps libre, j'avais entretenu ma forme et bûché avec application mon examen de droit pénal. J'avais l'intention d'obtenir mon diplôme avant l'été et de trouver à l'automne prochain un stage auprès d'une cour d'appel. Je n'osais pas faire de projets à plus long terme.

Le procès de Pasi Arhela s'était tenu la semaine précédente. En tant que récidiviste, il avait écopé de trois ans de prison. Au tribunal, Marianna avait été admirable. J'avais presque pleuré de joie et de fierté en l'écoutant. Elle avait fréquenté un groupe de thérapie, et nous nous étions vues deux ou trois fois avant qu'elle retourne au lycée à Kouvola. L'affaire l'avait durement secouée, mais elle semblait reprendre le dessus. Elle ne s'était heureusement retrouvée ni enceinte ni contaminée. Elle m'avait confié qu'elle osait à nouveau marcher seule dans les rues obscures.

La pluie qui continuait de tomber me poussait à prolonger ma promenade vers le sud. Des gens couraient pour échapper à l'averse qui s'intensifiait par moments, certains en riant, à deux sous un parapluie, la plupart d'un air excédé, comme s'ils prenaient les caprices de la nature pour une insulte personnelle. Je me sentais isolée du monde, sous le capuchon trop grand de mon poncho de cycliste. L'humidité ne me dérangeait pas, ma cape et mes bottes me tenaient au sec et au chaud.

À la pointe du parc de Kaivopuisto, le brouillard était si dense que l'on ne distinguait même pas les îles les plus proches. La mer formait une immense masse grise qui soupirait bizarrement. La brume colorait les sons, les rendant méconnaissables. J'avais l'impression de me trouver dans un pays inconnu dont je ne parlais pas la langue. J'entendis approcher un grincement éraillé qui me fit penser à une poussette – mais aucune poussette ne pouvait faire ce bruit. Cinquante mètres plus loin, j'en croisai pourtant une. Peut-être l'étrange crissement provenant de la plage était-il produit par les vagues sur le sable, ou par autre chose. Peut-être n'avais-je pas non plus besoin de le savoir.

J'avais élucidé un crime. Je savais qui l'avait commis, je connaissais son mobile. J'en avais aussi beaucoup appris sur la vie de quelques autres personnes. Et pourtant je ne savais rien. Il me fallait maintenant apprendre à supporter de ne pas comprendre, et probablement à jamais, le pourquoi de chaque chose. J'avais pris un certain nombre de décisions concernant ma vie, mais sans doute n'étaient-elles pas non plus définitives. Qui sait si je ne voudrais pas à nouveau changer de cap dans quelques années.

Je me dirigeai vers un appontement que je savais être là. Je m'engageai sur les planches. Le rivage disparut bientôt et, soudain, il n'y eut plus d'autre réalité que l'appontement et la brume, mes bottes en caoutchouc luisantes d'humidité et mes boucles mouillées sur mon front. L'effet était étrangement apaisant. Je me sentais solitaire et entière.

Encore un nouveau son dans le brouillard. Un instant plus tard il prit forme, se transformant en bruit de pas. De grands pieds, surmontés d'une haute et maigre silhouette. Sous la capuche d'un imperméable pointait un nez d'aigle. Antti.

Je ne l'avais pas revu depuis le jour de l'enterrement de Jukka. Quarante-huit heures après l'arrestation de Tuulia, j'avais trouvé un message sur mon bureau en rentrant de déjeuner. « J'étais parti camper. Désolé pour le dérangement. Antti. » Depuis, je n'avais pas eu de raison de reprendre contact avec lui.

Quand j'avais rendu les affaires de Jukka aux Peltonen, je n'y avais pas joint la lettre d'Antti. Elle était encore dans le tiroir de mon bureau et je ne savais qu'en faire. Peut-être aurais-je dû la détruire et oublier que je l'avais jamais lue.

« Tiens, Maria, dit-il sans s'émouvoir quand il me reconnut sous mon poncho. Je pensais justement te téléphoner.

— Tu voulais quelque chose ? » répondis-je d'un ton plus froid que nécessaire. J'étais encore furieuse contre lui à cause de l'affolement causé par sa disparition.

« Je suppose que je te dois des explications, ajouta-t-il lentement. Marchons un peu, il ne fait pas très chaud. »

Nous avions cheminé un moment côte à côte sans rien dire. Le silence avait quelque chose de reposant et Antti ne l'avait rompu que quand nous avions quitté la plage pour pénétrer dans la ville.

« Je ne savais plus trop où j'en étais, après l'enterrement de Jukka. Je me demandais ce que je devais faire. Je voulais juste m'éloigner un moment, réfléchir au calme. J'ai pris mon matériel de camping, j'ai sauté dans un bus et je suis parti passer quelques jours dans la forêt de Nuuksio.

— Tu savais tout depuis le début ? » C'était plus une constatation qu'une question. Antti avait l'air embarrassé.

« Oui et non. Je devinais surtout pas mal de choses. J'ai pratiquement toujours connu Jukka et Tuulia. J'ai bien vu, pendant le week-end, qu'il y avait quelque chose qui clochait. J'étais plus ou moins au courant du trafic de drogue de Jukka, mais je ne savais pas qu'il était aussi mouillé que me l'a dit son père. C'est curieux. » Antti avait haussé les épaules, sous son imperméable, et des gouttes d'eau étaient tombées sur ses chaussures. « Mon premier sentiment a été d'être vexé. Fâché contre lui parce qu'il ne m'avait pas tenu au courant du genre de vie qu'il menait. »

Nous avions traversé le parc de Tehtaanpuisto jusqu'à l'extrémité d'Albertinkatu. Entre les immeubles, le brouillard était moins épais, on voyait presque tout le bas de la rue. Le soir tombait, des lumières accueillantes brillaient derrière les vitres. Quelque part une fenêtre s'était ouverte, de la musique s'en échappait. Mick Jagger espérait que quelqu'un passe la nuit avec lui.

« Je me doutais que c'était Tuulia, mais je ne comprenais pas pourquoi. J'aurais sans doute dû te parler de mes soupçons, mais je n'y arrivais pas. Et je n'osais pas non plus aborder le sujet avec elle. Je n'avais pas peur pour moi. Je craignais qu'elle s'en prenne à elle-même. Ce qu'elle a finalement fait.

— Tu as été la voir ?

— J'ai essayé. L'infirmière est allée lui demander si elle voulait bien me recevoir. Elle ne parle toujours pas, mais elle a secoué la tête. As-tu une idée de ce qu'elle risque, comme peine ?

— Ça dépend de tellement de choses. Si elle continue comme ça, on l'enverra probablement droit dans un hôpital psychiatrique. »

Nous étions arrivés au coin d'Iso-Roobertinkatu. Jukka avait habité à quelques mètres de là.

« Je viens d'emménager dans son ancien appartement, avait dit Antti comme s'il avait lu mes pensées. Les Peltonen me l'ont vendu pour une bouchée de pain, ils voulaient s'en débarrasser au plus vite. J'en avais assez de vivre en colocation, je suis bien trop vieux pour ça. Et Einstein est tout content de pouvoir se promener dans le parc Koff. » Antti m'avait jeté un regard pensif et avait ajouté :

« Mes chaussures sont trempées, je ferais mieux de rentrer. Viens avec moi, si tu n'as rien de mieux à faire. »

Sur la porte, il n'y avait plus écrit Peltonen mais Sarkela. Pour le reste aussi, l'appartement avait l'air différent, peut-être surtout parce qu'il était encombré de piles de livres.

« La bibliothèque est encore en chantier. Essaie de te caser quelque part. » Antti avait plongé à travers les bouquins vers la chambre, apparemment pour se trouver des chaussettes sèches.

Le plus gros chat que j'aie jamais vu s'étirait paresseusement dans un fauteuil bleu qui devait être son lieu de prédilection, car le tissu était couvert de poils. Sa fourrure blanche s'ornait sur le dos et la tête de motifs brun sombre, le bout de sa queue rayée de gris était d'un noir profond. Il avait sauté du fauteuil et était venu se frotter en ronronnant à mes jambes, traçant en un instant des sillons de poils blancs sur mon pantalon noir. Je m'étais penchée pour le caresser et son ronronnement s'était amplifié.

« Il considère tous les arrivants comme d'éventuels pourvoyeurs de nourriture », avait expliqué Antti, qui portait maintenant aux pieds des chaussettes en laine grise de taille 50. « Je vais nous préparer une boisson chaude. »

Le chat avait filé dans la cuisine sur les talons de son maître. J'avais examiné les piles de livres. Il y avait un Henry Parland que je n'avais réussi à trouver chez aucun bouquiniste.

« Tu me le prêterais ? avais-je demandé à Antti quand il était revenu avec deux gobelets fumants à la main.

— Oui. J'ai mis un peu d'alcool, j'espère que tu n'as rien contre. » J'avais goûté une gorgée de thé et reconnu le puissant goût d'anis de l'eau-de-vie de Muuriala.

« "Le thé arrosé coûte douze cinquante, quatorze, quinze. (Selon l'endroit)", avais-je déclaré, citant Henry Parland.

— C'est un des endroits les moins chers, ici », avait dit en riant Antti, qui avait visiblement compris l'allusion. J'avais posé deux tas de bouquins sur le plancher pour m'asseoir dans un coin du canapé. Antti s'était laissé tomber dans le fauteuil. Un instant plus tard, Einstein, l'air vexé de s'être fait voler son siège, avait sauté à côté de moi et s'était adroitement roulé en boule entre les livres restants.

« Est-ce que tu pourrais me dire ce qui s'est passé chez Tuulia, en fin de compte ? » avait demandé Antti d'un ton grave. J'avais pris une goulée de thé brûlant et commencé à raconter. Je m'étais repassé le film des événements des dizaines de fois, la nuit, mais je n'étais toujours pas capable d'en parler calmement. Ma voix s'était d'abord mise à trembler, puis les larmes étaient venues. Au terme de mon récit, nous pleurions tous les deux.

« Je me sens coupable, d'une certaine manière, avait finalement dit Antti. Si je t'avais parlé à temps...

— Je n'arrête pas de me répéter que ce qui est fait est fait. C'est facile à dire aux autres. Il te reste encore de ce tord-boyaux au fenouil ?

— Tiens, tu l'as reconnu. Une demi-bouteille, oui. Apparemment la dernière du lot. Timo s'est plaint que la police en a vidé des dizaines de litres dans les égouts. » Antti était allé chercher la bouteille dans la cuisine, ainsi qu'un rouleau d'essuie-tout avec lequel nous avions séché nos yeux. J'avais envie de le toucher et, pour une fois, j'avais osé faire ce dont j'avais envie. Nous nous étions serrés fort et longtemps dans les bras l'un de l'autre.

Puis nous avions continué à boire de l'eau-de-vie et à caresser le chat. Nous avions parlé jusque tard dans la nuit, de Tuulia, de Jukka, de notre chagrin, de la gent féline, de tout et de rien. Nous avions vidé la bouteille, et j'étais restée dormir là, blottie entre Antti et Einstein.

9547

Composition
FACOMPO

Achevé d'imprimer en France (La Flèche)
par CPI Brodard et Taupin
le 6 mars 2011.62246

Dépôt légal : mars 2011.
EAN 9782290031216

ÉDITIONS J'AI LU
87, quai Panhard-et-Levassor, 75013 Paris

Diffusion France et étranger : Flammarion